Une sage-femme amoureuse

*

Émouvantes retrouvailles

FIONA McARTHUR

Une sage-femme amoureuse

Traduction française de
C. DUTEIL

BLANCHE

HARLEQUIN

Collection : Blanche

Ce roman a déjà été publié en 2020

Titre original :
MIDWIFE'S CHRISTMAS PROPOSAL

HARPERCOLLINS FRANCE
83-85, boulevard Vincent-Auriol, 75646 PARIS CEDEX 13
Service Clients — https://www.harlequin.fr/contenu/contactez-nous
ISBN 978-2-2805-2434-6 — ISSN 0223-5056

Édité par HarperCollins France.
Composition et mise en pages Nord Compo.
Imprimé en novembre 2025 par ScandBook UAB en Lituanie
en utilisant 100% d'électricité renouvelable.
Dépôt légal : décembre 2025.

FSC
www.fsc.org
MIXTE
Papier | Pour une gestion forestière responsable
FSC® C021394

Pour limiter l'empreinte environnementale de ses livres, HarperCollins France s'engage à n'utiliser que du papier fabriqué à partir de bois provenant de forêts gérées durablement et de manière responsable.

1

Simon détourna un instant les yeux de la route, pour jeter un coup d'œil sur sa sœur. Elle fronçait les sourcils en dormant. Il revint à sa conduite. Il était presque certain qu'elle lui en voulait toujours. Mais qu'avait-il fait de mal au juste ? Il avait seulement voulu protéger sa famille. Et empêcher Maeve de commettre les mêmes erreurs que leur mère.

Il soupira. Il se sentait peut-être encore plus responsable de ses sœurs depuis ce jour terrible, où il avait découvert qu'il n'était que leur demi-frère.

Et il s'inquiétait d'autant pour Maeve. Elle s'était fait mener en bateau, mais refusait de l'admettre. Pour sa part, Simon se sentait blessé que son soi-disant ami Rayne l'ait embobiné, lui aussi. Et c'était sa faute, si sa sœur se trouvait dans cette fâcheuse situation.

Il émit un nouveau soupir, et relâchant ses épaules, s'efforça de détendre ses doigts crispés sur le volant. Il avait besoin de vacances, et sa sœur d'un endroit sûr, loin du père du bébé, s'il prenait soudain à celui-ci l'envie de revenir. Lyrebird Lake était peut-être le refuge qu'il leur fallait, comme Maeve semblait le croire.

Et puis, c'était bientôt Noël.

Deux heures plus tard, ils s'engageaient dans l'allée du centre médical du Presbytère, à Lyrebird Lake. Durant le long voyage depuis Sydney dans une circulation relativement fluide, leur conversation avait été très limitée. Une heure avant, ils avaient quitté la route côtière, et la fin de leur périple s'était déroulée dans un silence reposant, tandis qu'ils traversaient des vallées verdoyantes où paissaient des troupeaux de vaches. Il eut un petit sourire. C'était bon d'être enfin arrivé.

Il ralentit. Ce retour au pays l'emplissait d'une grande douceur, un sentiment qu'il avait presque oublié dans le rythme effréné de sa vie trépidante. Il croyait presque déjà sentir l'étreinte chaleureuse des bras de Louisa.

Le moteur se tut, et Maeve se réveilla. Elle eut un sourire endormi, puis se rembrunit aussitôt. Son expression boudeuse n'échappa pas à Simon.

Elle se redressa sur son siège pour embrasser du regard la vaste pelouse et les gommiers géants.

— J'ai beaucoup entendu parler de cet endroit. Merci de m'avoir amenée ici, Simon.

Il se détendit. Au moins, elle lui adressait de nouveau la parole. Il n'aurait jamais dû lui exprimer ses réserves, quand elle avait parlé d'accoucher à Lyrebird Lake. Mais il s'était senti tenu de donner son point de vue d'obstétricien. La vie était compartimentée, et en général, il préférait ne pas mélanger les genres pour garder le contrôle. Un contrôle que Maeve avait, à l'évidence, perdu...

Il parcourut des yeux l'environnement familier — l'hôpital et le centre de naissance en face de la maison de Louisa, la petite ville assoupie au bout de la route, le lac scintillant en forme de harpe à gauche, juste derrière les arbres.

Il était plutôt de mauvaise humeur, quand il avait entrepris ce voyage contre son gré, mais ne put retenir un nouveau sourire en garant sa voiture sous l'auvent, à côté de la maison.

— Curieux, dit-il en admirant la vieille Harley-Davidson superbement restaurée, placée dans un coin.

Il secoua légèrement la tête. Il ne voyait pas Louisa chevaucher un tel engin, mais beaucoup de gens intéressants séjournaient au presbytère.

Il était venu ici pour la première fois dix ans plus tôt avec

Angus, son nouveau père, et depuis, la grande demeure n'avait pas changé. A l'époque, il s'attendait à se sentir mal à l'aise avec son père biologique, comme avec les habitants de cette petite ville de campagne qu'il ne connaissait pas, mais les choses s'étaient au contraire merveilleusement bien passées.

Il regarda Maeve.

— Louisa a dû nous entendre arriver.

— Elle était la gouvernante, avant d'épouser ton grand-père, c'est ça ?

— Oui. Ils se sont mariés tardivement, et il est décédé peu après, malheureusement. Je séjourne toujours chez elle quand je viens pour Noël.

Simon s'empressa de descendre de voiture pour venir ouvrir sa portière, mais Maeve avait déjà sauté du véhicule. Quand ils parvinrent devant la maison, Louisa se tenait sous le porche affichant un grand sourire de bienvenue, tout en s'essuyant les mains sur son tablier.

Il posa son sac et gravit les marches pour prendre la petite femme dans ses bras. Il l'étreignit chaleureusement.

— C'est si bon de te voir, Louisa !

— Pour moi aussi, Simon. Je jurerais que tu es encore plus grand que l'année dernière !

Il s'écarta en souriant.

— J'ai atteint un âge où je ne grandis plus, Louisa, tu te souviens ? Mais avec ta cuisine, tout est possible...

Il tendit la main à Maeve qui l'ignora, montant les marches avec détermination, malgré son ventre proéminent. Il n'était pas complètement pardonné, apparemment.

Il fit une petite grimace. Leur complicité lui manquait, et il espérait que Lyrebird Lake leur permettrait de se réconcilier. Il aurait peut-être dû éviter de critiquer ses choix concernant les hommes de sa vie, et le lieu de son accouchement.

— Je te présente ma sœur cadette, Maeve. Maeve, voici ma grand-mère, Louisa.

Louisa rougit de plaisir.

— Tu es un amour... Je suis sa grand-mère par alliance, mais j'adore jouer les vraies mamies, ajouta-t-elle avec un clin d'œil à l'intention de Maeve.

Maeve lui tendit la main.

— Je suis contente de faire enfin votre connaissance. Simon nous a beaucoup parlé de vous, et de tout le monde ici. D'après lui, vous êtes la meilleure cuisinière du monde...

Louisa lui adressa un regard bienveillant, et Simon se détendit. On pouvait faire confiance à Louisa pour réserver le meilleur des accueils.

— Les garçons ont besoin de manger correctement, affirma-t-elle d'un ton sérieux.

Il réprima un sourire, amusé d'être encore qualifié de « garçon » à trente ans passés.

— Soyez la bienvenue, ma chère, poursuivit Louisa, les yeux fixés sur le ventre rond de la jeune femme. Ce sera merveilleux d'avoir de nouveau un bébé dans cette maison, même pour peu de temps.

Simon pressa son épaule grassouillette.

— Papa et Mia ne sont pas là ?

— Ils viennent dîner ce soir. Ils ont préféré laisser Maeve s'installer d'abord.

Elle se tourna vers la jeune femme.

— Et nous prendrons le temps, pour vous présenter à tout le monde. Il y a beaucoup de parents et d'amis qui veulent vous connaître et rattraper le temps perdu avec Simon.

Simon alla ensuite chercher leurs bagages, avant de rejoindre les deux femmes, et de les suivre dans la maison. Le parfum d'huile de cèdre des meubles éveillait en lui une foule de souvenirs, avec l'odeur des fleurs fraîchement coupées, et l'arôme appétissant des scones à la citrouille préparés par Louisa.

Il eut un soupir de bien-être. Dans cette maison, toute sa tension s'évanouissait comme par magie. Il aurait dû venir plus tôt. Mais il avait eu deux accouchements par le siège à la dernière minute, et n'avait pas voulu abandonner ses patientes tant que tout n'était pas rentré dans l'ordre.

Il secoua la tête. Assez pensé au travail ! Il devait profiter de ses premières vraies vacances depuis des années, un mois entier jusqu'à Noël, car il y avait trop longtemps qu'il vivait sous pression.

Et l'endroit était idéal pour trouver la paix à laquelle on était censé aspirer à l'approche des fêtes de fin d'année.

De sa chambre, Tara Dutton entendit la voiture arriver, et quand des pas résonnèrent dans le hall d'entrée, quelques minutes plus tard, elle se retourna dans son lit en étouffant un bâillement. Elle jeta un coup d'œil au réveil.

14 heures. Elle avait dormi six heures. Pas mal. Avec un sourire, elle s'étira.

La veille au soir, un long et paisible travail avait débouché sur une magnifique naissance, juste au moment où le soleil se levait. Les bébés semblaient aimer venir au monde pendant les heures qui précédaient l'aube. Décidément, aussi éprouvant soit-il parfois, elle adorait son métier !

Elle se redressa et balança ses jambes hors du lit. Des voix calmes résonnaient dans le silence. Elle ne les reconnaissait pas, mais sans doute s'agissait-il de Simon, le fils d'Angus, et de sa sœur. Ils arrivaient aujourd'hui, et elle devait admettre que cet homme adoré de tous piquait sa curiosité, et celle de sa sœur, encore plus.

La venue de Simon était le principal sujet de conversation depuis plusieurs jours, mais Tara s'intéressait davantage à Maeve.

Agée de vingt-cinq ans, c'était une sage-femme récemment diplômée. Comme elle. Seule la grossesse ne figurait pas dans les projets immédiats de Tara.

Mais c'était bien comme ça. Inspirant profondément, elle se promit une nouvelle fois de ne pas laisser le passé lui voler son présent, et fort heureusement, le calme paisible qui régnait à Lyrebird Lake se rappela à elle, l'apaisant aussitôt.

Attrapant des vêtements propres, elle entrouvrit la porte de sa chambre pour s'assurer que la voie était libre, puis courut sur le parquet ciré, jusqu'à la salle de bains et se faufila à l'intérieur.

Dans la cuisine, Simon entendit s'ouvrir la porte de la chambre et, penché sur sa chaise en équilibre précaire sur deux pieds, il tendit le cou pour voir qui était dans le couloir. Il aperçut le dos d'une petite femme en boxer-short à la croupe insolente, avec une rose rouge tatouée sur l'épaule. Il la vit entrer dans la salle de bains.

Il sourit, tandis que les années s'abolissaient. Il se rappela son arrivée ici avec son père, et leur première vision de la femme qui deviendrait sa chère belle-mère.

Il se sentit soudain d'excellente humeur. Oui, il y avait toujours des hôtes intéressants dans cette maison. Et il remit sa chaise d'aplomb sur ses quatre pieds.

Lorsque Tara sortit de la salle de bains une demi-heure plus tard, elle était parfaitement réveillée.

Un coup d'œil dans le miroir placé au-dessus de la baignoire l'avait rassurée. Ses cheveux blonds hérissés par la douche, le regard conquérant, elle était prête à rencontrer le nouveau venu et sa fascinante sœur.

Tara avait beaucoup souffert, beaucoup lutté dans sa vie, ce qui l'avait rendue méfiante avec les inconnus. Mais son passé avait fait d'elle ce qu'elle était aujourd'hui, une « battante », comme ne manquait pas de le rappeler l'inscription sur son T-shirt.

En regagnant sa chambre, elle passa devant la porte ouverte d'une des chambres d'amis, et ne put s'empêcher de jeter un coup d'œil à l'intérieur.

Grand ouvert, le sac de voyage de Simon était posé sur le lit, et elle écarquilla les yeux devant les piles de vêtements soigneusement pliés. Rien à voir avec le foutoir dans lequel elle se complaisait. A cette pensée, elle se promit de garder sa porte fermée jusqu'au départ de ce maniaque du rangement.

Simon défaisait ses bagages. Il dut sentir son regard sur lui, car il leva les yeux et sourit. Elle chancela. Seigneur ! C'était comme si une brise tiède s'était mise à caresser doucement son visage, et elle faillit trébucher sur la serviette qu'elle venait de lâcher.

— Bonjour. Vous devez être Tara.

Elle se pencha pour ramasser sa serviette.

— Et vous Simon...

Elle leva les yeux vers lui. Louisa avait dit que c'était un bel homme, comme son père. Mais elle n'avait certes pas imaginé l'effet qu'il lui ferait ! Il avait un sourire à damner une sainte !

Elle se morigéna aussitôt. Mais d'où surgissait cette soudaine poussée de libido ? Et où était-elle passée avant, d'ailleurs ?

Puis Simon s'avança et lui tendit la main, et elle oublia de penser. Ses doigts se refermèrent sur les siens, frais et étonnamment réconfortants, tandis qu'il s'inclinait gracieusement pour déposer sur sa joue un baiser pour le moins inattendu.

— Je suis ravi de vous connaître.

Elle le regarda, médusée. Il n'y avait rien d'indécent ni de déplacé dans ce baiser, mais elle ne savait pas comment réagir. Simon incarnait le parfait gentleman, et en général, les modèles de vertu la rebutaient plutôt. Même si, depuis son dernier fiasco amoureux, elle s'efforçait de changer et d'ignorer les « bad boys » au profit des hommes normaux.

Ce type lui faisait penser aux sauveteurs de la plage de Bondi, grands, biens sous tous rapports, aimant sincèrement l'humanité, attentifs à la sécurité des autres et heureux de risquer leur vie pour sauver la leur. Elle battit des paupières. Et pour clore le tout, d'après la rumeur, ce phénomène n'était enchaîné à aucune femme !

Elle se mordilla la lèvre. Elle aimait Angus pour sa solidité, sa fiabilité, mais pour ce qui était du charisme, ce Simon battait son père à plates coutures, il fallait le reconnaître.

— Ravie de vous rencontrer, articula-t-elle enfin. Je vous laisse vous installer.

Elle croisa son regard. Il n'avait pas l'air de vouloir la voir partir. Elle se força néanmoins à s'éloigner. Le temps d'arriver à sa chambre, elle sentit qu'elle avait affreusement rougi. Elle referma doucement sa porte, et s'y adossa en soupirant.

Eh bien... Ils pouvaient s'estimer heureux de ne pas avoir été victimes de combustion spontanée. Doux Seigneur. Elle allait avoir un problème, s'ils devaient vivre sous le même toit au cours des prochaines semaines. Sauf si ce ressenti si fort était à sens unique, bien sûr. Mais sans bien savoir pourquoi, elle en doutait.

Simon la regarda s'éloigner, sous le charme. Le visage menu, elle n'avait pas une beauté classique, mais c'était un petit bout de femme sexy, impertinent, avec un déhanchement unique, quand elle marchait. Elle lui rappelait un peu les amies de Maeve, indépendantes et râleuses, à l'image des jeunes femmes actuelles.

Il raisonnait peut-être comme un vieux, mais sérieusement, cette génération le faisait sourire. En réalité, il regardait toutes les femmes avec une sorte de détachement amusé. Cela expliquait sans doute qu'il ne soit lié à aucune en particulier. Etait-ce parce qu'il avait grandi avec quatre sœurs ? Ou le problème venait-il de lui, et de sa répugnance à s'engager ?

Il secoua la tête. Oh ! Bien sûr, il espérait plus tard fonder une famille et devenir le meilleur papa et le meilleur mari possible, mais s'engager à rester avec une femme s'avérait un peu difficile, lorsqu'on ne croyait pas vraiment pouvoir rencontrer un jour son âme sœur.

Peut-être finirait-il par échouer à Lyrebird Lake, mais après cette année affreuse, il ne se voyait pas adopter l'approche holistique de la naissance, pratiquée ici.

Il continua à défaire ses bagages, alignant les paires de chaussettes dans le tiroir et rangeant ses boxers pliés à côté. Sa dernière petite amie avait coutume de dire que son souci de l'ordre la rendait folle, et il fut tenté de faire un effort en bouleversant un peu ce bel arrangement, mais s'en abstint.

Ses sœurs s'étaient toujours moquées de sa manie du rangement. Etant le seul à posséder un logement permanent, il avait vécu avec chacune d'elles à un moment ou l'autre, lorsqu'elles traversaient des phases difficiles, et à l'évidence, elles se complaisaient toutes dans le chaos.

Il eut un petit soupir. Mais il ne les changerait pas. Après que sa mère et son beau-père s'étaient installés en Amérique, il fallait bien quelqu'un pour gérer correctement la maison. Et un léger trouble obsessionnel compulsif n'était pas une mauvaise chose, quand on était un grand frère… ou un médecin. Ou les deux à la fois ! Aucun de ses patients ne lui avait d'ailleurs jamais reproché d'être trop pointilleux.

Ses pensées l'entraînèrent bizarrement là où il n'avait pas demandé à aller. Quels traits de caractère pouvait avoir la jeune Tara ? Il secoua aussitôt la tête. Il ne voulait pas le savoir. Lyrebird Lake était le dernier endroit où vivre une aventure, car tout le monde serait au courant, avant même leur premier baiser. Mais pourquoi, une fois encore, avait-il tout cela en tête ?

On amenait une femme à Lyrebird Lake pour s'y fixer pour de bon avec lui, et cela, ce n'était pas fait pour lui.

Tara sourit. Cinq minutes plus tard, elle s'était suffisamment ressaisie pour s'aventurer dans la cuisine où Louisa préparait une salade pour le déjeuner de ceux qui avaient été de garde de nuit.

La vieille dame fredonnait en s'affairant, et elle adressa à Tara un sourire encore plus éclatant que d'habitude.

— Vous l'avez rencontré ? demanda-t-elle, rayonnant de fierté.

Tara ne lui demanda pas de qui elle parlait. C'était évident.

— Oui dans le couloir, répondit-elle en souriant.

— Il est beau, n'est-ce pas ?

Elle prit un bâtonnet de carotte et croqua dedans, le mâcha et l'avala, le temps de laisser passer le délicieux frisson, et de reprendre le contrôle de ses sens.

— Très beau, répondit-elle enfin. Mais ne vous faites pas des idées, Louisa. C'est un consultant plein d'avenir qui n'est là que pour deux semaines. Et il est bien trop gentil pour moi.

— Sottises ! Il est exactement ce qu'il vous faut, répliqua Louisa, avant de se détourner en chantonnant.

Tara sourit et regarda par la fenêtre qui donnait sur le lac. Elle ne savait pas ce que la vieille dame voulait dire par là, mais peu importait.

L'affectueux accueil qu'elle avait reçu dans la petite communauté semi-rurale de Lyrebird Lake était une première pour elle, et il lui arrivait parfois de penser que ce serait bien d'apprendre à aimer ces gens.

Puis elle revenait à la réalité, et se rendait compte que ça se passerait certainement comme avant : il arriverait quelque chose qui la discréditerait, elle devrait partir, et on l'oublierait.

Mais maintenant qu'elle avait décroché son diplôme de sage-femme, elle aurait toujours du travail où qu'elle aille, la première stabilité qu'elle ait connue depuis l'orphelinat. Et cela n'avait pas de prix.

Si socialement elle avait encore du chemin à faire, sa vie professionnelle lui donnait toute satisfaction dans ce centre de naissance dirigé par des sages-femmes.

Elle pouvait enfin faire ce qu'elle aimait. Elle adorait s'immerger dans l'univers de l'accouchement, partager ces moments forts avec la parturiente qu'elle accompagnait, avant de se retrouver seule, quand cette femme rentrait chez elle avec son bébé. Un peu comme dans une famille d'accueil. Et elle était douée pour dire adieu. Sauf que, contrairement à la ville où elle avait suivi sa formation, elle revoyait ses patientes à Lyrebird Lake, et elle avait encore un peu de mal à s'y habituer, même si ce n'était pas aussi terrible qu'elle ne l'avait craint.

Techniquement, elle était autonome dans la mesure où elle avait ses propres patientes, sous l'égide de Montana, la sage-femme en chef, et elles se réunissaient une fois par semaine pour faire le point. Elle faisait aussi partie intégrante de l'équipe de sages-femmes et de médecins qui travaillaient à l'hôpital voisin, et venaient en renfort en cas de problème obstétrical. Soutenue dans son rôle, elle avait le sentiment grisant d'apporter une contribution indispensable à la petite communauté, et n'arrivait toujours pas à croire à sa chance.

Contre toute attente, chacun, ici, semblait ouvert aux nouvelles tendances, recherchant les changements dans la pratique médicale avant de les enseigner aux autres. Il se passait suffisamment de choses à l'hôpital pour que les connaissances médicales soient constamment actualisées. L'établissement était vraiment le lieu de travail idéal pour une sage-femme débutante, souhaitant consacrer sa vie à sa carrière.

Depuis six mois que Tara était là, sa confiance en ses aptitudes professionnelles s'était affirmée, avec sa foi en les femmes et en ses propres compétences en matière de soins.

La devise de la maison « Etre à l'écoute des femmes » n'était pas une parole en l'air. On était loin de la mentalité de l'hôpital où elle avait fait sa formation. Là-bas, le personnel savait toujours tout, mieux que les patientes elles-mêmes.

Elle esquissa un sourire. A ce propos, quelle pouvait être la philosophie du beau Simon ? Comme il venait d'un grand hôpital citadin, elle en avait quand même une petite idée.

Elle entendit des pas dans le couloir, et l'objet de ses pensées pénétra dans la pièce qui parut inexplicablement rétrécir, comme s'il prenait toute la place. Elle se retrouva de nouveau enveloppée par son sourire charmeur.

Le feu aux joues, elle détourna la tête, mais il reporta son attention sur Louisa, et elle s'appuya contre le dossier de sa chaise, soulagée.

— Je vais peut-être aller me promener au bord du lac pour me détendre après ce voyage, Louisa, l'entendit-elle annoncer. Maeve se repose avec les pieds surélevés pendant une petite heure.

Elle vit soudain une lueur déterminée s'allumer dans les yeux de Louisa et sentit ce qui se préparait, mais sans avoir le temps de réagir.

— Pourquoi ne pas vous joindre à lui, Tara ? suggéra la vieille dame avec bonhomie. Vous dites toujours que c'est agréable de faire une bonne marche après une garde de nuit...

2

Tara réprima un soupir. C'était un coup bas. Elle aurait volontiers tordu le cou de Louisa, si seulement cette femme n'avait pas été aussi gentille...

Elle se contenta de secouer la tête.

— Non, non. Simon a besoin de refaire connaissance avec les lieux. Certainement pas que je lui tienne la main.

— Je ne vous tiendrai pas la main si vous ne le souhaitez pas, répliqua-t-il, taquin.

Elle ferma les yeux. Quand elle les rouvrit, il lui souriait d'un air interrogateur.

— Je ne mords pas, reprit-il. Votre compagnie me ferait plaisir, à la seule condition que vous en ayez envie, évidemment.

Elle croisa son regard. Il la prenait pour une personne sociable, habituée à la vie en société. Une première pour elle. Il travaillait tout le temps avec des femmes, et avait appris à les mettre à l'aise.

— Très bien. Je ne peux guère me sentir plus embarrassée, de toute façon.

Elle jeta un coup d'œil à Louisa qui fredonnait gaiement, nullement gênée de l'avoir mise dans cette situation.

Tara réprima un sourire. Elle ramassa les lunettes de soleil qu'elle avait posées près de la fenêtre, souffrant d'une intolérance à la lumière due à un sommeil trop rare. Simon lui ouvrit la porte et s'effaça devant elle, une coutume au charme désuet qui semblait avoir cours par ici, et qui l'avait surprise au début. Elle le remercia, avant de passer devant lui.

Ils commencèrent à marcher dans un silence détendu. Et elle se réjouit de constater qu'il aimait la tranquillité. Des années de solitude lui avaient appris la valeur du silence. Et lorsqu'elle était avec d'autres, c'était un plus qu'elle savait apprécier. Elle se sentait au diapason avec cet homme, cela ne lui était jamais arrivé dans un délai aussi court. Tout était paisible, mais l'air vibrait de cette étrange tension qu'elle avait immédiatement senti passer entre eux.

Elle prit une longue inspiration, s'efforçant de chasser ses inquiétudes. Cette tendance à l'angoisse était un « symptôme » qu'elle avait développé à l'orphelinat et dans sa famille d'accueil pendant les week-ends. Mais là, tout de suite, elle n'avait qu'à laisser faire les choses.

Devant eux, le chemin serpentait en suivant les méandres du lac comme un ruban pâle sous la voûte des arbres, et l'eau scintillait à travers le feuillage, qu'elle parsemait de milliers de diamants bleus.

Elle esquissa un sourire. Cet endroit avait le don d'apaiser son âme. Jusqu'à ce qu'un bruissement se fasse entendre dans les broussailles. Elle tressaillit en voyant une créature filer en direction du bord de l'eau. Elle avait oublié qu'il y avait des serpents dans l'herbe…

Elle en frissonna de peur. Les serpents étaient les seules créatures qu'elle détestait, probablement parce que quelqu'un en avait mis un dans son lit une fois.

— J'espère qu'il n'était pas venimeux…

— J'en doute. Qui sait, c'était peut-être un oiseau-lyre, répondit-il en souriant avec malice. Avez-vous entendu parler de la légende de l'oiseau-lyre ?

Elle tourna la tête vers lui. Il avait une voix de baryton, douce et apaisante et, bercée par la mélodie des mots, elle devait faire un effort pour en saisir le sens.

— Non. Ça aurait un rapport avec le nom du lieu, Lyrebird Lake, « le lac de l'oiseau-lyre ? » Les légendes ne sont pas ma tasse de thé, ajouta-t-elle avec une petite moue. Ni les contes de fées. Et encore moins les histoires de preux chevaliers emportant leur dulcinée sur leur beau destrier. Ce sont des sottises, tout ça.

— Ah, une incrédule, répondit-il en hochant la tête d'un air de vieux sage.

Elle ne put s'empêcher de sourire.

— Alors, vous ne croyez pas qu'à un moment de stress ou mieux, quand on rencontre l'amour de sa vie, reprit-il, un véritable oiseau-lyre apparaît, et se met à parader pour vous ?

Elle comprit qu'il se moquait d'elle et leva les yeux au ciel.

— Eh bien, je n'en ai jamais vu, et je suis ici depuis six mois.

— Moi non plus. Et je viens ici depuis dix ans, répliqua-t-il avec un petit sourire. Mais mon père et Mia en ont vu un.

Elle haussa les sourcils, sceptique.

— Vraiment ?

— Montana et Andy aussi, ajouta-t-il, les yeux brillants. Ainsi que Misty et Ben.

— Je ne vous crois pas. Vous me faites marcher.

Elle secoua la tête. Il parlait de personnes saines, expérimentées, qu'elle admirait beaucoup. Des consultants et des sages-femmes. Des figures emblématiques de l'hôpital.

— Non, c'est vrai.

Les yeux de Simon pétillaient, pourtant il semblait y croire dur comme fer. Elle laissa échapper un soupir. On s'était bien moqué de lui.

— Combien de fois est-ce arrivé ?

Il haussa les épaules.

— Je ne sais pas. Il faudrait le leur demander.

— Je n'y manquerai pas.

Elle le scruta, toujours incrédule. Non, au bout du compte, il venait probablement de tout inventer. Les hommes disaient des choses bizarres pour impressionner les femmes. Il ne semblait pas être comme ça, mais si elle devait se fier à son propre jugement... Elle n'avait jamais été douée pour décrypter les autres.

— Qu'y a-t-il d'autre que j'ignore sur cet endroit ?

Il jeta un regard autour de lui.

— Eh bien, la moitié de cette colline derrière le lac est truffée de mines d'or désaffectées et de labyrinthes de vieilles galeries, qui passent sous nos pieds.

Elle observa le sentier et grimaça, se voyant déjà tomber

tête la première dans une grotte souterraine. Elle souffrait de claustrophobie, depuis qu'un de ses frères nourriciers l'avait enfermée dans un placard. Un souvenir pénible.

— Je vous remercie, articula-t-elle. Vous avez gâché ma promenade.

— Enfin, elles ne sont pas précisément sous nos pieds. Mais tout autour de la colline, plus loin.

— J'imagine que la moitié des patients de notre hôpital vient des mines autour de la ville, et il est logique que nous en ayons ici, reprit-elle, pendant qu'ils faisaient le tour du lac en marchant lentement.

Elle esquissa un sourire. Elle avait peut-être intérêt à commencer à fouiller pour trouver de l'or après sa journée de travail — au-dessus du sol, bien sûr, pas en dessous — pour faire fortune et rembourser les dettes que Mick lui avait laissées.

— Vous y êtes déjà allé ?

Il éclata de rire.

— Une fois. Pour mon plus grand embarras.

Il lui jeta un regard piteux et soupira.

— J'ai dû appeler Mia, pour qu'elle envoie mon père à mon secours.

Elle sourit plus largement. C'était bon de voir d'autres personnes faire des bêtises.

— Aïe.

— Ce n'est pas le moment le plus glorieux de ma vie.

Elle le regarda, avec ses membres déliés, son corps athlétique, sa mâchoire volontaire et son sourire craquant. Un homme sûr de son monde et de la place qu'il y occupait. Elle l'enviait.

— Je suis sûre que vous avez beaucoup de moments glorieux à votre actif.

— Oh ! bien sûr ! Des centaines, rétorqua-t-il.

Elle ne put s'empêcher de rire.

— J'attends toujours les miens.

— A mon tour de ne pas vous croire, répliqua-t-il en la regardant intensément. Vous aimez votre travail ?

— Je l'adore.

— Alors je parie que vous avez beaucoup de réussites, vous aussi.

Elle sourit.

— Disons que je partage les moments glorieux d'autres femmes… Mia dit que vous dirigez une consultation sur les accouchements par le siège à Sydney Central ?

— En effet. J'ai été converti par un type extraordinaire, avec qui j'ai travaillé lorsque j'étais chef de clinique, et dont la devise était « ne pas s'en mêler ». Il prétendait que la plupart des femmes étaient capables d'accoucher normalement par le siège.

Elle hocha la tête. Elle partageait cette opinion, malheureusement, l'hôpital où elle avait été formée n'y souscrivait pas. Les seuls bébés qu'on laissait naître par le siège étaient ceux dont la mère arrivait trop tard, juste avant l'expulsion.

— J'ai vu de nombreux accouchements par le siège sur des vidéos, mais jamais de visu.

— Vous verrez. Les méthodes évoluent. Les femmes imposent enfin leurs idées et préférences. Vous connaîtrez peut-être très bientôt un de vos glorieux moments, Tara. De toute évidence, vous adorez votre métier.

— Je voulais être infirmière car ma mère l'était, même si je ne me rappelle pas grand-chose d'elle. Mais quand une de mes amies a perdu un bébé, j'ai décidé de devenir sage-femme. Et ce fut une bonne décision.

— Une fabuleuse décision. Plusieurs de mes meilleures amies sont sages-femmes. Mais j'ai du mal à croire que votre vie se limite à votre travail.

— Pas tout à fait, vous avez raison. J'adore ma moto aussi.

— Ah. Alors le monstre noir est à vous ?

— Oui. C'est ma seule possession.

— Les études universitaires coûtent cher.

Elle acquiesça. Elle venait juste de commencer à rembourser son prêt. Mais c'étaient surtout les dettes de Mick qui l'étranglaient. Quelle idiote elle avait été de mettre le bail et les comptes à son nom ! Ils avaient été à l'orphelinat ensemble, et quand elle l'avait revu, elle avait cru trouver une famille, sans prendre suffisamment garde à son côté dangereux.

Elle se mordit la lèvre. Et son rêve de justice et d'équité s'était noyé sous une pile de factures impayées.

— Les petits copains toxicos aussi, lança-t-elle soudain.

— Moche. J'en déduis que vous en avez eu un.

Elle détourna la tête, et il ne vit pas sa grimace. Elle aurait voulu répondre « des douzaines », mais ce n'était pas vrai. Il lui avait fallu très longtemps pour faire confiance à quelqu'un cette première fois.

— J'ai un peu trop l'habitude qu'on me laisse tomber, en fait. Mais je n'aime pas embêter les gens avec ça.

— Ne croyez pas une seule seconde que vous m'embêtiez.

Elle le regarda en coin. Que pouvait-il savoir de ce qu'elle avait connu ? De ce qu'elle avait traversé ?

Elle inspira lentement pour retrouver son calme, comme elle le faisait depuis qu'elle était ici, et la raison lui revint, chassant ses pensées tourmentées. Jetant momentanément aux oubliettes son hideux passé, elle se concentra une fois encore sur sa respiration et expira, relâchant ses épaules tendues.

— Vous avez un sacré contrôle sur vous-même, demoiselle.

Battant des paupières, elle leva les yeux vers Simon, et s'attarda un instant sur ses calmes yeux gris empreints d'empathie, d'admiration et de compréhension — et non de moquerie comme elle s'y attendait.

— Je pratique la pensée positive et la maîtrise de soi, une thérapie cognitive basée sur la pleine conscience, répondit-elle.

Elle se tut, étonnée. C'était une chose qu'elle n'avouait pratiquement jamais.

Il hocha la tête, comme s'il savait de quoi il s'agissait.

— Je ne suis pas doué pour ça. Mais si ça peut vous consoler, j'ai des problèmes psychologiques, moi aussi. Heureusement, j'ai une vie professionnelle bien remplie.

Elle sourit.

— C'est drôle comme on arrive à s'immerger dedans. J'étudiais comme une folle, payant les factures pour deux pendant mon temps libre, et il jouait et se livrait au trafic de stupéfiants, quand je le croyais à l'université… A présent, j'ai une vie professionnelle riche et une très grosse moto.

— La moto est source de problèmes, non ?

Elle secoua la tête, croyant presque sentir le vent sur son visage, les vibrations dans son corps.

— Pas quand on n'a pas d'attaches. J'ai toujours aimé le danger. Ce serait différent si quelqu'un avait besoin de moi.

Elle secoua légèrement la tête. Il y avait un monde entre avoir besoin d'une personne et se servir d'elle. Elle avait accepté de ne pas porter son différend avec Mick devant le tribunal, à condition de ne payer qu'une partie de ses dettes pour s'offrir sa moto. Sa chère moto, qui lui avait rendu l'estime d'elle-même. Cela n'avait pas enchanté Mick, naturellement. Le cauchemar qu'avait été cette histoire finirait-il un jour ?

— Ah. Alors vous admettez que les motos sont des jouets dangereux ?

— Voilà qui est parlé en vrai médecin !

— Demandez aux ambulanciers. Les risques sont grands.

Elle sourit.

— Mais le plaisir est proportionnel. Je pourrais vous emmener faire une balade un jour.

— Il faudra que j'y réfléchisse.

— Bien sûr. Vous avez tout le temps.

Elle lui jeta un nouveau coup d'œil, elle ne l'imaginait pas dire oui. Ce qui était une bonne chose, car elle aurait sûrement beaucoup de mal à se concentrer avec les bras de Simon autour de sa taille, et ses cuisses dures contre ses reins. Elle leva la tête.

— Jusqu'où va-t-on ? Vous serez bientôt à la maison de votre père.

Il regarda autour de lui d'un air surpris.

— Vous avez raison. Il doit être au travail, de toute façon.

— Mia est certainement chez elle. Elle était de garde la nuit d'avant.

— Désolé, j'avais oublié que vous aviez été debout toute la nuit, dit-il en la regardant avec douceur. Ça ne se voit pas. Moi, après une garde de nuit, je suis fatigué pendant plusieurs jours.

Elle hocha la tête.

— Ça doit être dû à l'âge.

Il sourit, et elle se réjouit qu'il ait le sens de l'humour. Un agréable changement.

— Touché, jeune dame, reprit-il, les yeux fixés sur la maison qu'ils approchaient. Allons voir ma ravissante belle-maman et mes petites sœurs. Le vieillard que je suis a bien besoin d'une boisson fraîche.

3

A peine plus âgée que lui, la belle-mère de Simon les accueillit les bras ouverts. Ses boucles rousses bougeaient joliment sur ses épaules, quand elle se précipita dehors pour le serrer dans ses bras. Elle le contempla tendrement, les yeux brillants, et Tara sentit sa gorge se nouer. Personne ne l'avait jamais regardée ainsi.

Deux Mia miniatures à la crinière cuivrée âgées de huit et onze ans déboulèrent à leur tour dans la cour, pour se jeter au cou de Simon qui en prit une dans chaque bras.

— Comment vont mes petites sœurs aujourd'hui ?

Tara admira discrètement sa musculature et la facilité avec laquelle il faisait tournoyer les fillettes, comme si elles étaient aussi légères que des plumes. Il n'était peut-être pas pour elle, mais ce Simon Campbell était un bonheur pour les yeux. Et elle ne se lassait pas de le contempler.

Il déposa des baisers sonores sur les joues des petites filles qui gloussèrent, et les reposa par terre.

— Il y a longtemps qu'on ne t'a pas vu Simon, dit Layla, l'aînée, en faisant la moue.

— Onze mois. J'étais là à Noël, répondit-il en les contemplant affectueusement. Et comment va ma jolie belle-maman ? demanda-t-il, en se tournant vers Mia.

— Encore mieux depuis que tu es là, répliqua-t-elle, l'étreignant de nouveau avec une tendresse évidente. Une fois par an, ce n'est pas suffisant.

Elle se sentit de nouveau mal, et refoula une bouffée de jalousie.

Simon avait un réseau de parents qui l'idolâtraient quand elle-même n'avait personne. Oui, et alors ?

Simon s'écarta pour que Mia puisse embrasser Tara, qui s'efforça de lui rendre son étreinte. Elle se sentit un peu mieux. Après tout, peut-être faisait-elle des progrès dans ce domaine...

— Contente de te voir aussi, Tara. Je vois que vous avez fait connaissance, tous les deux.

Simon sourit.

— Dans le couloir de la maison. Ça m'a fait penser à toi et à papa. Puis Louisa a forcé la main de Tara pour qu'elle m'accompagne dans ma promenade.

— Pauvre Tara, dit gentiment Mia. Alors, vous vous êtes rencontrés dans le couloir ? J'espère que tu avais des vêtements, Tara. Je n'avais qu'une serviette sur moi, quand j'ai vu son père pour la première fois, et ça a fait des étincelles dès le premier jour !

Tara ne put s'empêcher de rire.

— J'étais habillée, et j'avais six heures de sommeil à mon actif.

— C'est vrai. Tu étais de garde de nuit hier. Comment s'est passé l'accouchement de Julie ? A quelle heure est né le bébé ?

— A 4 h 45 ce matin. A l'aube.

Mia secoua la tête en souriant.

— Les bébés semblent adorer le lever du jour.

— Je me disais justement la même chose, répondit-elle en souriant.

— Mais où ai-je la tête ? Entrez donc boire quelque chose de frais. Angus va être jaloux que je t'aie vu la première, Simon.

— Mais pas surpris.

— En tout cas, comment vas-tu ? Tu as l'air fatigué. Et Maeve ?

— Moi, ça va. Maeve est à quatre semaines du terme, et le père du bébé est toujours dans un pénitencier américain. Du moins je l'espère.

— Je regrette que tu aies eu tous ces soucis. Comment a réagi ta mère ? Ça doit être dur pour elle de vivre à Boston, si loin de sa fille enceinte.

— Elle n'y peut pas grand-chose. Maeve refuse d'accoucher en Amérique, et maman ne peut pas partir car papa n'est pas en bonne santé.

— Maeve a de la chance de t'avoir.

Il haussa les épaules.

— Son comportement actuel me laisse perplexe. Rien de ce que je dis ne trouve grâce à ses yeux. Je t'avoue que je m'inquiète pour elle.

Tara se sentit soudain mal à l'aise. Elle ne savait pas si elle était censée entendre tout cela. Peut-être ferait-elle mieux de s'éloigner discrètement. Mais tout le monde devait être au courant de ce qui se passait, et elle finirait fatalement par l'apprendre.

Mia ouvrit le réfrigérateur.

— Tu aurais pu l'amener ici plus tôt, sans avoir à t'absenter longtemps de ton travail. Elle aurait logé à la maison ou chez Louisa. Tu sais comme Louisa adore avoir du monde chez elle. Et Tara est là, ajouta-t-elle en se tournant vers la jeune femme. N'est-ce pas, Tara ?

— Je n'ai jamais été aussi bien accueillie de toute ma vie, répondit-elle calmement.

Et elle pria pour qu'ils ne sentent pas son pathétique besoin d'affection.

— Enfin, maintenant que je suis là, j'espère avoir quelques semaines de détente jusqu'à ce qu'elle soit installée, dit Simon. Je devrai peut-être faire quelques allers et retours entretemps. Ça dépendra de mes deux patientes. Par la force des choses, je ne peux dire exactement quand elles entreront en travail, mais, si tout va bien, ça ne devrait pas se faire avant le nouvel an.

Mia referma le réfrigérateur, et revint avec deux grands verres de citronnade maison.

— Alors comment se passent tes séances de formation ? As-tu réussi à convaincre d'autres médecins qu'un accouchement par le siège, sans césarienne, peut se dérouler normalement ?

Il prit le verre qu'elle lui tendait.

— Merci... J'essaie. J'ai un chef de clinique formidable. Il s'interrompit pour boire une gorgée. C'est délicieux, reprit-il. Sérieusement, Mia, tu devrais prendre ta retraite, et te lancer dans la commercialisation de ce truc.

Elle parut horrifiée.

— Prendre ma retraite ? Qui veut prendre sa retraite ?

— Ça m'arrive, répondit-il d'un air sérieux.

Mia haussa les sourcils.

— C'est drôle, tu parles comme ton père quand je l'ai connu. Tu as vraiment besoin d'une pause. Fais attention, ou Angus va te harceler pour que tu viennes t'installer ici, et ouvrir un cabinet.

— Je n'ai pas achevé mes recherches. J'en ai encore pour quelques années.

Tara le regarda. Une vision de Simon avec femme et enfants lui traversa soudain l'esprit. Dommage qu'elle ne reste jamais longtemps au même endroit… Elle prit conscience du tour pris par ses pensées, et se morigéna aussitôt. Quand retiendrait-elle la leçon ?

— Maeve a-t-elle participé à des séances pour futurs parents ? demanda-t-elle.

Simon secoua la tête, visiblement soucieux.

— A Sydney, elle a refusé.

— Ce n'est pas si surprenant, répondit-elle. C'est une sage-femme, elle connaît le processus. Et il arrive que des femmes ne veuillent pas penser à l'accouchement jusqu'à la dernière minute. Qu'elles refusent d'assister à des séances de couples sans partenaire. Pour ma part, je peux comprendre cette attitude.

Elle sentit sur elle le regard de Mia.

— Et si tu lui demandais d'intégrer ton groupe, Tara ? suggéra celle-ci. Je pense qu'une jeune sage-femme l'aiderait davantage, quand elle se sent un peu seule et perdue.

Elle la regarda, surprise, et sentit sa gorge se nouer. Elle n'arrivait pas à croire que Mia lui confiait un membre de sa famille ! Les yeux embués, elle détourna la tête. On ne l'avait jamais traitée, comme on le faisait ici. On ne lui avait jamais accordé confiance. Elle espérait juste qu'elle ne décevrait pas ces gens merveilleux.

— Tu sais que j'en serais très heureuse. Mais ça dépend d'elle.

Choqué, Simon regarda Mia qui hochait la tête, rassurante. Quoi, une autre sage-femme que sa belle-mère allait s'occuper de Maeve ? Il regarda en coin la jeune Tara, empourprée. Etait-elle assez expérimentée ? Et si les choses tournaient mal ?

Puis il perçut l'empathie de Tara pour sa sœur. Il laissa errer son regard, songeur. Peut-être Mia avait-elle raison. Maeve voulait gérer son accouchement. Elle souhaitait pouvoir être à l'écoute de son corps sans interférence, s'il avait bien compris ses arguments au cours des discussions qu'ils avaient eues ces deux dernières semaines. Et il ne doutait pas que la perception holistique de Tara lui permettrait de le faire.

Normalement, il se tenait auprès de la parturiente et l'encourageait, mais il ne se voyait pas faire cela avec sa petite sœur. Il l'avait protégée toute sa vie. Non qu'il ait envisagé d'assister en personne à l'accouchement de sa cadette, mais une chose était sûre, il ferait les cent pas dans le couloir en attendant la délivrance.

Oui décidément, Mia avait sans doute raison. Maeve pourrait avoir du mal à se détendre, compte tenu des liens forts qui unissaient son frère et sa belle-mère.

— Nous verrons ce qu'elle dira, lâcha-t-il du bout des lèvres.

Il secoua la tête, et essaya de se rassurer. Si Mia n'avait pas cru en Tara, elle ne lui aurait pas fait cette suggestion. Et malgré les sentiments mitigés que lui inspirait cette curieuse jeune femme, il avait toute confiance en sa passion pour son travail.

Il avait vu comme Lyrebird Lake faisait ressortir le meilleur de chacun. Peut-être avait-il perdu ce supplément d'âme, depuis qu'il s'était immergé dans la branche de l'obstétrique high-tech, un domaine à haut risque.

Il avait même constaté un changement en ce sens, chez son propre père qui, après avoir été un as de la médecine d'évacuation internationale, était devenu un tranquille médecin de campagne.

Maeve et Tara avaient beaucoup en commun et s'entendraient bien. Pourquoi ne pas faire confiance ? Tout s'arrangerait encore mieux qu'il ne l'avait espéré.

4

Simon jeta un coup d'œil circulaire sur les siens. Le dîner s'était passé raisonnablement bien. Maeve s'était montrée polie, et avait dit ce qu'il fallait, tout en gardant ses distances avec lui. Fidèle à elle-même, sa belle-mère avait été charmante, traitant les deux jeunes femmes comme de vieilles amies, tandis que, peu loquace, son père s'était contenté de sourire chaque fois qu'il posait les yeux sur sa femme ou ses filles.

Il sourit. Louisa était, quant à elle, dans son élément, car elle aimait ces grands dîners où toute la famille était réunie. Elle était toujours plus heureuse avec des enfants autour d'elle.

Vêtue d'un jean serré qui dévoilait des morceaux de peau à travers les déchirures du tissu moulant son joli petit derrière, Tara attirait le regard de Simon comme un aimant, chaque fois qu'elle allait prendre quelque chose au réfrigérateur.

— Mia dit que tu sembles bien t'entendre avec Tara, lui dit son père en s'approchant de lui, une bière à la main.

— Il est facile de s'entendre avec elle.

Tara rit d'une boutade chuchotée par Louisa, en passant devant eux avec un plateau de fruits pour le dessert.

— Je crois que notre Tara n'a pas eu une vie facile, reprit Angus. C'est une petite dure à cuire, du moins en apparence.

Simon lui jeta un coup d'œil.

— Beaucoup de gens ont des vies difficiles.

Son père porta sa bière à ses lèvres.

— Qu'est-ce qui s'est passé avec Julia ?

— Ça n'a pas marché. Elle prétendait que je ne lui accordais pas assez d'attention. J'ai laissé mon travail nous séparer.

— Vraiment ?

— Peut-être... C'est même sûr, ajouta-t-il après réflexion. Je passais mon temps à m'excuser de partir travailler. J'ai commencé à préférer être à l'hôpital que chez moi, et elle a croisé la route de quelqu'un d'autre.

— Ça m'a pris du temps, tu sais, pour rencontrer Mia. Ça t'arrivera un jour, et tu sauras tout de suite que c'est la bonne.

D'un même mouvement, ils se tournèrent vers Mia qui s'affairait.

— Si je trouve une femme comme Mia, je serai le plus heureux des hommes.

— Tu viendrais t'installer ici ?

— C'est un entretien d'embauche ?

— Espèce d'insolent. Viendrais-tu, oui ou non ?

— Pas encore. Mais je ne l'exclus pas plus tard.

Hochant la tête, Angus reprit d'un ton faussement innocent :

— Peux-tu me remplacer trois jours, à partir de lundi ?

Simon pouffa.

— Je savais que tu avais une idée derrière la tête ! Pourquoi ?

— Puisque tu es là, et que Mia a fêté son anniversaire la semaine dernière, j'ai pensé que je pourrais l'emmener à Brisbane faire des achats de Noël. Elle adore ça. Ça nous ferait des minivacances avec les filles.

— Je te vois mal faire du shopping avec des chants de Noël en fond sonore, répliqua-t-il en riant.

— C'est juste pour deux jours. Je regarderai faire mes femmes. Toi aussi, tu verras, ça te plaira quand tu auras mon âge.

— Pauvre vieux.

— J'assume. Alors, tu acceptes ?

Il hocha lentement la tête. Il avait fait des remplacements occasionnels au petit hôpital ces dernières années en l'absence d'un des associés, et il avait beaucoup apprécié l'ambiance paisible de petite ville de campagne qui y régnait. Angus le savait.

— Bien sûr. Pourquoi pas ? Andy me guidera si nécessaire. Mais je n'ai pas pratiqué la médecine générale depuis des années.

— Tu es jeune. Tu te débrouilleras. Et on est presque en décembre. Louisa veut qu'on installe les décorations de Noël.

— Merci bien, répondit-il en riant de plus belle. Je parie que tu vas encore lui rapporter un cadeau que je devrai assembler !

Tara passa devant eux, et il la suivit du regard. Se retournant ensuite vers son père, il remarqua que celui-ci dissimulait avec peine un sourire.

Le lendemain matin, Tara, encore somnolente, entendit Simon sortir à l'aube. Il devait faire agréablement frais avant la chaleur de la journée...

Elle remonta le drap sur elle, laissant vagabonder ses pensées. Où pouvait se rendre Simon ? Que portait-il ? Et son col était-il ouvert sur son beau cou puissant et son torse athlétique ? C'était drôle, elle n'avait jamais fantasmé sur cette partie du corps masculin avant.

Esquissant un sourire, elle se blottit sous les draps. Qu'il était doux de rêver. Et Mia était formidable. Ils l'étaient tous d'ailleurs. Hier, elle avait eu un fascinant aperçu de la famille Campbell, et de Simon en particulier.

Observer la dynamique entre Simon et son père l'avait captivée. Elle voyait Angus différemment, après les exploits racontés par Mia. Qui aurait pu le deviner ?

Elle n'avait jamais vu une telle complicité entre un père et son fils, mais son expérience se limitait à des bribes de vie au sein de familles dysfonctionnelles. Simon avait tout de même attendu l'âge de vingt ans pour connaître son père biologique. Cela expliquait peut-être la qualité évidente et si belle de leur relation. Angus semblait très fier de son fils, et ce sentiment paraissait réciproque. En outre, tous deux adoraient manifestement Mia et les fillettes.

Elle aurait eu un peu l'impression d'être « La Petite Fille aux Allumettes » en contemplation devant les vitrines de Noël, s'il n'y avait eu Maeve qui, malgré ses airs de mannequin branché, avait paru encore plus perdue qu'elle. Mais pourquoi un tel désarroi ?

Elle se secoua intérieurement. Trêve de rêveries ! C'était sur

Maeve que Tara devait focaliser ses pensées. Surtout si la jeune femme acceptait de faire partie de son groupe de patientes.

Une heure plus tard, elle trouva Maeve dans la cuisine, impeccable dans sa robe de maternité de créateur et parfaitement maquillée, en train de picorer un toast une miette après l'autre. Elle la regarda, compatissante. Peut-être avait-elle encore des nausées matinales. Elle avait vu beaucoup de femmes en souffrir encore après leur dernier trimestre de grossesse.

— Bonjour, tout le monde, dit-elle, avec un grand sourire.

Et elle prit une chaise pour s'installer aux côtés des autres. Louisa aimait être aux petits soins pour chacun, et à en juger par la tension qui régnait dans la pièce, Maeve n'avait pas l'air d'apprécier.

— Bonjour, ma chère enfant, répondit Louisa en lui jetant un regard soulagé. Qu'allez-vous faire aujourd'hui ?

— J'ai une séance avec les jeunes mamans cet après-midi, mais je suis à votre disposition si vous avez besoin de moi, Louisa.

— Non. Je vais jouer au bingo à la salle paroissiale avec une amie, et je me demandais si vous et Maeve pourriez préparer vous-mêmes votre déjeuner.

— Sans problème. On se débrouillera, n'est-ce pas, Maeve ?

L'interpellée leva à peine les yeux.

— Bien sûr.

— Toujours nauséeuse ? demanda Tara, la trouvant un peu pâle.

Maeve fit la grimace.

— Ça ne s'arrange pas, au contraire, c'est pire. Et je commence à avoir des démangeaisons qui me rendent folle.

Elle fronça les sourcils.

— Ce n'est pas drôle, répondit-elle doucement. Qu'avez-vous pris pour y remédier ?

— Presque tout. Pour les nausées, j'ai essayé les bracelets à acupression, le gingembre, les gorgées d'eau froide et les gorgées d'eau chaude, dit Maeve en se grattant machinalement le ventre. Et la calamine pour les démangeaisons, mais je ne m'en mets qu'aux endroits où cela ne se voit pas. J'ai toujours détesté le rose, et ça me dérangerait vraiment d'être entièrement peinte en rose !

Tara éclata de rire.

— C'est le problème avec les sages-femmes. Nous connaissons tous les trucs qu'on donne à nos patientes, et on est mal, quand ils ne marchent pas.

— C'est vraiment embarrassant, reprit Maeve, un peu plus détendue.

— Je suppose que lorsqu'on est enceinte, on est à l'affût de tous les remèdes possibles...

Maeve leva les yeux au ciel avec un pâle sourire.

— Vous ne pouvez pas imaginer ! J'ai lu absolument tout ce qu'on peut trouver sur les problèmes liés à la grossesse.

— Il faudra que vous m'en parliez plus tard, répondit-elle en souriant. A se demander vraiment ce que nos patientes pensent, quand ces trucs ne fonctionnent pas pour elles non plus...

Maeve acquiesça.

— Dorénavant, je préciserai que ça marche... la plupart du temps.

— Avez-vous eu l'occasion de parler avec quelqu'un de la façon dont vous voulez accoucher ? demanda Tara.

Elle la regarda. C'était une question logique puisque Maeve venait d'arriver au centre de naissance, mais elle la sentit aussitôt se refermer.

— Vous pensez aux séances prénatales, c'est ça ? répliqua Maeve en lui jetant un bref coup d'œil. Simon vous a parlé ?

— J'imagine que Simon parle à tout le monde, répondit-elle placidement. Mais en l'occurrence, c'est Mia qui a évoqué la question avec moi. Je dirige une séance avec les jeunes mères cette semaine, et j'ai pensé qu'en tant que sage-femme, vous pourriez m'assister, avec votre point de vue de femme enceinte. Mais vous préférez peut-être bavarder, auquel cas je serai ravie de le faire avec vous, si vous n'avez pas pris d'engagement avec quelqu'un d'autre, bien sûr.

— Désolée, je suis un peu mal embouchée ces temps-ci. Tout va de travers...

Elle hocha la tête en souriant. C'était la vie. Et elle ne le savait que trop !

— Oui, ça tourne parfois au vinaigre. Je suis bien placée pour le savoir. Vos démangeaisons et vos nausées pourriraient la vie de n'importe qui, sans parler du poids que vous transportez partout où vous allez !

Maeve se mit à rire.

— C'est vrai. Et j'ai l'impression que cette grossesse ne finira jamais, mais je serai patiente, et ne laisserai personne me pousser à faire quelque chose contre mon gré.

— Vous avez bien raison. Qui pensiez-vous voir ici ?

— Je ne sais pas. Du moment qu'on laisse faire la nature, cela m'est égal. J'ai vu le médecin recommandé par Simon plusieurs fois, mais le mois dernier, il a parlé de provoquer l'accouchement et de recourir à une péridurale, voire peut-être même à une césarienne. Je n'arrivais pas à le croire, et je n'ai plus voulu le voir. Simon refusait d'entendre parler d'un accouchement à domicile, et nous avons trouvé un compromis avec le Centre de Naissance de Lyrebird Lake.

— Et le père du bébé ?

Maeve détourna les yeux.

— Il brille par son absence. Mais je ne veux pas regretter cette naissance plus tard. Je regrette déjà suffisamment d'être tombée enceinte. J'ai besoin d'avoir le contrôle de mon accouchement, et je ne l'aurais pas eu à l'hôpital de Simon.

Tara acquiesça. Elle était entièrement d'accord avec elle.

— Vous avez bien fait de vous défendre, dit-elle. Il y a ici trois médecins qui s'occupent des soins prénatals, et quatre sages-femmes. Si vous pensez qu'un programme avec les sages-femmes vous conviendrait, il vous faut choisir quelqu'un. Deux de mes patientes doivent accoucher au cours de la prochaine quinzaine, mais en dehors des visites à domicile, j'ai la possibilité de prendre de nouvelles patientes. Vous pouvez rencontrer mes autres collègues demain, mais réfléchissez à ma proposition. De toute façon, on va probablement commencer par vous faire toute une batterie de tests.

Maeve regarda autour d'elle, et sourit avec une timidité qu'elle soupçonna d'être inhabituelle.

— En fait, je serai ravie d'être suivie par vous.

— Vous en êtes sûre ?

— Absolument, répondit Maeve, visiblement soulagée. Et nous pourrons parler de mon accouchement pendant la séance.

— Très bien. Dans ce cas, nous allons nous rendre à la clinique dans la matinée pour vous examiner ainsi que le bébé, et faire toute la paperasserie nécessaire. Si vous changez d'avis quand j'aurai mis mon nez dans vos antécédents médicaux et autres, je pourrai vous confier à quelqu'un d'autre.

— Mes antécédents, Seigneur... Un vrai désastre. J'ai parfois l'impression que je n'en verrai jamais la fin. Je n'étais pourtant pas d'un naturel défaitiste...

— Vous avez toute ma sympathie, répondit Tara en souriant de nouveau. Personnellement, j'étais perdue avant d'arriver ici. La bonne nouvelle, c'est que vous êtes une femme, autrement dit, vous vous en sortirez comme un chef !

— D'accord, alors, dit Maeve en souriant à son tour. Il faudra que je rappelle ça à mon brillant frère.

— Il a l'air gentil.

— Trop gentil.

Tara hocha vigoureusement la tête. Elles se regardèrent, pensant manifestement à leurs ex qui avaient été tout sauf gentils, et éclatèrent de rire. Quelques secondes plus tard, des pas se faisaient entendre dans l'escalier extérieur, et Simon entrait dans la cuisine, en sueur après son jogging. Elles s'efforcèrent de contenir leur hilarité.

— Qu'y a-t-il de si drôle ? demanda-t-il, son regard allant de l'une à l'autre.

— Rien, répondirent-elles en chœur.

Il secoua la tête.

— Très bien. Discussion entre filles, j'ai compris. Tu veux aller te baigner, Maeve ?

Tara vit le visage de la jeune femme se fermer.

— Non merci. Je dois regarder mes e-mails.

— Tara ?

Elle imagina brièvement Simon en slip de bain.

— Non, c'est gentil, merci.

— Vous êtes sûre ?

— Allez-y, Tara, dit Maeve. C'est votre jour de repos. Nous nous reverrons, quand vous reviendrez. Vous avez plusieurs heures devant vous.

Elle les observa un instant. Elle ne comprenait pas le mur que Maeve avait érigé entre elle et son frère. Pour sa part, elle aurait adoré avoir un frère comme Simon, mais il y avait probablement des choses qu'elle ignorait.

— Dans ce cas, avec plaisir. J'adore nager. Vous voulez y aller maintenant ? demanda-t-elle à Simon qui consultait sa montre.

Il acquiesça, apparemment content qu'elle ait accepté de venir. On lui imposait peut-être sa présence, mais tant pis. Elle comptait bien en profiter, tant que ça durerait.

— Je vous retrouve devant la maison dans cinq minutes ?

— J'y serai, répondit-elle avec un petit sourire.

Simon regarda Tara se frictionner vigoureusement les épaules avant d'essuyer ses mollets joliment galbés, puis ses petits pieds, debout sur une jambe.

Il envia soudain sa serviette. Elle avait des seins délicieux, un corps ferme et souple, et il ne doutait pas qu'elle serait incroyablement lisse et douce dans ses bras.

La séance de natation s'était révélée particulièrement vivifiante, et il remarqua qu'elle tremblait.

— Désolé. J'avais chaud après mon jogging, et le froid m'a revigoré, mais pour vous...

Elle haussa les épaules.

— Oh ! Aucune importance, je peux me baigner toute l'année sans problème.

Il la parcourut des pieds à la tête. Elle avait la chair de poule sur ses bras et ses si jolies cuisses, et il brûlait de la prendre contre lui pour la réchauffer.

Il y avait longtemps qu'il n'avait pas été aussi fasciné par un corps de femme, et le désir qu'elle lui inspirait, l'alarmait.

Heureusement elle semblait ne pas se rendre compte de son trouble.

— Et Lyrebird Lake est beaucoup trop au sud pour qu'il y ait des crocodiles, ajouta-t-elle.

Il esquissa un sourire. Des crocodiles ! Il était prêt à parier qu'elle n'avait peur de rien.

— Je ne sais pas pourquoi, mais j'ai l'impression qu'il vous faudrait plus qu'un crocodile pour vous détourner de votre objectif.

Elle lui sourit à son tour, et son visage s'illumina. Il sentit aussitôt le désir monter en lui.

— Merci, gentil monsieur. Je prendrai ça pour un compliment.

— C'en était un, répondit-il. Vous avez une liste de défis intéressants à relever ?

Il la dévisagea avec curiosité. C'était étrange, d'habitude, il n'aimait pas particulièrement les femmes casse-cou.

— J'ai toujours voulu faire du parachutisme, et je vais m'offrir ce cadeau pour mon anniversaire la semaine prochaine.

— Sérieusement ?

— Oui, acquiesça-t-elle, les yeux brillants.

Il secoua légèrement la tête. C'était bien la dernière chose dont il avait envie !

— On dit qu'on n'est plus jamais le même après avoir sauté en parachute, reprit-elle avec fougue. J'ai envie de vivre ma vie en sachant que j'aurai fait des tas de choses avant de quitter cette terre.

Il y avait chez cette vibrante jeune femme si consciente de sa mortalité quelque chose de déprimant qui glaça Simon.

— Vous projetez de quitter ce monde ?

— Non, évidemment, répliqua-t-elle avec un haussement d'épaules. Mais tout peut arriver. Mes parents sont morts dans un accident quand j'avais six ans, et j'ai grandi dans un orphelinat.

— Je suis navré pour vos parents. Vous n'aviez pas de grand-mère ?

— Elle était morte en couches, répondit-elle d'un ton neutre. Et je n'avais ni frère ni sœur.

Il hocha lentement la tête. Elle était impassible, refusant toute sympathie. Elle n'avait pas eu d'enfance, ce qui expliquait bien des choses.

— Triste histoire familiale, articula-t-il enfin. Ma vie n'a aucun intérêt en comparaison.

Il se sentit mal à l'aise, conscient de ne pas avoir trouvé les mots pour lui exprimer sa compassion.

— Parlez-moi donc de votre existence ennuyeuse !

— Il n'y a rien à en dire, sauf que ma mère n'a pas appris à mon père biologique qu'elle m'attendait, une omission mineure que je n'ai découverte qu'à l'âge adulte. C'est ce que j'ai connu de plus aventureux.

— Ça l'est. Surtout rechercher son père biologique à l'âge adulte.

Il croisa son regard. Il y avait de la mélancolie dans les yeux de Tara, comme si elle regrettait de ne pas avoir quelqu'un à rechercher.

— Bref, j'ai besoin d'excitantes mésaventures, dit-elle.

Elle enfila son T-shirt qui moula de façon suggestive les endroits encore humides de son corps.

Il détourna les yeux, et s'efforça de rassembler ses idées.

— Un jour, j'essaierai d'être un peu aventureux, pour changer, déclara-t-il, mi-figue mi-raisin.

Elle le détailla de la tête aux pieds, et il rentra machinalement son ventre. Un pur réflexe qu'il ne s'expliquait pas. Elle avait cet effet sur lui.

— Vous pouvez sauter avec moi mardi, si vous voulez.

Il eut conscience de son expression horrifiée. Pour empirer les choses, elle éclata de rire.

Pour autant, il n'était pas question qu'il saute.

— Si je venais plutôt vous encourager au sol, avec un verre de champagne ?

— Merci, répondit-elle, visiblement ravie. Ce serait très sympa.

— Très bien. Nous en parlerons plus tard, quand je me serai familiarisé avec l'image de votre charmante personne sautant d'un avion en vol.

Ils ramassèrent ensuite leurs serviettes, et prirent le chemin du retour.

— De quoi parliez-vous avec Maeve ?

— Des consultations prénatales. Je lui ai proposé de faire partie de mon groupe, et elle a accepté.

Il lui jeta un coup d'œil. Elle paraissait un peu hésitante, et il comprit que c'était un défi pour elle de prendre en charge la sœur du consultant. Mais Maeve devait voir quelqu'un, et pour le moment, elle refusait de l'écouter.

— C'est génial. Vraiment. Je suis sûr que vous vous entendrez très bien, toutes les deux.

Elle lui lança un regard reconnaissant.

— Merci, Simon. Je prendrai bien soin d'elle.

5

La consultation prénatale avait lieu à 11 heures, chaque jour de la semaine. A cette heure-là, la sage-femme de garde du matin avait achevé les formalités de départ des mamans et des bébés qui rentraient chez eux. En outre, le service était plus calme, sauf quand une parturiente était en train d'accoucher.

En ce moment, Tara avait dans son groupe dix jeunes femmes à différents stades de grossesse, et deux qui avaient déjà accouché dans le programme de suivi postnatal.

La première visite avait lieu à la clinique, mais la plupart des visites ultérieures se faisaient au domicile des patientes. A tour de rôle, chaque sage-femme avait avec elle le téléphone portable de la maternité, pour rester joignable si l'une de ses collègues avait besoin d'assistance en salle de travail, ou si deux patientes d'une même sage-femme accouchaient en même temps.

Tara réprima un sourire en observant Maeve. Celle-ci paraissait très intéressée par le fonctionnement du service à en juger par ses hochements de tête répétés. Elle était prête à parier que Maeve serait désireuse d'intégrer le centre après la naissance de son bébé.

Même pendant l'examen prénatal, elle posa de nombreuses questions, et le temps de remplir les papiers officiels, les deux femmes étaient devenues amies.

Tara s'adossa à sa chaise.

— Bien. Ta pression artérielle est légèrement élevée, et ton bébé est un peu petit pour trente-six semaines, mais tout cela n'a rien d'inquiétant, et nous avons effectué quelques examens sanguins supplémentaires par mesure de précaution.

— Tu crois que ma tension pourrait encore monter ? Tu veux éliminer une toxémie ?

— Nous examinerons ensemble les résultats d'analyse. Pour l'instant, tu te sens bien, et le bébé bouge normalement, mais les nausées et les démangeaisons m'alertent un peu. Pas toi ?

— Si, répondit Maeve avec un soupir. Il faudra peut-être surveiller ça… Je me réjouis que mon dossier te soit clairement attribué, pour le cas où Simon déciderait que je suis à haut risque et me renvoie à Sydney.

— Nous ne sommes pas équipés pour faire face à des risques importants, mais au moins, dans ton cas, nous n'aurions pas à gérer une prématurité, si ton état se dégradait soudain.

— N'en parle pas à Simon.

— S'il me pose des questions, je ne lui mentirai pas.

— Mais s'il n'en pose pas, ne lui dis rien.

— Eh bien, si les résultats d'analyse sont normaux, il n'y aura rien à lui dire.

— Essaies-tu de te défiler ?

— Me demandes-tu l'impossible ? répliqua Tara.

Maeve se leva, et elle l'imita.

— Très bien, dit Maeve au bout d'un instant, en secouant la tête. Excuse-moi. Je ne sais pas pourquoi Simon suscite chez moi de telles réactions. Il n'a rien fait. C'est peut-être parce que j'ai l'impression de l'avoir trahi, en faisant certains choix.

— Il faut bien faire des choix, et nul ne peut savoir ce qui en résultera. Et je parle en connaissance de cause, répondit-elle d'une voix ferme, en lui tendant sa carte d'inscription. J'essaie de me mettre dans la tête que le blâme et la culpabilité sont stériles, autant que le ressentiment. C'est difficile, mais me débarrasser de ces sentiments m'a aidée à aller de l'avant.

Maeve tapota son ventre.

— Un peu dur quand un bébé est là pour vous les rappeler à chaque instant.

— Ce bébé tout neuf est la raison la plus merveilleuse pour repartir de zéro. Je serai là pour la naissance, Louisa va te dorloter, et Simon sera gaga de son neveu… Tu crois que le père essayera de te retrouver quand il sortira ?

— Je ne pense pas, non. C'était une stupide aventure d'une nuit avec un vieil ami de Simon, un beau mec pour qui j'avais le béguin, mais il avait oublié de me dire qu'il devait purger une peine de prison. Il n'a pas répondu à une seule de mes lettres. Ni aux tentatives de Simon pour lui parler. Je me sens d'autant plus idiote…

— Tu le serais si tu l'attendais les bras ouverts, répliqua-t-elle en jetant un coup d'œil à sa montre. Si tu veux m'assister pendant ma séance avec les jeunes mères, elle commence à 13 heures, dans la salle des mamans, derrière le bureau.

— Merci. Je vais réfléchir. J'irai peut-être me promener, après être restée assise aussi longtemps.

— Bien sûr. Ou bien, va déjeuner et reviens ensuite. Je vais rentrer chez moi manger quelque chose.

Comme elles sortaient, une sage-femme interpella Tara.

— Ne t'occupe pas de moi, dit Maeve. Je vais me balader un peu, et je reviens.

Simon soupira pour la énième fois. Il se trouvait dans la cuisine en train de préparer du café, quand Tara regagna l'ancien presbytère une demi-heure plus tard. Il attendait le retour des deux jeunes femmes en rongeant son frein, avec l'impression qu'elles étaient parties depuis des heures. Peut-être Maeve avait-elle un problème ? Peut-être son inquiétude était-elle fondée ? Et lorsqu'il vit Tara arriver seule, il eut du mal à refréner son angoisse.

— Vous voulez du café ? demanda-t-il.

— Avec plaisir, merci. Noir, s'il vous plaît.

— Sans sucre.

— Comment le savez-vous ?

Malgré son inquiétude, il sourit. Il avait posé la question à Louisa la veille.

— Comment s'est passée la visite prénatale de Maeve ?

— Bien.

— Alors, tout va bien ?

— Si je vous le dis !

— Allez, rassurez-moi.

— D'accord. Nous avons fait les prises de sang des trente-six semaines, et le bébé bouge bien. Il n'y a rien à ajouter, tant que nous n'aurons pas les résultats d'analyse. Ce serait conjecturer.

— Conjecturer à propos de quoi ?

— De rien pour l'instant.

Elle éludait manifestement ses questions, et il eut un peu honte de la mettre ainsi sur la sellette.

Elle se redressa et le toisa.

— Vous avez dit vous-même que nous devrions bien nous entendre, Maeve et moi. Alors, je me demande comment votre sœur prendra les choses, si je m'empresse de vous donner des résultats et des renseignements privés la concernant. Je présume que vous ne discutez pas de vos patientes avec vos parents ?

Il la regarda dans les yeux.

— Non. Vous avez raison. Je prends note de vos remarques.

Il détourna la tête. Il n'était pas fier de lui, mais il ne pouvait s'empêcher d'être inquiet pour la santé de sa sœur.

— Mais si vous me cachez quelque chose à propos de ma petite sœur, je le prendrai mal, je vous préviens.

— Merci pour la mise au point. Je ne vous voyais pas recourir à l'intimidation, mais apparemment, j'avais tort...

Il cilla. Elle avait raison. Il ne savait pas quelle mouche l'avait piqué. Il tendit la main vers elle, mais elle recula vivement.

— Je regrette, Tara. Je n'ai pas le droit de vous harceler ainsi. Et je vous prie d'accepter mes excuses.

Le portable de Tara se mit à sonner, et elle jeta un coup d'œil à l'écran.

— Je comprends mieux pourquoi vous rendez folle votre sœur, reprit-elle. De bonnes intentions et des excuses. On se sentirait mal à moins. Mais je ne m'appesantirai pas là-dessus.

Elle prit ensuite l'appel, écouta son interlocuteur, acquiesça, et raccrocha. Elle adressa à Simon un sourire de façade.

— Rien de grave. Il faut que j'y aille. A plus tard.

Sur ces mots, elle ouvrit le réfrigérateur, prit une pomme et sortit.

Simon soupira longuement. Il savait qu'il avait eu tort de la harceler, mais elle n'avait pas répondu à ses questions.

Ces derniers jours, il avait senti que quelque chose ne tournait pas rond chez Maeve. Il ne l'avait pas vue depuis un mois, et n'arrivait pas à identifier ses symptômes. Pour autant, faire pression sur Tara ne lui ressemblait pas.

Lundi, il aurait accès aux résultats sanguins de sa sœur en allant travailler, mais s'efforcerait de ne pas les consulter. Ce n'était pas dans ses habitudes de court-circuiter un collègue, et il n'allait pas commencer maintenant. Ce ne serait néanmoins pas facile...

6

Le lundi matin, Tara s'affaira à remettre de l'ordre dans le service après le départ d'une maman et de son bébé. Elle avait regardé les résultats d'analyse de Maeve, et heureusement, ils étaient parfaitement normaux. Elle avait bien fait de ne pas alarmer Simon en lui confiant ses craintes.

Au moins maintenant, elle pourrait lui dire que tout allait bien, s'il l'interrogeait. Elle soupira. C'était drôle, en un sens elle redoutait de le voir, et d'un autre côté, elle en brûlait d'envie.

Elle en était là de ses réflexions, quand une voiture freina dans un crissement de pneus devant l'ancien presbytère, et un homme en jaillit comme un diable de sa boîte.

— Elle a perdu les eaux ! Elle pousse !

Tara sortit aussitôt pour aller au-devant de la voiture, et adressa un regard rassurant à la femme au visage crispé, assise sur le siège avant. Elle regrettait que cet accouchement ne se soit pas produit un peu plus tôt, quand il y avait deux sages-femmes sur place pour entourer la jeune femme. Mais à en juger par sa concentration et ses petits halètements réguliers, le travail avait déjà commencé.

— C'est un siège, et on nous a dit que Susan devait accoucher par césarienne à Brisbane, expliqua le mari.

Tara hocha la tête. Elle doutait qu'une césarienne fût possible dans les quelques minutes qui leur restaient.

— Très bien. Je vais chercher un fauteuil roulant pendant que vous levez Susan. Je reviens tout de suite.

Son cerveau travaillait à toute allure, et dès qu'elle fut rentrée, avant même de sortir le fauteuil roulant, elle appuya sur le petit bouton vert destiné à demander assistance, ne fut-ce que pour appeler la sage-femme et le médecin de garde.

— Ça va aller, Susan, dit-elle calmement en revenant, l'aidant à s'asseoir avant de la conduire à l'intérieur. Tout se passera bien. On vient nous aider, et nous avons déjà accouché des bébés par le siège.

Elle secoua légèrement la tête. Pas depuis qu'elle était là, mais on lui en avait parlé, et Susan ne semblait pas à terme, ce qui indiquait que le bébé était peut-être en avance, autant de points positifs pour un accouchement par le siège.

Elle jeta un coup d'œil au mari qui parut se détendre un peu, et ajouta :

— L'angoisse rend encore plus douloureuses les contractions de Susan. Alors tout le monde doit respirer un bon coup, et laisser le bébé faire les choses à sa façon, et je vous promets que tout ira bien.

— Enfin quelqu'un avec du bon sens, articula la parturiente.

Tara se mordit la lèvre pour ne pas rire, mais Susan se tordit sous l'effet d'une nouvelle contraction, et elle se concentra sur sa respiration.

Non sans soulagement, elle entendit un bruit de pas, signe que l'aide arrivait, et comme elle levait Susan du fauteuil pour l'allonger sur le lit, Simon apparut sur le seuil.

Miracle. Elle respira un grand coup.

— Simon. Génial. Voici Susan, qui vient d'arriver. Elle a perdu les eaux, le bébé se présente par le siège, et elle a envie de pousser.

Susan foudroya Simon du regard.

— Il n'est pas question que je m'allonge pour accoucher !

— Très bien, répondit aussitôt Simon en traversant la pièce pour serrer la main du mari stressé. Simon Campbell, obstétricien.

— Je suis Pete Wells, le mari de Susan.

Simon se tourna vers la future maman, et lui toucha l'épaule, les yeux fixés sur son ventre tendu.

— Bonjour, Susan. C'est votre premier bébé ?

Elle hocha la tête.

— Quand est prévue la naissance ?

— Dans quatre semaines.

— Et vous pensez que c'est un siège ?

— J'ai fait une échographie hier. Nous nous rendions à Brisbane.

— Sauf si vous avez remarqué des mouvements depuis hier, le bébé se présente probablement toujours par le siège. Quel est le programme, Tara ?

— Susan devait subir une césarienne à Brisbane, mais elle veut accoucher debout par les voies naturelles. J'ai pensé que comme vous êtes là, vous pourriez l'examiner pour voir où elle en est, et que le bébé nous indiquerait la direction à suivre. Malheureusement, Susan doit s'allonger un moment.

— Je suis d'accord avec tout cela, dit-il en souriant. Ça vous va, Susan ?

— C'est parfait. A condition que vous fassiez vite. Je n'ai jamais voulu de césarienne.

Elle aida Susan à se déshabiller, et la jeune femme s'allongea à contrecœur.

Simon palpa rapidement, mais méthodiquement son ventre, avant de s'écarter pour laisser Tara confirmer la position du bébé. Il alla ensuite se laver les mains, et enfila des gants stériles.

— Le bébé est un rebelle, comme sa maman. Je ferai aussi vite que possible, pour que vous puissiez vous remettre debout.

Une minute plus tard, il confirmait le diagnostic.

— Il s'agit bien d'un siège. La position est parfaite. Il est prêt à sortir. Tara, faites venir une personne en renfort, s'il vous plaît. Nous la renverrons, si nous n'avons pas besoin d'elle.

Elle appela aussitôt le standard, puis installa un tapis recouvert d'un drap à côté du lit, afin que Susan puisse s'y agenouiller le cas échéant. Ensuite, elle prépara le matériel. Elle n'avait jamais été aussi rapide pour ouvrir les paquets stériles et aligner les seringues, et elle était tout excitée. Elle allait assister à sa première naissance par le siège !

Puis Simon s'adressa au couple.

— Je dois vous dire que j'ai pour spécialité d'encourager les naissances par le siège par les voies naturelles au Central Women's Hospital de Sydney où j'exerce, et si vous n'y voyez pas d'inconvénient, j'aimerais parler à Tara au cours du travail, pour qu'elle puisse appliquer sa propre méthode d'accouchement. En êtes-vous d'accord ?

Susan l'ignora, mais hocha la tête à l'adresse de Tara tout en poussant, et Peter acquiesça du bout des lèvres. Elle posa le petit Doppler à ultrasons sur le ventre de sa patiente, et les battements du cœur du bébé se firent entendre. Susan souffla et se détendit. Son bébé allait bien.

— Si le bébé décide de nous jouer un mauvais tour, je prendrai la relève, reprit Simon.

— Nous sommes obligés de vous croire sur parole, articula Pete, dont la tension semblait avoir atteint son paroxysme.

— C'est tout ce que vous pouvez faire, répondit Simon avec un sourire, en approchant une chaise pour s'asseoir près de Tara perchée, quant à elle, sur un tabouret. Je pourrais vous donner ma carte et mon numéro de téléphone, pour vous permettre d'appeler mon service à Sydney, mais vous risqueriez de manquer la naissance.

Tara hocha la tête. Car elle approchait à grands pas. Le croissant pâle d'un minuscule fessier apparut quand Susan souffla, et elle sentit les battements de son cœur s'accélérer. Elle allait réaliser son premier siège dans un environnement paisible, entièrement naturel, et n'avait même pas peur, car Simon était là, juste à côté d'elle.

— Tara ne touchera pas le bébé jusqu'au dernier moment. Pour l'instant, votre enfant est bien, détendu, et nous ne voulons pas l'effrayer en posant brusquement une main froide sur lui. Le rythme cardiaque est parfait, et après chaque contraction, Tara écoutera le ventre de Susan.

Simon parlait d'un ton paisible, et elle l'écoutait en obéissant à ses instructions, avec ce sentiment rassurant qu'il ne doutait pas de ses compétences. Il maîtrisait parfaitement la situation.

— Les bébés qui naissent par le siège ont les mêmes mécanismes que ceux qui viennent au monde normalement, et quand le bassin est passé, le plus gros est fait, car il est sensiblement de la même largeur que les épaules, poursuivit Simon.

Elle leva les yeux vers lui, surprise. Elle ne s'en était pas rendu compte. A présent, ils pouvaient voir le minuscule scrotum et le petit pénis, et Pete étouffa un cri de surprise en prenant conscience de ce que c'était. Tout allait si vite, elle n'arrivait pas à le croire.

— Vous vous débrouillez à merveille, Susan, murmura-t-elle. Vous êtes formidable. Il n'y en a plus pour longtemps.

— D'accord.

Elle lui sourit. Susan semblait tendue, mais nullement effrayée, et Tara avait la gorge nouée par l'émotion qu'elle éprouvait à chaque naissance, devant ce miracle que seules les femmes pouvaient accomplir. Le petit derrière pointu semblait sortir de biais, mais il s'immobilisa, pivota, et elle regarda Simon pour savoir si elle devait dégager la jambe, mais il se contenta de sourire en secouant la tête.

Les fesses descendirent encore, et un minuscule pied se libéra. L'autre suivit, et le bébé se retrouva sur la pointe des pieds sur le tapis tandis que, d'instinct, sa mère s'accroupissait. On pouvait maintenant voir tout le ventre du nourrisson, ainsi que le cordon ombilical en tension.

— A ce stade, nous veillons à ce que le bébé ne décide pas de se retourner, mais la plupart du temps, il se débrouille comme un chef, dit Simon.

De fait, le corps du nourrisson se redressa, le petit torse s'allongea, jusqu'à ce que seul le haut du corps se trouve encore à l'intérieur.

— Je ne peux plus le supporter, marmonna Pete en se tordant les doigts.

Elle le regarda avec sympathie.

— Je veux m'agenouiller..., haleta Susan.

— Attendez encore un peu, Susan. Je m'écarte. Vous y êtes presque.

Elle éloigna son tabouret, et s'agenouilla près de Susan qui se tourna de biais. Le bébé s'installa alors dans une étrange position assise, mais dans le mouvement, sa tête sortit lentement, et son petit visage apparut. L'enfant était né, et elle tendit les mains pour l'attraper, avant qu'il ne bascule.

— Bien joué, murmura Simon d'un ton jubilatoire.

Les larmes aux yeux, elle essuya délicatement le petit corps et, frotta tout doucement sa minuscule frimousse. Le nouveau-né poussa alors un hurlement pour exprimer son mécontentement.

Elle sourit entre ses larmes. Simon semblait satisfait de la façon dont elle gérait la situation, et elle n'avait jamais été aussi fière de sa vie. Ils échangèrent un bref regard ravi.

— Je vais le passer entre vos jambes, et vous pourrez le voir, Susan.

Il fallut encore dégager les membres du cordon ombilical, et enfin, Susan agenouillée put tenir son bébé dans ses bras. Elle leva vers les trois adultes un visage empreint d'une fierté farouche, d'une joie sans mélange.

— Mon petit garçon. Je savais que je pouvais le mettre au monde naturellement.

— Magnifique, dit Simon.

Elle l'observa un instant. Ses yeux brillaient d'émotion, il était évident qu'il ne se lassait pas de ces instants magiques. Quant à elle, elle était si excitée, qu'elle savait qu'elle aurait du mal à dormir pendant une semaine.

Bouleversé, Pete, très pâle, se laissa choir sur la chaise que lui avançait Simon, pendant que Tara aidait Susan à remonter sur le lit. La nouvelle maman s'étendit avec un sourire heureux, en couvant du regard son petit qui découvrait le monde.

Ils remercièrent le médecin venu en renfort et qui n'avait pas eu à intervenir et celui-ci s'en alla. Quelques minutes plus tard, Simon quitta à son tour la pièce, non sans avoir vérifié que tout allait bien pour la jeune mère et son bébé.

Adossée au chambranle de la porte, elle garda un œil vigilant sur la nouvelle petite famille toute à son bonheur, en savourant la magie de ce moment.

Elle n'arrivait toujours pas à croire que Simon lui avait fait ce merveilleux cadeau. Pas seulement en partageant son expérience avec la novice qu'elle était, mais en créant par sa seule présence une ambiance paisible et joyeuse, où tous les participants s'étaient sentis en sécurité, sûrs que tout se passerait bien. Son moment de gloire ! Parce que Simon avait été là.

Elle n'avait jamais rien connu de tel.

Deux heures plus tard, Susan était bordée dans son lit pour

un repos bien mérité, mais gardait les yeux grands ouverts, tandis que son petit Blake dormait du sommeil du juste dans son berceau, et que Pete ronflait doucement dans son fauteuil.

Susan et Tara échangèrent un sourire.

— J'aimerais pouvoir dormir, dit Susan en soupirant.

— C'est l'adrénaline, répondit-elle. Votre instinct vous pousse à rester éveillée pour protéger votre bébé. Mais vous allez vous calmer doucement, et vous ne tarderez pas à vous assoupir.

— Merci, Tara. Dès que je vous ai vue, j'ai su que tout se passerait bien.

Elle acquiesça. Elle avait eu la même impression. Mais Simon avait veillé au bon déroulement de l'accouchement, avec un savoir-faire extraordinaire. Il avait été fantastique, et elle le lui dirait.

— J'en suis heureuse. Merci.

Elles se sourirent de nouveau, puis elle sortit sur la pointe des pieds et referma doucement la porte de la chambre derrière elle.

7

Avant la relève de l'après-midi, Simon passa prendre des nouvelles de Susan.

— Elle va très bien, lui dit Tara. Elle doit quitter l'hôpital demain. Vous voulez la voir ? Le bébé est réveillé, et Pete est rentré chez lui.

Assise au bureau, elle finissait de remplir le dossier de Susan. Elle voulut se lever, mais Simon l'arrêta d'un geste.

— Ne vous dérangez pas. Je vais juste lui dire un petit bonjour, je vous verrai quand j'aurai fini.

Hochant la tête, elle continua à faire sa paperasserie, pour que tout soit prêt avant la fin de son service. Il y avait un tas de papiers à remplir à la naissance d'un bébé, surtout quand un accouchement n'était pas prévu au programme, et elle devait aussi inclure toutes les informations reçues de Brisbane par fax après la naissance.

Mais elle ne voulait pas partir sans avoir remercié Simon.

Il ne tarda pas à reparaître avec le nouveau-né.

— Susan est allée aux toilettes, et Blake se plaignait, expliqua-t-il.

Elle le regarda. Il portait le bébé comme un ballon, calé sur la hanche, sa grande main soutenant la tête du nourrisson. Il y avait quelque chose d'extrêmement émouvant dans le spectacle de ce grand gaillard, parfaitement à l'aise avec ce bout de chou.

Il soupesa doucement le petit paquet.

— Il est lourd.

— Sept livres exactement.

— Impressionnant... Comme vous.

Elle sentit ses joues s'empourprer. C'était lui qui avait été formidable. Il avait réussi à rassurer tout le monde, même l'anxieux Pete, mais qu'avait-il donc pour la faire rougir comme une adolescente ? D'autant plus qu'elle n'avait jamais rougi de sa vie, même adolescente !

— Je n'ai rien fait, sinon tendre les mains pour recevoir le bébé, mais j'ai apprécié que vous me fassiez confiance. Merci. Et Susan a été géniale.

— Justement, vous avez été fantastique parce que vous avez laissé faire les choses. C'était parfait.

Elle préféra changer de sujet. Elle n'avait jamais su recevoir les compliments. Sans doute parce qu'elle n'en avait pas beaucoup reçu dans sa vie.

— Vous avez toujours été aussi doué avec les nourrissons ?

Elle s'efforça de ne pas se laisser troubler par son sourire. En vain.

— J'avais deux ans de plus que l'aînée de mes sœurs, répondit-il, et ma mère a eu trois autres filles rapprochées, de sorte que j'ai une certaine expérience des bébés. J'aimais donner un coup de main à maman, très occupée quand elle a eu Maeve. Et j'ai toujours voulu travailler en obstétrique ou en pédiatrie.

Il regarda Tara avec une curiosité manifeste.

— Etiez-vous une fille « girly » ?

— Qu'entendez-vous par là ?

— Une fille qui aime se déguiser en princesse, qui joue à la poupée ?

Elle eut un petit sourire triste. On l'avait autorisée à partager certains jouets avec d'autres enfants, mais elle-même n'en avait jamais possédé.

— Après la mort de mes parents, je n'ai plus jamais eu de poupée. Alors, je suppose que non.

Elle le regarda en coin. Il fronça les sourcils, mais changea de sujet, Dieu merci.

— A quelle heure finissez-vous votre service ?

— A 15 h 30.

— Ça vous dirait de retourner vous baigner ?

Simon étudia les traits de la femme qu'il avait devant lui. Elle l'intriguait de plus en plus. Gâtées par tout le monde, y compris par lui, ses quatre sœurs avaient toujours été conscientes de leur pouvoir de séduction. Même dans sa situation actuelle, Maeve s'habillait et se comportait comme la femme sûre d'elle, qu'elle était.

En revanche, Tara préférait manifestement les tenues unisexes comme les jeans et les T-shirts, et il avait remarqué qu'au travail, elle optait systématiquement pour les blouses informes.

Dans son simple maillot de bain noir une pièce, toutefois, elle ne pouvait pas cacher qu'elle était femme. Une femme au corps délicieux, avec un petit menton volontaire et, dans son regard, une méfiance qui trahissait sa peur d'être blessée.

Une orpheline. Solitaire, peut-être ?

— Parlez-moi de votre enfance.

— Pourquoi ?

— Parce que ça m'intéresse.

Elle lui jeta un regard circonspect, avant de détourner les yeux.

— Il n'y a rien à dire.

— Vous êtes toujours aussi décourageante, quand les gens ont envie de vous connaître ?

Les yeux de Tara flamboyèrent.

— Oui.

— Vous avez vécu dans un orphelinat ou dans une famille d'accueil ?

— Les deux.

Il attendit, et elle céda avec un soupir.

— Mais je préférais l'orphelinat car au moins, je savais à quoi m'attendre.

Il la dévisagea, étonné. Il aurait pensé que l'orphelinat était pire, mais il n'y connaissait rien. Il n'y avait même jamais réfléchi. Et il n'aimait pas du tout le faire, quand il regardait Tara.

— Comment ça ?

— Quand on est placé dans une famille, on sait d'avance que ce ne sera pas permanent, et on a tendance à être sur la défensive. Si on s'attache, on souffre terriblement, lorsqu'on doit repartir.

Il s'éclaircit la gorge. Il savait qu'il aurait dû en rester là, mais c'était plus fort que lui.

— Certaines familles d'accueil ne gardent-elles pas les mêmes enfants sur le long terme ? demanda-t-il.

— Apparemment, je tombais sur celles qui n'auraient pas dû être familles d'accueil, répondit-elle, impassible.

Il eut un élan de sympathie pour la petite Tara seule et perdue. Il avait envie de secouer ces parents nourriciers indignes, et cela dut se voir sur son visage.

— Je vous interdis de me plaindre, Simon, articula-t-elle, une lueur farouche dans les yeux.

— Pardon... C'est qu'avec mes sœurs, c'était l'opposé, on s'est beaucoup occupé d'elles. J'ai toujours été protecteur. Trop, d'après Maeve, et je crois que ça a encore empiré, quand j'ai découvert que je n'en avais qu'à moitié le droit...

Tara sauta sur l'occasion pour changer de sujet, et il ne pouvait le lui reprocher.

— Quel âge aviez-vous quand vous avez appris que vous aviez un autre père ?

Il croisa son regard. Elle avait dit ça comme si elle l'enviait, mais c'était compréhensible, elle n'avait même pas eu de père, alors que lui en avait eu deux. La situation était inédite pour lui. Jusqu'ici, il s'était toujours considéré comme une victime.

Il revint au présent.

— Après la première crise cardiaque de mon père — je parle ici de l'homme que je prenais pour mon vrai père — j'ai surpris ma mère en train de parler avec une amie. Elle se demandait si elle devait me parler d'Angus. Ce n'est pas la meilleure façon d'apprendre ce genre de nouvelle. J'avais dix-neuf ans, et on m'avait caché l'existence de mon vrai père durant toute mon enfance.

Il se tut, la gorge nouée. Il l'avait très mal pris à l'époque, reprochant aussi à Angus de l'avoir ignoré pendant tant d'années.

— Alors, comment avez-vous retrouvé Angus ? demanda Tara.

Il la regarda. Elle allait directement à l'essentiel, ce qu'il aurait dû faire depuis longtemps.

— C'était il y a plus de dix ans, et ça a pris six mois. Il était en mission médicale à l'étranger pour le gouvernement. Je n'avais pas le droit de le contacter. C'est lui qui est venu à moi ensuite, et qui m'a m'amené ici pour me présenter à mon grand-père. Il faut croire que c'est dans les gènes, car lui-même n'avait pas vu son propre père depuis vingt ans.

— Votre grand-père ? Le mari de Louisa ?

— Oui… Angus et grand-père Ned s'étaient disputés à cause de la relation que mon père entretenait avec ma mère, et mes parents s'étaient enfuis ensemble. Mais même après leur séparation, mon père n'était jamais revenu ici.

— C'est un endroit apaisant, qui guérit les blessures, dit-elle simplement.

— Je le pense aussi. Angus m'a emmené ici pour que nous apprenions à nous connaître, et c'est là qu'il a rencontré Mia.

Il détourna la tête. Et si c'était là, la raison pour laquelle il n'avait jamais pu s'engager dans une relation durable ? Il ne pouvait faire confiance à personne, ses propres parents eux-mêmes l'ayant trahi. Il laissa échapper un soupir. Il ignorait d'où venait sa colère, il n'en avait jamais parlé à personne. Pourtant, en questionnant Tara sur son propre passé, il avait très bien compris qu'elle ne tienne pas à l'évoquer. Et quand il songeait à la vie qu'elle avait menée, il se trouvait incroyablement égoïste d'oser s'apitoyer sur son sort.

Elle avait dit que Lyrebird Lake était un lieu apaisant. Et sans doute avait-elle raison.

— Je ne sais pas si c'est dû à l'endroit ou aux gens, mais chaque fois que je viens en tout cas, je suis moins stressé en repartant.

Elle rit, un son argentin, très doux à l'oreille.

— Même si vous passez une partie de vos congés à remplacer votre père, en accouchant des sièges non programmés… ?

— De bons moments, répondit-il. De vraiment bons moments.

Et il se rendit compte qu'il le pensait.

— Comme aujourd'hui, répondit-elle avec un sourire radieux.

Il la regarda droit dans les yeux, et lui saisit la main.

— Il y a eu des instants particulièrement magiques aujourd'hui.

Il lui enleva doucement la serviette qu'elle tenait, et la laissa tomber pour prendre son autre main. Il s'attendait à ce qu'elle le repousse, mais elle semblait plus perplexe qu'irritée. Il l'attira à lui, et, troublé, sentit le Lycra mouillé de son maillot contre son torse, ses courbes pleines épouser son corps. Il étudia ses longs doigts menus dans ses grandes mains, caressa sa paume.

— Que faites-vous ? demanda-t-elle à voix basse.

Il sourit.

— Je savoure un autre moment magique.

Il contempla son visage et, incapable de s'en empêcher, inclina la tête. Ses lèvres effleurèrent les siennes. Il regarda ses paupières frémir, ses yeux se fermer, et voir cette femme ombrageuse et indépendante lui faire assez confiance pour s'abandonner ainsi, l'emplit d'une joie inattendue.

Ses lèvres étaient douces comme du velours.

— Vous êtes délicieuse, murmura-t-il.

Elle ouvrit les yeux en souriant, et baissa la tête pour cacher son visage, mais il lui prit le menton et, savourant la confusion qui brouillait son regard, l'embrassa de nouveau. Elle était comme un rêve, douce, exquise.

Elle commença à lui rendre son baiser, et il ne fut plus que sensations. Jusqu'à ce que malheureusement, elle y mette fin.

Tara referma les yeux. Elle avait l'impression de flotter… Puis elle prit conscience qu'elle était en train d'embrasser le héros bien-aimé de Lyrebird Lake. Pour qui se prenait-elle ? Elle s'écarta vivement et, lui tournant le dos, se pencha pour ramasser sa serviette. Elle ne comprenait pas ce qui s'était passé. Ils flirtaient gentiment, probablement pour échapper aux souvenirs difficiles qu'ils venaient d'évoquer, quand il avait soudain tout compliqué en la regardant avec une telle intensité… et ce baiser !

Elle croyait encore sentir son torse dur et humide contre son corps, et demeurait tout étourdie par ce baiser qui, de tendre et exquis, était soudain devenu fougueux.

Et dire qu'elle avait trouvé Simon un peu distant ! Mais cette histoire ne mènerait nulle part, sinon à une aventure d'une nuit, un mois… avec de la chance. Poussant un soupir, elle se tourna de nouveau vers lui en arborant un sourire savamment mis au point au fil des ans, et destiné à la protéger.

— On ferait mieux de rentrer.

Il plissa les yeux, mais garda le silence. Elle laissa échapper un petit soupir. Dieu merci.

Elle n'aspirait plus qu'à se sécher et à rentrer au presbytère. Et elle avait surtout besoin de se souvenir que cet homme n'était pas pour elle. Qu'elle continue donc ainsi, et le pire adviendrait, à n'en pas douter. Elle n'avait vraiment pas besoin de cela...

Simon eut envie de lui prendre la main, mais Tara avait croisé les bras en un geste de défense. Il y était peut-être allé un peu fort. Seulement, lorsqu'il l'avait embrassée la seconde fois, tout son corps s'était embrasé, et il avait perdu les pédales. Il sourit à cette pensée. Avant de grimacer. Car ce baiser ne l'avait visiblement pas affectée comme lui. Se rendait-elle compte du pouvoir de ses lèvres, de son corps, de tout son être ?

Quand ils arrivèrent au presbytère, la cuisine était sens dessus dessous. Louisa avait dû persuader Maeve de l'aider à dresser le sapin de Noël, et des montagnes de guirlandes et autres boules multicolores encombraient la table, sans oublier des chants de Noël vieillots en fond sonore.

Il secoua la tête. La demeure possédait une immense salle de séjour mais, tous les ans, Louisa dressait l'arbre de Noël dans la cuisine sous prétexte que c'était l'endroit où tout le monde gravitait. Et cette année ne faisait visiblement pas exception à la règle.

Malgré son agacement feint, il adorait ce côté informel, et quand Tara se tourna vers lui, sa perplexité l'amusa.

— Parfait timing, Simon, lança Louisa.

Elle lui tendit une guirlande électrique constituée d'une ribambelle de petites étoiles, et un grand sac en plastique noir, en lui désignant vaguement la porte de derrière. Il inclina la tête à l'intention de Tara, et lui ouvrit la porte de la longue véranda qui donnait sur la rue et plus loin, sur le lac.

— C'est dehors que ça se passe, dit-il pour meubler le silence gênant. Mon travail consiste à aider papa à poser les guirlandes, quand je suis à la maison.

Traînant un escabeau derrière lui, il gagna l'extrémité de la véranda et, grimpant sur ce dernier, entreprit de fixer la guirlande aussi haut que possible, avant de redescendre pour poursuivre un peu plus loin, et couvrir ainsi toute la longueur de la véranda.

Il lui jeta un coup d'œil. Tara semblait toujours perplexe. Peut-être était-elle encore un peu préoccupée par leur baiser ? Il déplorait qu'elle se sente mal à l'aise, si c'était le cas, mais ne regrettait certainement pas de l'avoir embrassée. Il avait même très envie de recommencer, et s'efforçait d'entretenir une conversation qu'elle n'encourageait guère.

— On installe ces guirlandes le long de la rambarde supérieure. Comme ça, on peut voir les lumières de la rue. C'est très festif.

— J'imagine.

Elle ferma les yeux, et il s'aperçut qu'elle se livrait à un de ces exercices respiratoires qu'il l'avait déjà vue faire. Quand elle rouvrit les yeux, elle semblait parfaitement calme.

Elle sourit, et il se sentit bizarrement soulagé.

— Je n'ai pas d'expérience en matière de décoration, dit-elle. J'en ai installé quelques-unes dans le service l'année dernière, quand je travaillais la semaine de Noël. Le Père Noël a eu beaucoup de succès auprès des jeunes mamans et de leurs bébés.

Il sourit à son tour. C'était une idée. Il pourrait peut-être se déguiser en Père Noël, et elle s'assoirait sur ses genoux. Le vilain Simon.

— Ce vieux barbu a du potentiel, reprit-il, amusé. Je suppose qu'il ne venait pas à l'orphelinat ?

Soudain, il prit conscience qu'elle n'avait pratiquement pas connu de Noëls en famille.

Elle lui lança un regard glacial.

— Ne recommencez pas, Simon. Je vais bien. On s'occupait de moi, et je n'avais jamais faim. Beaucoup d'enfants ne peuvent pas en dire autant.

Il hocha la tête prudemment. Bien sûr, mais s'occuper d'un enfant ne consistait pas seulement à lui remplir le ventre... Tout en laissant vagabonder ses pensées, il suspendit les ampoules aux petits crochets fixés sous l'avant-toit. Lui-même avait connu une enfance si facile.

Il jeta un coup d'œil en direction de la cuisine, où sa sœur regardait Louisa décorer le sapin.

Maeve avait été aimée, dorlotée, adulée depuis le jour de sa naissance. Surtout par Simon, qui la trouvait merveilleuse. Enfin, il n'en retirait pas vraiment de gratification en ce moment...

La réflexion de son père sur la dureté de Tara lui revint alors à l'esprit. Elle n'avait pas eu le choix.

— Bon. Puisque vous n'y connaissez rien, je vais vous guider. Vous allez jouer les mères Noël, et tenir la grande échelle, pendant que j'accrocherai l'étoile.

— Louisa a une étoile ? demanda-t-elle, les yeux brillants.

— Oui. Dans le sac.

Tara défit l'attache du sac noir, et y jeta un coup d'œil.

— Une étoile bleue. Mais elle est énorme !

Il était déjà en train de descendre les marches de la véranda pour se rendre sur la pelouse.

— On l'installe à l'angle du toit.

Il tira de derrière une cuve une grande échelle en métal, qui atteignait le haut du toit.

La regardant à la dérobée, il vit grandir son excitation, malgré tous les efforts qu'elle faisait manifestement pour la cacher.

Elle adorait ça !

Cette pensée lui réchauffa le cœur.

— Louisa a une collection impressionnante de décorations de Noël. Elle l'a commencée après avoir épousé Ned. Grand-père s'est rendu compte qu'elle adorait ce genre de choses, et chaque année, il lui achetait un assortiment soigneusement choisi et encore plus extravagant, pour enrichir sa collection. Elle a, par exemple, une crèche complète avec des personnages grandeur nature qu'elle installe sur la pelouse, et dont tous les animaux sont animés.

— C'est fabuleux ! s'exclama Tara. Mais si vous pouvez grimper là-haut sans souci, reprit-elle d'un ton malicieux, un saut en parachute serait une partie de plaisir pour vous.

Elle lui apporta l'étoile, et attendit qu'il pose le pied sur le premier échelon.

Il ignora résolument sa dernière remarque.

— Les décorations, c'est chouette, mais pas quand il faut les assembler, les installer, et les démonter chaque année. Je me passerais volontiers d'escalader cette échelle, ajouta-t-il avec un petit sourire. En général, mon père le fait, mais là, il m'a demandé de commencer. Louisa aime que tout soit prêt avant le 1er décembre, et le 1er, c'est... demain.

Il soupira, considéra l'échelle, avant de tendre la main.

— Autant en finir une bonne fois. Heureusement, il n'y a qu'à encastrer l'étoile dans un support, L'installation électrique est déjà en place. Les fillettes seront ravies en rentrant à la maison.

Elle sourit.

— Vous êtes un merveilleux petit-fils. Et un frère tout aussi fantastique.

Il gravit les échelons l'un après l'autre.

— J'en doute. Je ne les vois qu'une fois par an, à Noël.

— Mais vous leur écrivez.

Il s'immobilisa, et baissa les yeux vers elle.

— Je leur envoie une carte jolie ou amusante de temps en temps. Et ils m'appellent le dimanche, si je ne travaille pas.

Tara le dévisagea. Elle n'imaginait même pas ce que ça pouvait être. Si Simon faisait cela pour elle, son univers prendrait une tout autre dimension... Aussitôt, elle se réprimanda mentalement, et se ressaisit.

Allait-elle cesser ces rêveries inutiles ? ! Simon était juste un gentil garçon. Elle esquissa un sourire, presque malgré elle. Un gentil garçon qui semblait quand même prendre plaisir à l'embrasser...

8

Simon sourit. Le samedi suivant, c'était l'anniversaire de Tara. Elle n'en avait pas soufflé mot, et lui non plus, mais il s'était discrètement arrangé pour qu'on prépare un gâteau au café, où ils iraient prendre leur petit déjeuner après leur saut en parachute.

Frère de six sœurs, il avait au moins appris quelque chose. Les femmes adoraient les surprises.

Il ignorait pourquoi il avait hâte de participer à l'aventure, alors qu'il avait en principe horreur des risques inutiles, mais il n'aurait manqué cela pour rien au monde. Simplement parce que Tara avait initié la chose. Il espérait ne pas se laisser trop gagner par sa fantaisie. Ce n'était tout de même pas comme s'il sortait avec elle…

Au début, quand il lui avait dit qu'il souhaitait finalement l'accompagner, elle n'avait pas répondu grand-chose. A se demander si elle regrettait de l'avoir invité à l'accompagner. Mais aujourd'hui, comme ils approchaient de la zone de saut, elle s'anima.

Il la regarda à la dérobée. Les yeux brillants, un grand sourire aux lèvres, elle s'agitait sur son siège comme l'enfant qu'elle n'avait jamais eu l'occasion d'être. Il sourit, presque ému. Une nouvelle facette de cette femme si indépendante.

Elle avait ses propres idées, souvent contraires aux siennes, sur le travail, sur la politique, ou même le sport, mais elle était toujours prête à écouter un point de vue différent.

Il avait rarement apprécié autant les conversations qu'avec

elle. Il aurait pu l'écouter toute la journée, au lieu d'aller la voir sauter d'un avion.

Arrivé à destination, il descendit de voiture et, lui emboîtant le pas, dut presque courir pour la rattraper. Le moins qu'on pût dire, c'est qu'elle était impatiente de commencer, et à défaut de partager son intérêt, il reconnaissait que sa curiosité était piquée.

Incapable de dormir la veille au soir, il s'était plongé dans la page Web sur le saut en chute libre. Il avait été particulièrement intrigué en lisant qu'on pouvait « changer sa vie avec un saut ». Il ne voyait pas bien non plus en quoi la vie de Tara avait besoin d'être changée.

Apparemment, ce sport libérait des petits soucis du quotidien, et vous ramenait au bonheur de vivre.

C'était un peu étrange, mais cela l'avait fait réfléchir sur son propre comportement. Il avait l'habitude de tout organiser et de tout planifier, comme pour assurer l'ordre de son petit monde personnel, et le protéger de tout événement inattendu et... malheureux.

Il leva les yeux en entendant un avion bourdonner dans le ciel bleu parsemé de nuages cotonneux. Mais comment protéger du danger, quelqu'un qui s'apprêtait à sauter dans le vide ?

Il haussa les épaules. Il suffisait ! Les détails étaient probablement insignifiants quand on plongeait à deux cents kilomètres à l'heure à travers les nuages, avant l'ouverture de son parachute. S'il s'ouvrait. Il réprima un frisson et accéléra le pas.

Une fois arrivé dans le hangar à la structure d'une légèreté inquiétante — combien investissait-on dans ce genre d'opération pour assurer la sécurité des clients, d'ailleurs ? — il jeta un regard soupçonneux autour de lui, avant de se ressaisir. Tara allait penser qu'il attirait la poisse avec ses pensées négatives, et malgré son scepticisme, il se concentra sur la jeune femme, et sentit son angoisse se dissiper. Comme par magie.

Souriant aux anges, elle lui fit signe d'approcher.

— Simon ?

Il la dévisagea. Elle le regardait avec un mélange d'impatience, de malice, mais aussi un soupçon de méfiance.

— On peut vous caser dans l'avion, si vous voulez changer d'avis.

— Pourquoi me dites-vous ça ?

Les yeux de Tara pétillaient d'excitation, et il eut soudain envie de l'emporter dehors comme un vulgaire paquet, de la plaquer contre un arbre et de l'embrasser à perdre haleine.

— Si vous sautiez avec moi ? Comme ça, spontanément.

Il cilla. Elle rêvait !

— Comme la combustion spontanée ? Un sifflement et je disparais ? Qui ferait tout ce que je fais à ma place ?

Elle s'approcha, et chuchota :

— Arrêtez de penser aux autres pour une fois. Faites-le pour vous. Soyez irresponsable, et découvrez ce que ça fait. Changez votre vie.

Il la dévisagea. Mais sa vie était très bien comme elle était ! Néanmoins, il continua de soutenir le regard de ses yeux vert émeraude brûlant d'une passion fanatique. Cette femme était folle.

— Pas question. Mais merci, dit-il enfin. Allez écouter vos instructions démentes. Pour ma part, je vais prendre mes dispositions pour notre petit déjeuner, lorsque vous aurez atterri sur la plage.

— On dit que la chute libre est ce qu'il y a de plus proche du vol.

— J'ai lu ça quelque part, répondit-il.

Mais il n'y avait pas que cela. Pour preuve : lui-même avait un peu plané quand il l'avait embrassée...

Toujours absorbé par la contemplation de son visage, il écoutait à peine ce qu'elle disait. Comment avait-il pu penser un instant, que cette femme était ordinaire ?

Elle le considéra un moment, puis s'approcha et déposa un baiser sur ses lèvres.

L'instant d'après elle était partie, laissant derrière elle un effluve de son parfum et le souvenir de sa bouche si douce. Et une petite voix intérieure insidieuse lui soufflant que sa vie pouvait peut-être effectivement changer. Sa vie... privée.

Il secoua la tête. Son manque de confiance dans les relations amoureuses. Sa manie de tout prévoir pour ne jamais être pris au dépourvu. Son angoisse du détail. Tout cela parce que son père avait totalement ignoré son existence, alors qu'il aurait dû savoir qu'il avait un fils !

Il chassa cette pensée. Ce n'était pas le moment d'y songer. Adossé au mur, il regarda Tara écouter et mimer les instructions de Lawrence, son compagnon de saut, qui la préparait à l'instant où elle quitterait l'avion, et à la position qu'elle devrait adopter à l'atterrissage.

Elle inclina la tête en arrière, exposant sa belle gorge bronzée. Apparemment pour qu'au moment de sauter, sa tête ne soit pas violemment projetée en arrière, au risque d'assommer la personne qui tirerait sur la poignée d'ouverture du parachute. Il l'imagina en pleine action. Il aurait aimé la voir faire. Il détourna les yeux avec un sourire. Non. En tout cas, il était plus calme qu'il n'aurait cru, en assistant à cette démonstration.

Il évalua le coût de l'aventure, doutant qu'elle ait les moyens de s'offrir le film immortalisant son mémorable saut. Il se dirigea discrètement vers le bureau de vente, et alla se renseigner en espérant qu'elle ne verrait pas d'objection à ce qu'il lui offre l'album et la vidéo. Il lui ferait envoyer le tout. Il s'assura que Lawrence allumerait sa caméra haute définition pendant l'opération. C'était le mieux qu'il pût faire sans être sur place. Et elle garderait un souvenir de l'événement.

Le sourire aux lèvres, il regagna sa place contre le mur pour assister à la fin du briefing.

Puis vint le moment de partir. C'est-à-dire de sauter.

Il contempla Tara qui trépignait avec son harnais sanglé entre les jambes et sur les épaules, sans oublier de grosses lunettes de protection sur le front. Son excitation était tangible.

Les deux autres membres du groupe, en revanche, semblaient nettement moins détendus. Il observait tout cela avec amusement, ravi que Tara ait apporté un peu de fantaisie dans sa journée. Tant qu'elle ne lui demandait pas de la rejoindre, il était content de profiter du spectacle depuis le banc de touche.

Tara prit une longue inspiration. Elle sentait à peine ses pieds, et avait hâte de se jeter dans le vide. Elle lança un coup d'œil à son instructeur, qui portait le parachute destiné à les ramener au sol. Elle avait envie de s'étreindre sous l'effet de l'exaltation. Non. Que Simon l'étreigne.

Elle risqua un regard vers lui. Il l'observait avec une expression bizarre. C'était chouette qu'il l'ait accompagnée. Même s'il ne voulait pas sauter — elle lui avait demandé ça, sur l'impulsion du moment — il semblait plutôt heureux. Elle avait craint qu'il ne dégage des ondes négatives, et il l'avait surprise par son calme et son soutien.

Peut-être les hommes, les vrais, n'avaient-ils pas besoin de faire des choses insensées pour s'entendre avec elle. Son dernier petit ami était complètement dingue, et il s'était révélé un loser de la pire espèce.

Elle savait que Simon était loin d'être un loser, mais elle ne recherchait pas une relation durable avec ce genre d'homme. Les gens comme lui passaient leur vie avec de parfaites épouses de médecin bien convenables, et certainement pas avec des femmes instables en quête de sensations fortes, comme elle. Les hommes comme Simon n'avaient pas été élevés dans des orphelinats et des foyers d'accueil.

Mais on avait quand même le droit d'embrasser ceux qu'on n'épousait pas. Dommage qu'elle ait autant aimé ça, car l'envie de recommencer la prenait aux pires moments, comme quand elle lui avait impulsivement demandé de sauter avec lui.

Elle eut un petit soupir. L'instant était mal choisi pour s'inquiéter de ça, et elle leva les yeux vers le tarmac où le petit avion les attendait. Elle frissonna, quand vint le moment de se séparer de l'équipe au sol.

— Bonne chance. Vous êtes magnifique, lui chuchota Simon.

Par ces mots, il porta son exaltation à son comble.

— Merci. Vous aussi.

Elle lui sourit, et il l'embrassa à pleine bouche. Bizarrement, le sol parut plus ferme sous ses pieds, et le brouillard où elle flottait se dissipa, rendant l'expérience encore plus enivrante.

Pendant le quart d'heure qui suivit, les participants s'entassèrent dans l'avion avec leurs compagnons de saut, puis l'appareil s'éleva lentement dans le ciel. Perchée sur les genoux de son instructeur, elle eut l'impression que le temps passait vite, tandis que le sable blanc de la plage défilait sous eux avec, au loin, les collines menant à Lyrebird Lake.

Ils devaient atterrir sur la plage devant le phare, où Simon les attendrait avec l'équipe au sol.

Elle faisait l'admiration de tous par sa décontraction. Mais la réalité était qu'elle n'avait pas peur.

Quand ils eurent atteint l'altitude de quinze mille pieds, la porte de l'appareil glissa sur ses gonds et un vent froid s'engouffra dans la carlingue.

On lui avait dit qu'il ne faisait qu'un degré dehors et qu'il faudrait trente secondes pour que l'air se réchauffe, mais elle doutait d'avoir le temps de sentir les changements de température, quand ils fendraient les nuages.

Soigneusement sanglé à son compagnon de saut, le garçon qui se trouvait près d'elle jeta un regard implorant à ses camarades, avant de disparaître de leur vue.

— Allons-y, Tara, cria Lawrence à son oreille, en se levant avec elle pour s'avancer vers l'ouverture.

Ils balancèrent leurs jambes dehors, dos à l'avion. Sous eux, l'océan et la plage filaient à travers les nuages épars.

Suivant les instructions de Lawrence, elle cala la tête contre son épaule, et ils sautèrent. Le vent fouettait leurs visages, elle eut une brève vision de l'avion dans le ciel au-dessus d'eux, puis ils basculèrent vers le sol, l'air sifflant à leurs oreilles, et elle agrippa fermement son harnais.

Assez étrangement, même à cet instant, elle avait le visage de Simon devant les yeux. Elle sourit et, contemplant le vide devant elle, poussa un cri de triomphe.

Simon scruta l'horizon, un peu inquiet. Il avait regardé l'avion disparaître derrière la couverture nuageuse.

Quinze minutes plus tard, il observait la lente descente du parachute bleu, qui semblait suspendu dans le ciel. Il imaginait le sourire de Tara, la joie dans ses yeux, et avait hâte de la voir toucher le sol. Mais sans doute souhaitait-elle que ce moment magique ne finît jamais.

A la dernière minute, il sortit son portable de sa poche, et filma son atterrissage. Elle lui fit signe en passant au-dessus de lui, et il éclata de rire. Elle semblait s'être bien amusée.

Elle atterrit en douceur sur les fesses, les pieds devant, cramponnée à son compagnon de saut comme une moule à son rocher et, se détachant prestement, elle se tourna vers Simon, les yeux brillants.

Dans le petit restaurant au bord de la rivière, où ils prirent un petit déjeuner tardif, elle n'arrêta pas de parler, revivant encore et encore l'aventure, mais son regard pétillant de joie était encore plus éloquent que ses mots.

Soudain ses yeux s'agrandirent avec mélancolie en se posant sur le gâteau d'anniversaire qui sortait des cuisines, cherchant à qui il était destiné. La gorge serrée, Simon vit des larmes apparaître, quand elle s'aperçut qu'il était pour elle. Pourquoi était-elle bouleversée ? Avait-il commis un impair ?

— C'est pour vous. Bon anniversaire, Tara.

Il lui sourit. Mais elle demeura figée, fixant les bougies qui se consumaient gaiement. Elles commençaient à fondre, et des gouttes de cire coulaient sur le gâteau. Tara ne bougeait toujours pas.

— Soufflez-les.

Elle leva vers lui un regard hanté.

— Vous êtes sûr ? demanda-t-elle dans un souffle.

— Evidemment ! Et faites vite.

La serveuse et le chef pâtissier qui avaient apporté le gâteau semblaient perplexes, n'osant pas chanter comme ils le faisaient d'habitude.

Puis Tara battit des paupières, secoua la tête et souffla les bougies. Comme par défi. Avec tant d'énergie qu'à sa grande honte, elle projeta de la cire sur la nappe. Elle regarda la serveuse en rougissant, et ses excuses disparurent sous le « joyeux anniversaire » vigoureusement entonné par le personnel. Elle se mit à pleurer.

La serveuse et le chef se replièrent dans la cuisine, et Simon lui tendit une serviette en papier où elle enfouit son visage baigné de larmes.

— Ne me refaites plus jamais ça…

Tout à coup, il comprit ce qui n'allait pas.

— Avez-vous déjà soufflé les bougies d'un gâteau d'anniversaire, Tara ?

Elle le foudroya du regard.

— Pas depuis mes six ans. Comme si vous ne pouviez pas le deviner !

— Il n'y avait pas de gâteau à l'orphelinat ?

— Pour une centaine d'enfants, il en aurait fallu un tous les trois jours. J'en avais oublié la date de mon anniversaire. Vous l'ignoriez, et je le comprends, mais ça n'a jamais été un grand jour pour moi.

Il détourna un instant la tête, mal à l'aise. Il ne voulait pas penser à tous ces gamins sans anniversaire, c'était trop douloureux.

— Alors, pourquoi le saut en parachute cette année ?

Elle haussa les épaules.

— Une coïncidence, et peut-être à cause de Lyrebird Lake. On a fêté l'anniversaire de Louisa, et c'était super. Ça m'a fait penser à une nouvelle vie, à une fête que je pouvais m'offrir.

— D'où ce cadeau.

— Oui. C'est le cadeau que je me fais. Je n'ai pas vraiment les moyens, mais… ça en valait la peine, ajouta-t-elle avec un sourire tremblant. Merci pour le gâteau, Simon, et pardon pour cette scène. J'ai été surprise. J'ai soufflé des bougies une fois, sur un gâteau qui ne m'était pas destiné. Ça m'a attiré plein d'ennuis, et j'ai préféré faire une croix sur tout ça.

— Eh bien, ce gâteau est à 100 % le vôtre, et la chanson était parfaitement chantée.

— Absolument, répondit-elle avec un regard gêné en direction des cuisines. Ils ont dû me prendre pour une folle.

— Ils doivent surtout penser que vous aviez une bonne raison de réagir ainsi.

Il la regarda, désolé. C'était son premier gâteau d'anniversaire depuis près de vingt ans ! Il regrettait de ne pas pouvoir lui en offrir un chaque année, jusqu'à ce qu'elle en ait assez. Il se réprimanda intérieurement. Comment diable en était-il arrivé à penser ainsi ?

Pourtant, voir Tara jusqu'à la fin de ses jours ne semblait pas déraisonnable du tout. Mais c'était aussi insensé.

Ils retournèrent à la plage après le déjeuner. Simon arguait qu'elle ne devait pas se baigner tout de suite pour ne pas perturber sa digestion, mais elle n'avait qu'une envie, s'ébattre dans les vagues.

Dès qu'ils furent en maillot, elle commença à l'asperger copieusement, insistant d'un regard provocant, jusqu'à ce qu'il décide de la poursuivre.

Tara était rapide. Mais il l'était encore plus. Et quand il l'attrapa, la saisissant à bras-le-corps pour la faire tournoyer contre son torse puissant, elle se sentit aussi grisée que pendant le saut en parachute.

Elle avait vu d'autres le faire, et avait toujours rêvé de s'ébattre dans les vagues avec un amoureux, et voilà que ce bel homme jouait avec elle comme si elle ne pesait pas plus qu'une plume, en faisant mine de la lancer dans l'eau. Elle hurlait d'une terreur feinte en s'imaginant dans un de ces beaux films romantiques de l'âge d'or du cinéma, mais avait aussi conscience que cet instant n'était qu'un fantasme éphémère, et qu'elle devait en savourer chaque seconde.

Et puis, c'était son anniversaire. Elle était l'héroïne du jour, et Simon ne lui permettait pas de l'oublier. C'était merveilleux.

Il l'entraîna vers le rivage, et se laissa tomber sur le sable en la gardant contre lui, l'écume salée formant un tapis mousseux autour de leurs corps. Elle sentait une douce chaleur là où leurs peaux se touchaient et, incapable de résister, elle tourna la tête et lui tendit ses lèvres pour le remercier d'un baiser salé, plein d'exubérance.

Il resserra ses bras autour d'elle, et leur baiser se fit plus ardent, plus exigeant, mélange de force et de douceur où leurs langues s'affrontaient en un duel tendre et brûlant. Jusqu'à ce qu'une grosse vague s'abatte sur eux, les forçant à se séparer en toussant, crachant et riant à la fois.

Cette douche froide la ramena à la réalité, dissipant brusquement le rêve.

Elle s'éloigna de Simon au gré du courant, les pieds frôlant le sable doré, se laissant balloter par les vagues, tandis que son cœur reprenait peu à peu un rythme normal.

Elle contempla l'horizon et prit une longue inspiration. C'était le plus bel anniversaire qu'elle ait jamais connu.

9

Au presbytère, la vie poursuivit son cours ordinaire. Maeve se reposait davantage, alourdie par le poids du bébé qui grandissait, mais ses nausées avaient cessé. Son humeur, en revanche, demeurait chagrine. Tara la soupçonnait de tenir beaucoup plus au père du bébé, qu'elle ne voulait le reconnaître. Peut-être serait-il un bienfait d'essayer à nouveau de le contacter. Mais c'était à Maeve de le faire.

La veille au soir, plusieurs de ses patientes avaient accouché, et elle avait passé une grande partie de la nuit debout. Mais en s'éveillant après le déjeuner, elle s'était sentie étrangement nerveuse, et pour se calmer, était sortie admirer la crèche installée sur la pelouse.

Tout avait un air de fête à l'approche de Noël. Chaque jour, des cadeaux apparaissaient comme par magie sous le sapin, et elle-même avait commencé à acheter des petits présents pour tout le monde. Manquant d'expérience dans ce domaine, et après réflexion, elle avait finalement opté pour l'originalité.

Louisa avait dressé la crèche devant la maison avec l'aide enthousiaste de toute la famille. Tara avait été surprise de voir que le petit berceau rempli de paille était vide, sous les regards adorateurs et les hochements de tête mécanisés de Marie, Joseph et des rois mages. Simon lui avait alors expliqué que l'enfant Jésus arriverait le matin de Noël.

Cette anticipation lui plaisait. Quand elle avait besoin de s'isoler pour réfléchir, elle s'asseyait sur le banc du jardin, d'où elle pouvait contempler les personnages et les animaux de la crèche. Comme celle-ci était installée devant la demeure, toute la ville en profitait, et elle avait mis un peu de temps à s'y habituer. Pour sa part, elle essayait de venir quand il n'y avait personne.

Le bœuf et l'âne hochaient la tête vingt-quatre heures sur vingt-quatre, et la nuit, toute la crèche était illuminée par des projecteurs.

Pendant la journée, les enfants s'arrêtaient en rentrant de l'école pour l'admirer, et le soir, des familles venaient contempler la scène, poussant des « Oh » et des « Ah » joyeux, et discutant des nouveaux personnages de l'année.

Angus et Mia avaient apporté un train électrique qui fonctionnait à l'énergie solaire, et tournait autour du sapin dressé sur la pelouse, traînant des wagons remplis de cadeaux factices. C'était un spectacle fascinant pour les petits garçons. Et Tara était secrètement impressionnée, elle aussi.

Voyant soudain Simon venir vers elle de sa démarche assurée, elle sentit son pouls s'accélérer. Absorbée par le travail, elle l'avait très peu vu au cours des derniers jours. Elle prit une inspiration. Ce qui valait probablement mieux.

— J'ai un cadeau pour vous, Tara.

Il lui tendit une épaisse enveloppe bulle, et s'assit à côté d'elle. Il n'y avait qu'un petit espace entre eux, et elle sentait les vibrations qu'il dégageait. La chaleur de son corps aussi. C'était très troublant.

— Allez, ouvrez-le, reprit-il, les yeux brillant de malice.

Elle déchiffra l'adresse.

— Ça vient du club de parachutisme.

— Laissez-moi deviner. Ils vous ont faite membre à vie !

Elle ne put s'empêcher de rire. Elle le regarda en coin.

Il attendait visiblement qu'elle ouvre le paquet devant lui.

— Vous ne me laissez pas seule ? demanda-t-elle. Vous êtes collant, hein ?

— Oui.

Elle sourit, et commença à ouvrir le paquet en veillant à ne pas abimer l'enveloppe.

— Déchirez-la ! s'exclama-t-il d'un ton faussement impatient.

— Non. Les enveloppes peuvent être réutilisées. Et ce n'est pas comme si je recevais beaucoup de paquets.

Il croisa les bras, comme pour refréner son excitation, et elle commença à avoir des soupçons.

— Est-ce que ça vient de vous, Simon ?

Il ne répondit pas, attendant visiblement qu'elle sorte enfin le contenu de l'enveloppe. Ce qu'elle fit.

Elle resta bouche bée en voyant l'album qui contenait une centaine de photos prises pendant son saut en parachute, relatant chaque étape du début jusqu'à la fin. Puis elle avisa le DVD.

Elle avait remarqué la caméra au bras de Lawrence, et avait supposé qu'il s'en servait pour des raisons de sécurité, filmant une partie du saut, mais certainement pas tout !

Elle aurait bien aimé s'offrir ce beau souvenir, mais c'était une dépense qu'elle ne pouvait se permettre.

Elle sentit l'émotion l'étreindre. Et voilà que Simon lui faisait cadeau de tout le package ! C'était tellement énorme, comment le remercier ? Ce n'était pas comme si elle pouvait lui rendre la pareille ! Elle en resta muette.

— J'espère que ça ne vous gêne pas, reprit-il au bout d'un moment, d'un ton inquiet. Je sais que vous êtes très indépendante, mais j'ai pensé que tout le monde aimerait aussi participer à votre aventure sans avoir à sauter. Je peux me le permettre, vous savez.

— J'imagine. Et c'est vraiment gentil de votre part. Je crois que c'est la surprise la plus adorable qu'on m'ait jamais faite, à l'exception du gâteau d'anniversaire de l'autre jour, répondit-elle en déposant un baiser sur sa joue. Mais ne commencez pas à m'offrir des cadeaux, Simon. Je déménage souvent, et je ne peux pas me permettre d'accumuler les possessions.

Elle laissa échapper un soupir. Ni les illusions.

— Mais vous n'êtes pas obligée de déménager tout le temps.

— Bien sûr. D'accord. Et merci.

Elle s'efforça de refouler ses larmes. Elle brûlait de regarder les photos et de se replonger dans cette merveilleuse aventure. Elle avait aussi très envie d'oublier l'expression de Simon. Plus elle pensait à la raison qui l'avait poussé à agir ainsi, plus elle était bouleversée.

N'étant pas habituée à recevoir des cadeaux, elle ne savait pas comment réagir, et devait passer pour une horrible ingrate. Comment diable apprenait-on cela ? Elle se pencha vers lui et l'embrassa, sur la bouche cette fois.

— Je suis désolée. Merci. C'est génial. Vous voulez les regarder avec moi ?

Il ne cacha pas son soulagement, et elle se rendit compte qu'il était loin d'être aussi calme qu'il en avait l'air. Peut-être avait-il aussi du mal à gérer ce qui se passait entre eux ? Une pensée troublante, qui risquait de revenir la hanter. Et qu'elle s'efforça de chasser.

Il se rapprocha d'elle jusqu'à ce que leurs cuisses se touchent, et elle se sentit à la fois troublée et mal à l'aise. Qu'allaient penser les spectateurs de la crèche en les voyant si proches ?

Balayant cette idée, elle ouvrit l'album et se replongea dans l'aventure. L'avion disparaissant dans les nuages. Son expression euphorique, pendant qu'ils tombaient en chute libre dans les nuages...

Après quinze minutes hilarantes à regarder l'album, assis sur le banc, ils emportèrent le DVD dans la maison, où ils invitèrent Louisa et Maeve à le regarder avec eux sur le vieux poste de télévision du salon.

Durant dix minutes, elle étouffa des cris, se couvrit la bouche, et si elle s'amusa beaucoup, Maeve semblait, de son côté, l'envier d'avoir fait pareille expérience. Puis Louisa et Maeve regagnèrent la cuisine, et elle fut appelée pour se rendre au chevet d'une de ses patientes, dont le travail avait commencé.

— Merci encore, Simon, dit-elle. Je dois aller faire mes visites maintenant.

Elle ne l'embrassa pas cette fois, estimant qu'elle en avait déjà assez fait de ce point de vue... Hochant la tête, il lui tint la porte, avant de demander :

— Alors, quand allez-vous m'emmener sur votre moto ?

Elle s'immobilisa. Elle n'avait jamais cru qu'il la prendrait au mot, et ne pouvait guère refuser, maintenant qu'elle lui était redevable.

— Quand vous serez prêt.

Il haussa les épaules.

— Je suis officiellement libre, et prêt quand vous le serez. Fixez une date, pour voir.

Elle le dévisagea froidement, mais elle tremblait secrètement. Ce projet était-il bien raisonnable ? Simon pressé contre elle, les bras autour de sa taille, plaqué à elle dans les virages, ses cuisses puissantes collées aux siennes...

Elle se redressa.

— Et où voudriez-vous aller ?

— Ça n'a pas d'importance, du moment que je tente l'expérience.

— Dans ce cas, très bien. Disons samedi. Nous monterons jusqu'au belvédère, c'est un beau parcours à travers la forêt, et l'endroit est parfait pour admirer le coucher du soleil.

— Marché conclu.

— La prochaine fois, vous voudrez sans doute essayer le saut en parachute, répliqua-t-elle d'un ton mordant.

— Effectivement, je ne l'exclus pas dans un avenir lointain.

Elle le regarda. Il souriait, et elle n'aurait su dire s'il la taquinait. Mais son regard la fit rougir.

Elle détourna les yeux. Quoi qu'il arrive, elle survivrait. Etre avec Simon était un peu comme un saut en parachute. L'excitation était omniprésente, mais au sol, la réalité l'attendait. Ce qui ne voulait pas dire qu'elle ne devait pas savourer l'expérience. Le temps leur serait probablement compté, mais ce serait merveilleux tant que cela durerait, et à partir de maintenant, elle prendrait ce qui lui serait offert les bras ouverts.

Le samedi, lorsqu'elle rentra d'une visite à domicile, elle aperçut Simon qui l'attendait. Une de ses patientes n'arrivait pas à allaiter correctement son bébé, et elle avait dû rester avec elle pendant toute une tétée pour régler le problème.

Elle lui sourit avant de consulter sa montre.

— A-t-on encore le temps avant le coucher du soleil ? Ou préférez-vous attendre demain après-midi ?

— J'ai patienté toute la journée pour monter sur votre engin, répliqua-t-il d'un ton faussement enjoué.

— Menteur, dit-elle en lui souriant plus largement.

Il hissa son sac sur le dos d'un mouvement leste de ses belles épaules.

— Qu'avez-vous dans ce sac ?

— Peu importe. Occupez-vous de moi, je me charge de mon sac.

— Vous m'intriguez. Attendez-moi, je vais me changer, reprit-elle en considérant son jean et ses solides chaussures d'un air approbateur.

— Dites-moi que vous portez du cuir.

— Ça m'arrive, répondit-elle d'un ton suggestif. Mais en temps normal, seulement pour les longs trajets. Vous verrez bien...

Simon la regarda s'engouffrer dans le couloir, et malgré son inquiétude, il eut le sentiment que l'attente en vaudrait la peine. Dix minutes interminables plus tard, il ne fut pas déçu. Dieu du ciel !

Les longues jambes sexy de Tara étaient moulées dans un étroit pantalon de cuir noir, et elle était chaussée de hautes bottes assorties. La peau souple épousait son joli petit fessier. En haut, elle portait une chemise blanche à l'encolure plongeante, avec un court gilet de cuir lacé. L'ensemble était saisissant.

Elle semblait sortir tout droit du monde des Hell's Angels, et il se réjouit qu'ils n'aillent pas sur une route fréquentée. Il préférait l'avoir pour lui tout seul. Il esquissa un sourire. Il avait hâte de nouer ses bras autour de sa taille et de se blottir contre elle. Il la suivit en souriant jusqu'à l'auvent, où elle garait son engin.

Elle enleva la housse qui recouvrait la moto et l'enfourcha, se tortillant pour la faire reculer lentement. Manifestement, elle ne voulait pas qu'il l'aide, et il se contenta d'admirer le spectacle. Toute frêle qu'elle fût, Tara ne manquait pas de force, et cette pensée le troubla encore plus qu'il ne l'était déjà.

Elle vérifia que la machine était bien réglée, puis elle lui tendit son casque personnel, et enfila celui du passager.

— Vous êtes déjà monté sur une moto ?

— Non.

— Très bien. Tenez-vous à ma taille, fort dans les virages. Restez assis bien droit. Essayez de vous pencher légèrement dans les virages, dans le même sens que moi. Jamais dans la direction opposée.

— Bien, madame.

— Bon. Rappelez-vous. C'est moi le capitaine.

Il la regarda en coin. Le capitaine ! Il dut se faire violence pour ne pas ajouter « A vos ordres ». Et pour ne pas l'embrasser. Il avait attendu toute la journée le moment où il se glisserait derrière elle, et comme elle s'installait sur son engin, il se sentit tout excité en sentant son petit derrière gainé de cuir contre ses cuisses. Il prit une grande inspiration. L'aventure lui plaisait déjà beaucoup.

Démarrant lentement, elle suivit les ruelles qui longeaient le lac, et il trouva très agréable de se tenir à elle, pendant que la grosse cylindrée vibrait sourdement sous eux. S'efforçant de ne plus penser au danger possible, il avait décidé de se focaliser sur les aspects positifs de l'expérience.

Tous ses sens étaient en éveil, et la taille de Tara semblait faite pour ses mains. Il s'efforçait d'oublier qu'en écartant légèrement les doigts, il pourrait atteindre sa cage thoracique, et frôler ses seins. Il tenta de penser à autre chose, gêné, malgré tout, par l'inconfort de son jean tendu sur son entrejambe.

Ils accélérèrent dans une descente, et il se retrouva plaqué contre son dos, sentant ses fesses pressées contre ses cuisses.

— Ça va ? demanda-t-elle, tournant à peine la tête.

Il s'éclaircit la gorge. Elle semblait tendue, mais c'était probablement dû à l'accélération.

— Très bien, cria-t-il.

Toute conversation était impossible, et il n'essaya même pas de parler davantage. Ils avaient pris de la vitesse, et gravissaient à présent une étroite route en lacets. La végétation dense de la forêt dissimulait les milliers de cigales, dont les stridulations se mêlaient au vrombissement du moteur, et de temps en temps, un aigle traversait le ciel sans nuages.

Le vent sifflait à leurs oreilles, et il savourait la caresse de l'air sur ses bras nus. Il comprit pourquoi Tara appréciait tant la liberté unique qu'offrait la moto.

Ils abordèrent un long virage, et il se pencha dans le même sens qu'elle, submergé par une puissante poussée d'adrénaline.

Il ferma un instant les yeux. Ce serait encore mieux si c'était lui qui conduisait, les bras de Tara autour de lui... C'était peut-être envisageable dans un avenir proche.

Le temps d'arriver à destination, il se sentait tellement en sécurité qu'il prenait le temps d'admirer le paysage, le meilleur des hommages au talent de conductrice de Tara. Elle avait un parfait contrôle de son engin, pourtant deux fois plus gros et plus puissant qu'elle.

Une fois qu'elle se fut garée, il descendit le premier, et elle installa la moto sur sa béquille, avant de dégrafer la mentonnière de son casque.

— Ça vous a plu ?

— Oui, merci. Beaucoup. Et je suis très impressionné par vos talents de pilote, répondit-il.

Sur ces mots, il l'aida — malgré elle — à défaire la mentonnière récalcitrante.

De toute évidence, elle n'aimait pas solliciter l'aide des autres, et devait apprendre à l'accepter.

La mentonnière céda enfin, et elle ôta son casque.

— Je vous ai donné le plus facile à enlever, dit-elle, acide.

— Bien sûr, répliqua-t-il, gentiment ironique. Merci.

Il regarda autour de lui. L'endroit était désert, ils avaient le site pour eux seuls.

— Je suis venu ici il y a longtemps, mais j'avais oublié combien la vue était spectaculaire.

Ils se dirigèrent vers le bord herbeux de la terrasse qui dominait la vallée. Juste en dessous, il y avait une petite plate-forme invisible de la route, sur laquelle il sauta lestement.

— C'est encore plus beau d'ici, déclara-t-il, satisfait.

Oui. L'endroit était parfait.

Tara hésita. Simon la regardait avec insistance. Il semblait tout excité. Et c'était contagieux.

Ce bel homme bronzé et souriant, qu'elle admirait tant, lui tendait la main, l'invitant à le rejoindre. Mais après avoir été collée à lui les trente dernières minutes, elle doutait qu'il fût très judicieux de lui sauter dans les bras.

Elle eut un éclair de lucidité, au souvenir de ce qui s'était passé après leur baignade. Cela avait toutes les allures d'une embuscade. Mais elle était beaucoup plus habillée, cette fois. Elle prit mentalement note de garder ses vêtements.

Enfin, elle saisit la main tendue, et atterrit à côté de lui. Inspirant l'air plus frais à cette altitude, elle mit sa main en visière pour évaluer approximativement le temps restant avant la tombée de la nuit.

— Nous avons environ deux heures avant le coucher du soleil, dit-elle.

Au loin, le lac scintillait au soleil de l'après-midi, et les montagnes derrière lesquelles il disparaîtrait bientôt se pailletaient déjà d'or. Elle regarda Simon en coin, troublée.

— J'aime faire cette route à vélo. Je suis venue plusieurs fois.

Autour d'eux, l'air vibrait, et elle sentit son ventre gronder comme si elle avait faim. Mais peut-être avait-elle vraiment faim ! Elle jeta un coup d'œil au sac à dos que Simon déposait dans l'herbe.

— Qu'est-ce qu'il y a là-dedans ?

— Un pique-nique, bien sûr. Louisa est connue pour ses paniers uniques. Et je réserve moi-même quelques surprises.

Elle ne put s'empêcher de sourire. C'était vrai qu'il aimait les surprises. Elle avait pleuré devant le gâteau d'anniversaire. Mais cette fois, elle se promit qu'elle ne pleurerait pas.

— Un pique-nique. Cool.

— Préparez-vous à être étonnée.

Il s'accroupit et sortit une couverture écossaise, qu'il étala dans l'herbe.

— Asseyez-vous.

Il défit les lacets de ses chaussures et les enleva, ainsi que ses chaussettes.

Elle remarqua malgré elle, qu'il avait de jolis pieds, très masculins, avec de longs orteils. Elle leva les yeux, et vit qu'il l'observait, amusé.

Elle s'assit sur la couverture. Devait-elle enlever ses bottes ?

Elle avait chaud, et étouffait dans ses vêtements de cuir. Avant de prendre conscience de ce qu'elle faisait, elle avait ôté son gilet et s'attaquait à ses bottes.

Simon faisait mine de scruter le contenu de son sac tout en jetant des coups d'œil furtifs à son décolleté. Voyeur. Elle rit intérieurement. Inutile de jouer les prudes. Elle avait mis cette chemise pour qu'il apprécie, non ? Et elle aurait été vexée s'il avait contemplé le panorama, au lieu de la regarder.

— C'est plus confortable, effectivement, dit-elle en étendant les jambes, appuyée sur ses coudes.

— Du vin pétillant sans alcool ? proposa-t-il en brandissant une flûte à champagne en plastique.

— La classe, répondit-elle avec un sourire.

— L'histoire de ma vie.

— Pas de la mienne.

— Certaines personnes ont de la classe, quoi qu'il arrive. Vous en faites partie.

Elle sentit aussitôt sa gorge se nouer. Il disait vraiment des choses très gentilles. Mais elle n'allait pas pleurer. Cela dit, elle s'était aussi promis de ne pas enlever ses vêtements...

Il se pencha pour trinquer avec elle.

— A la femme la plus classe que je connaisse.

— A l'homme le plus attentionné.

Elle but une gorgée, et trouva la boisson plutôt agréable.

Il posa sa flûte sur le couvercle de la boîte en plastique qui contenait du fromage, des fruits secs, des bâtonnets de céleri et de carotte avec, au centre, un grand bol de guacamole.

— Vous aviez tout ça dans votre sac à dos ?

— Je vous ai dit que Louisa était la reine du pique-nique. Elle a des récipients de toutes tailles pour y mettre les aliments, expliqua-t-il.

Et sur ces mots, il sortit une autre boîte contenant des ailes de poulet marinées.

Le temps qu'ils fassent honneur à ce délicieux encas, riant de leur faim d'ogre et se jetant sur la nourriture chaque fois que la conversation retombait, le soleil avait poursuivi sa lente descente.

Il était maintenant suspendu au-dessus des montagnes, comme une grosse pièce d'or en équilibre.

Simon avait rangé les restes dans le sac isotherme, et elle contemplait pensivement son verre vide. L'humeur badine avait laissé place à une ambiance plus trouble.

— C'était super, Simon.

— En effet, répondit-il d'un ton amusé.

Il s'approcha tant, qu'il la frôla, et s'étendit sur la couverture, un bras derrière la tête, saisissant sa main de l'autre.

— Ces nuages ressemblent à un château gardé par un dragon, dit-il, scrutant le ciel.

Elle fronça les sourcils.

— Où ça ?

— Pour le voir, il faut être allongé.

Ce qu'elle fit. Elle distingua les silhouettes dont il parlait, avant que les turbulences ne modifient les formes cotonneuses.

— Je vois un dinosaure.

— Où ?

— A gauche du dragon, dit-elle.

— C'est plus un éléphant qu'un dinosaure, répliqua-t-il d'un ton très sérieux.

Elle gloussa.

— Ce n'est pas un éléphant !

Il roula sur le côté, et elle sentit qu'il l'observait. Elle aimait son regard sur elle, une sensation qu'elle n'avait jamais éprouvée. Et à laquelle elle se serait volontiers habituée...

Il se pencha pour déposer un baiser sur le bout de son nez. Elle éternua, et il éclata de rire.

— C'est dur d'être un homme, vous savez, dit-il d'un ton faussement plaintif. Je dois prendre toutes les initiatives, et elle éternue ! J'avais le fantasme que cette femme incroyablement sexy toute de cuir vêtue allait me sauter dessus, en m'embrassant à perdre haleine au minimum, et voilà qu'elle éternue, ajouta-t-il en soupirant.

Elle lui fit face, et avec un regard de défi, grimpa sur lui en s'appuyant sur les mains. Elle baisa ses lèvres une fois, deux fois, puis une troisième fois avec une lenteur délibérée, avant de se redresser, étonnée par sa propre audace.

— Considérez-vous comme pris en otage...

Le regard lourd de désir, il approcha son visage du sien.

— Je pourrais m'habituer à ça...

Le soleil se couchait. Et elle avait follement envie de se perdre avec lui dans cet endroit magnifique à l'écart du monde. Mais elle doutait que le moment fût bien choisi.

— Je crois que ce ne serait pas si amusant dans l'obscurité.

Il sourit avec sensualité, et embrassa son long cou.

— Vous êtes sûre ?

— Peut-être que si, après tout. Mais je n'ai pas l'habitude de m'envoyer en l'air avec des motards sur des routes désertes, ajouta-t-elle avec un petit rire.

Il afficha une mine déçue, et l'embrassa de nouveau.

— J'aurais dû le savoir.

Et soudain, elle pensa à Mick. L'image même du motard peu recommandable. Mais elle ne l'avait jamais vraiment vu tel qu'il était. Elle avait vu le petit garçon orphelin. Le frère de sa meilleure amie morte tragiquement, et qui avait besoin d'elle. Elle frémit en songeant à ce que Simon aurait pensé de Mick.

— Ça va ? demanda-t-il avec sollicitude. Je ne voulais pas vous contrarier. Bon sang, Tara, je vous trouve fantastique. Vous me fascinez, et je me sens incroyablement bien avec vous.

Il se redressa et l'attira contre lui en glissant un bras autour de ses épaules.

— J'ignore comment vous faites, reprit-il, mais c'est un sentiment très fort. A part ça, aucune pression.

Elle secoua légèrement la tête. Ce type était « too much ». Trop gentil, trop génial... pour elle. Dans deux semaines, il serait parti, et elle regretterait de ne pas avoir fait l'amour avec lui. C'était un cadeau du ciel d'être ici avec lui, à cet instant, et elle le refusait parce qu'elle avait trop peur de ce qu'elle ressentirait ensuite. Quand il ne serait plus là.

Simon était comme le foyer d'accueil qu'il fallait fatalement quitter un jour. Il valait mieux anticiper la souffrance de la séparation, et ne pas s'engager, surtout. Mais en même temps, c'était si bon de sentir son bras autour d'elle. D'être tout contre lui.

— Vous pouvez me tenir dans vos bras, Simon.

Il l'attira encore plus près, la hissa sur ses genoux.

— Rien ne me plairait davantage.

Et ils demeurèrent ainsi un long moment. Elle était encore sur ses genoux, quand le soleil se coucha dans un flamboiement de rose et d'or reflété par les eaux du lac, et elle se blottit contre son épaule en ressentant une paix étrange.

Alors, elle entendit un drôle de bruit. On aurait dit le moteur de sa moto. Le grondement lancinant de sa Harley. Un instant affreux, elle crut que Mick l'avait retrouvée, avant de se rappeler qu'elle était venue sur sa moto.

Elle se redressa, les jambes flageolantes.

Son bel engin était toujours là. A quelques mètres, immobile et silencieux. Puis le bruit se fit entendre de nouveau. Un vrombissement de moteur, suivi du ronronnement d'une moto tournant au ralenti. Cela venait des buissons près du parking, et Simon se mit à rire.

— Qu'est-ce que c'était ?

— Si je ne m'abuse, ma chère Tara, il s'agit de notre oiseau-lyre, dont le lac tire son nom.

— Vous me faites marcher. Comment un oiseau peut-il faire ce bruit ?

— Ce sont les meilleurs imitateurs du monde. Ils peuvent contrefaire les pleurs d'un bébé, le grondement d'une tronçonneuse... et le moteur d'une Harley, apparemment !

Il glissa sa main dans la sienne et, l'attirant dans ses bras, l'embrassa tendrement.

— Je dois des excuses à mon père. Les oiseaux-lyres font effectivement des bruits incroyables.

Elle lui rendit distraitement son baiser.

— Ce n'est pas possible.

Mais l'étrange cri retentit de nouveau, plus proche cette fois. Il y eut un froissement de feuilles, un craquement de brindilles et, regardant par-dessus l'épaule de Simon, elle le vit. Un petit oiseau gris brun à la gorge rougeâtre de la taille d'une poule, qui la regardait. Et les deux longues plumes de chaque côté de sa queue confirmèrent ses soupçons.

— Simon, chuchota-t-elle, tournez-vous doucement et regardez sur votre gauche.

Il s'exécuta, et le vit. Un lent sourire se dessina sur ses lèvres.

— Je vous l'avais dit ! s'exclama-t-il en l'étreignant. Notre oiseau-lyre.

— Pourquoi ne s'enfuit-il pas ?

— Il sait que je ne veux pas bouger, murmura-t-il.

L'oiseau trottina jusqu'à un petit monticule à environ deux mètres d'eux, grimpa dessus, puis déploya sa queue magnifique. Il tourna la tête vers eux comme pour capter leur attention, et les deux longues plumes s'ouvrirent en éventail, donnant à sa queue la forme d'une lyre. Alors il se mit à parader.

Elle en eut la chair de poule. Elle avait le sentiment d'assister à quelque chose de magique, de totalement surréaliste, pendant qu'ils suivaient, fascinés, le déploiement de l'oiseau.

Le gracieux animal secoua une dernière fois la queue en une sorte de final grandiose, puis s'éloigna en sautillant vers les sous-bois.

Ils gardèrent le silence, les yeux rivés sur les buissons où il avait disparu, mais il était parti. C'était fini.

— Vous savez ce que ça veut dire ? demanda Simon, l'air songeur.

Elle le regarda sans comprendre, avant de se rappeler ce qu'il lui avait dit quelques semaines plus tôt.

— C'est un signe, articula-t-il, visiblement gêné. Je n'y croyais pas, je l'avoue... Nous devons être destinés l'un à l'autre, ajouta-t-il d'un ton plus léger.

Elle le fixa, incrédule. Elle frissonna à cette pensée. Elle et Simon ? Ensemble pour toujours ? Impossible.

— Ou bien il y avait un bel oiseau-lyre femelle derrière nous, et nous ne l'avons pas vu !

Il sourit.

— Ça pourrait aussi être ça.

Il l'attira tout contre lui, et ils s'étreignirent. A ce moment envoûtant où le crépuscule laissait lentement place à la nuit, il l'embrassa et elle lui rendit son baiser. La magie les enveloppa soudain de ses voiles mystérieux. Mais Simon n'était plus tout à fait le même, et à l'instant fatidique, il s'écarta.

Elle le regarda en coin. Elle aurait juré qu'il y avait de l'anxiété derrière son sourire de façade.

10

Dans les dernières lueurs du soir, Simon se serra contre Tara sur le chemin du retour, bercé par le ronronnement de la moto. Le faisceau lumineux des phares balayait l'accotement, et le reste était plongé dans le noir, obscur comme..., la terreur qui l'habitait. Il s'efforça de se calmer. Il s'en était fallu de peu. Il n'était pas prêt pour ce genre d'engagement. Partager un oiseau-lyre était réservé à ceux qui savaient ce qu'ils faisaient.

Heureusement, elle l'avait senti, lorsque soudain, il n'avait plus été sûr de vouloir franchir le pas avec elle. Quand les choses étaient-elles devenues plus sérieuses ? Et si elle partageait ses sentiments, pouvait-il être certain d'être à la hauteur de ses attentes ?

Finalement, elle avait admis qu'il était temps de repartir, et acquiescé, quand il avait prétexté le risque de heurter un animal sauvage dans l'obscurité.

Mais en réalité, il ne savait plus rien. Enfin si, pour être honnête. La vérité était qu'il avait subitement eu la frousse, redoutant que les choses aillent trop loin. Voilà tout ! Cela ne figurait pas dans ses projets, ni dans ses convictions.

Et Tara avait accepté de rentrer avec tant d'empressement, qu'elle ne devait pas se sentir très sécurisée non plus.

Un peu plus tôt, pourtant, quand il la tenait dans ses bras et malgré cette indépendance aussi revendiquée que réelle, il avait presque cru qu'il pourrait la garder toujours.

Mais que se passerait-il, s'il lui brisait le cœur à jamais, en la quittant pour poursuivre son chemin ? Comme sa mère avait abandonné son père. Comme le copain de Maeve, son ex-ami, les avait laissés, sa sœur et lui.

Le problème, c'était que depuis l'incident de l'oiseau-lyre, il se sentait intimement lié à Tara. C'était très étrange, cela l'effrayait, et il n'était pas sûr d'aimer.

Avec elle, il se sentait immense, alors qu'il n'avait rien d'extraordinaire, exubérant, alors qu'il était plutôt calme et réservé. Elle lui donnait envie de se lancer à l'aventure. Et il avait déjà la certitude qu'avec elle, la vie serait une aventure. Une quête vers le genre d'existence qu'il avait toujours rêvé de mener.

Sauf que ce n'était pas lui.

Il ne savait pas qui elle voyait en lui, mais cet homme n'était pas, ne pouvait être Simon Campbell. Il avait besoin de prendre un peu de recul, pour réfléchir à tout ça.

Il n'avait rien du type aventureux et drôle qu'il fallait à Tara. Elle avait besoin d'un homme capable de sauter d'un avion, et qui tomberait éperdument amoureux d'elle, serait là le mois suivant, l'année d'après, et le reste de ses jours. Il doutait de pouvoir s'engager sur ce terrain-là.

Il ferma les yeux, la mâchoire crispée. Alors pourquoi était-il oppressé par un sombre pressentiment ?

Le lendemain matin, entrant dans la cuisine pour prendre son petit déjeuner, Maeve se baissa pour éviter une banderole lumineuse, et s'assit.

— Qu'est-ce qui arrive à Simon ? demanda-t-elle à Tara.

Elle regardait en direction de la salle de bains, où son frère venait de disparaître.

La porte claqua, faisant tressaillir Tara.

— Aucune idée, répondit-elle. Il se comporte bizarrement, depuis notre pique-nique d'hier.

Elle se mordilla la lèvre. Peut-être avait-il compris qu'elle ne lui correspondait pas. Ce ne serait pas la première fois que ça arriverait...

— Il est d'humeur changeante, en temps normal ? demanda-t-elle brusquement.

— Non, pas du tout ! C'est le plus placide de nous tous. Il se montre irritable, uniquement quand il s'inquiète pour un truc important.

Tara hocha lentement la tête. Pouvait-elle être qualifiée « d'importante » ? Croyait-il qu'elle essayait de le piéger ? Cette idée lui donna envie de rentrer sous terre.

Seigneur, non. Jamais elle ne ferait ça. Sa surveillante lui avait souvent dit qu'elle aurait tout intérêt à se faire violence et à se montrer plus audacieuse, mais ce n'était pas dans sa nature. Si cette charmante famille n'avait pas remarqué combien elle les enviait, il n'était pas question de le leur dire, au risque de se faire envoyer balader une nouvelle fois, et de souffrir. Encore et encore.

— Il s'en remettra, dit-elle.

Elle acquiesça. Il s'en était déjà remis, apparemment. Et tout cela était probablement le fruit de son imagination. Il avait sans doute juste voulu s'amuser un peu.

Le problème, c'était qu'elle admirait beaucoup de choses chez lui, et il semblait, de son côté, apprécier sa compagnie. Et puis il l'embrassait divinement bien. Elle s'était pratiquement jetée dans ses bras la veille, et il l'avait repoussée, ce qui les avait mis dans une situation embarrassante. Elle sentit sa gorge se serrer à cette pensée. Merci, Simon. Elle prit une grande inspiration.

Bien. Il était temps de changer de sujet.

— Alors, comment vas-tu, Maeve ?

— Bien, répondit celle-ci avec un haussement d'épaules. Je me sens moins nauséeuse, mais beaucoup plus lourde, ajouta-t-elle avec un sourire. Je préférerais parler de vous deux.

Elle détourna la tête. Décidément, c'était mal parti.

— Il n'y a pas de « nous deux ».

Maeve fit une moue sceptique, et elle eut envie de se cacher. Combien d'autres personnes pensaient qu'elle en pinçait pour Simon ? Ou qu'il en pinçait pour elle ?

— S'il n'y a pas de « vous deux », c'est qu'il a du mal à passer le message. Il t'a offert les photos du saut en parachute, t'a harcelée pour que tu l'emmènes à moto, a cassé les pieds de Louisa pour qu'elle prépare un pique-nique... sans oublier la couverture !

Elle sentit ses joues s'empourprer. C'était donc ça d'avoir une sœur. Peut-être n'était-ce pas si mal d'être orphelin, tout compte fait. Elle n'avait jamais particulièrement apprécié les relations avec des filles, excepté avec la sœur de Mick. Toujours pour les mêmes raisons. On ne s'attachait pas à quelqu'un, alors qu'on ignorait, quand il partirait pour ne plus jamais revenir. Il y avait longtemps qu'elle avait décidé qu'il valait mieux garder ses distances avec les autres.

Mais Maeve n'avait manifestement pas terminé.

— C'est beaucoup d'efforts pour quelqu'un auquel il ne tient pas, reprit-elle.

Tara la regarda en coin. Elle ne savait pas comment réagir. Lui dire de se taire ? Elle doutait que ça marche.

— Pouvons-nous changer de sujet ?

— Pas avant que je t'aie donné un conseil.

— Y es-tu vraiment obligée ? S'il te plaît. Je déteste les conseils.

Mais maintenant qu'elle connaissait mieux Maeve, elle savait que rien ne l'arrêtait, une fois qu'elle était lancée. Elle regrettait presque la loque qu'elle était à son arrivée.

Elle considéra un instant la pétillante nouvelle Maeve, et se réjouit qu'elle ait recouvré son équilibre. Lyrebird Lake avait opéré sa magie. Non, à la vérité, elle ne regrettait en rien l'ancienne Maeve.

Ces dernières semaines, elles étaient peu à peu devenues amies, de bonnes amies. Et elles avaient trouvé plein de raisons de sourire. Des sujets où elles étaient d'accord, d'autres sur lesquels elles s'opposaient. Des conversations décalées, des discussions de filles qui n'avaient souvent que peu de rapport avec Simon. Et, à la demande de Maeve, sans aucun rapport avec Rayne, le père de son bébé.

— Moi ? Ne pas donner de conseils ? s'exclama Maeve en riant.

Elle soupira.

— D'accord, mais je pose mes conditions, répliqua-t-elle. Je t'écouterai, si tu me dis ce que tu éprouves pour Rayne.

Visiblement choquée, Maeve cilla.

— Et si j'ai un conseil à te donner, poursuivit-elle en souriant, tu devras aussi m'écouter.

Maeve s'adossa à sa chaise avec une grimace.

— Je suis pénible, hein ? dit-elle. Tu ne me connais pas encore bien, mais normalement, je n'ai rien à voir avec la dégonflée pathétique que j'étais à mon arrivée ici.

Elle jeta un regard autour d'elle, avant de revenir à Tara.

— Tu sais quoi ? Tu as raison. Je me sens vraiment mieux depuis que je suis ici. Cet endroit est aussi extraordinaire que le prétend Simon.

Tara promena sur son environnement un regard nouveau. Pour sentir le moment. Respirer l'odeur des meubles cirés. Savourer le goût du thé fraîchement infusé préparé par Louisa. Observer toutes les petites touches qui étaient autant de preuves d'amour. Une minicrèche installée derrière la panière à pain. Le tas croissant de cadeaux sous le sapin. Les cadres de photos de famille, que Louisa époussetait tendrement chaque matin.

— Je crois que ça vient des gens, dit-elle.

Elle laissa échapper un soupir. Elle ne voulait plus partir d'ici, mais savait que le monde n'était pas aussi parfait.

— Oui. C'est étonnant, reprit-elle. Et c'est bon de te voir foncer, même si tu me fais un peu peur quelquefois.

— Faire peur ? Moi ? Si tu voyais Kate, ma sœur aînée ! Puisque tu n'aimes pas les conseils, je vais être simple... et te confier un secret.

Tara attendit en faisant la grimace.

— Mes sœurs et moi sommes d'avis que Simon fuit depuis toujours une vraie relation amoureuse. Qu'il est terrifié à l'idée de découvrir que les contes de fées n'existent pas.

— Je n'ai pas envie de te contredire, mais c'est vrai : ils n'existent pas.

— On ignore si ça vient de la séparation de nos parents, ou du fait qu'il n'ait pas connu son père, poursuivit Maeve, ignorant l'interruption. Ce qu'on sait, en revanche, c'est que la femme qu'il lui faut peut l'aider à sortir de cet... enfermement dans lequel il se complaît depuis des années..., mais elle devra surmonter les obstacles.

— Les obstacles ? demanda Tara, étonnée.

Elle ne voyait pas de quoi Maeve parlait.

— Oh ! Il n'y en a pas de prime abord. Il est trop charmant pour ça. C'est après. Chaque fois qu'il commence à devenir proche d'une femme, il trouve une bonne raison de se sauver. Elle essaie de le retenir, il passe moins de temps avec elle, et elle finit par renoncer et le laisser tomber. J'ai assisté souvent à ce scénario. Mais tu es différente.

Tara la regarda, stupéfaite. Elle, différente ? Une douce chaleur l'envahit malgré elle. Puis elle réfléchit et décida qu'il y avait peut-être une autre raison à sa différence : elle n'attendait rien des autres, surtout pas une relation durable.

— Il a peur des relations à long terme, Tara.

Elle se força à sourire. On y était. Peut-être était-elle la femme qu'il lui fallait, après tout.

— Je n'attends pas de relation à long terme, répondit-elle.

Elle laissa échapper un soupir, prenant conscience qu'elle avait perdu cet espoir depuis longtemps.

— C'est peut-être justement la meilleure façon de l'obtenir, répliqua Maeve.

Elle secoua la tête. Cela n'avait pas de sens.

— Je devrais donc lui dire : « Salut, Simon, je n'attends pas de relation durable, c'est super, non ? On est sur la même longueur d'onde ! »

Elle eut un petit sourire triste. Un fantasme terriblement séduisant, mais un fantasme quand même. Ce qui ne signifiait pas non plus qu'il était irréalisable.

— Ce serait peut-être le moyen d'abattre ses défenses, répondit Maeve.

Elle la regarda. Pas question. Elle ne comprenait pas de toute façon, et renonça à interpréter les propos de son amie.

— D'accord. Je t'ai écoutée.

Et elle frissonna, à l'idée d'avoir ce genre de conversation avec Simon.

Cependant s'il craignait qu'elle le piège, il fallait qu'il sache qu'elle n'en avait aucunement l'intention.

Mais il avait changé après avoir vu la parade nuptiale de

l'oiseau-lyre. Il s'était rappelé ce que cela signifiait, évidemment ! L'amour sincère, et tout le toutim. Pour un type qui refusait l'engagement, c'était effrayant. Pour sa part, elle n'avait pas peur, car elle ne croyait pas à ces inepties.

— C'est ton tour, dit-elle en se penchant vers Maeve. Parle-moi du père de ton enfant.

Elle lui lança un regard encourageant. Elle avait vraiment envie de savoir. Elle n'imaginait même pas qu'on pût quitter Maeve, si belle, si drôle, si classe...

Les épaules de Maeve se voûtèrent. Son assurance s'envola pour laisser place au doute et à la défiance. Comme le silence se prolongeait, Tara crut qu'elle ne dirait rien. Puis elle poussa un soupir, avant de se lancer :

— Je suis tombée amoureuse de Rayne comme une idiote, dit-elle, les yeux rêveurs. Il fait une tête de plus que moi, avec des épaules athlétiques, et des yeux de jais qui brillaient de désir en se posant sur moi ce soir-là, à l'autre bout de la salle...

Elle sourit, amusée par la description.

— Je trépigne d'impatience. Que s'est-il passé ?

— Nous avons passé la nuit ensemble, répondit Maeve en haussant les épaules. Et puis, il a été incarcéré.

— Avait-il été condamné à tort ?

Les yeux de Maeve s'emplirent de larmes. Elle s'essuya les yeux, et lui adressa un sourire tremblant.

— Merci...

Tara la dévisagea. Elle ne comprenait pas vraiment, mais voulait aller au fond des choses.

— T'en avait-il parlé ?

— Il n'en a pas eu l'occasion. Et depuis, il refuse de me voir et de me parler au téléphone.

— Quand est-ce arrivé ? demanda Tara.

Maeve se tapota le ventre.

— Il y a huit mois.

Elle hocha la tête. D'accord. Simon avait peut-être de bonnes raisons de s'inquiéter.

— Combien de temps avez-vous été ensemble, avant que tu ne tombes enceinte ?

Maeve soupira.

— Une nuit. Mais j'ai toujours aimé Rayne. Il était le mauvais garçon que toutes les filles voulaient. Je pensais que le problème venait plutôt de sa mère — célibataire et toxicomane. Et malgré les réticences de maman, Simon et lui ont toujours été amis.

Tara acquiesça de nouveau. Et il avait mis enceinte la sœur de Simon, avant de purger une peine de prison. C'était probablement pour cette raison que Simon voulait lui tordre le cou.

— Simon et lui ne se sont pas quittés pendant leurs études de médecine, puis Rayne est parti en Californie, pour se spécialiser en pédiatrie. Il était censé venir travailler à l'hôpital de Simon cette année...

Maeve haussa les épaules.

— Il s'est passé quelque chose quand il était là-bas, poursuivit-elle, et dès qu'il est rentré en Australie, les autorités l'attendaient. Simon était allé le chercher à l'aéroport, et nous ne savions pas que la police guettait son retour au pays. Apparemment, il le redoutait, mais ne nous avait rien dit.

— Quelle étrange façon de se comporter.

— Je suis sûre qu'il voulait nous en parler, mais Simon a été appelé au chevet d'un patient, et Rayne n'en a plus eu l'occasion... J'étais amoureuse de lui depuis l'adolescence, et je ne l'avais pas vu depuis huit ans. Quand Simon est parti ce soir-là... Je me remettais d'une rupture, et je me retrouvais avec le type pour lequel j'avais le béguin depuis la puberté. Et voilà, c'est arrivé. Simon ne lui a pas pardonné, mais Rayne n'avait pas vraiment eu le choix, je l'ai pratiquement séduit...

Elle s'interrompit, les joues empourprées.

— J'ai beaucoup pensé à cette nuit-là, reprit-elle. Avec le recul, je crois que Rayne n'a pas opposé beaucoup de résistance, car il risquait de passer les dix prochaines années en prison, et puis je m'étais jetée à son cou.

Tara hocha la tête avec sympathie.

Elle observa Maeve. Belle, sexy, obstinée et un peu enfant gâtée, mais gentille. Elle aurait pu l'envier, si elle n'avait pas renoncé depuis longtemps aux illusions, trop destructrices.

— Le lendemain matin, la police est venue le chercher. Ce fut un choc, car nous avions passé la nuit ensemble, et il est parti sans se retourner.

Elle caressa son ventre d'un air absent.

— Simon a été fou de colère quand il a découvert que Rayne savait qu'il risquait d'être arrêté. Mais je crois qu'il était justement rentré pour s'expliquer, et demander conseil à Simon. Et puis j'ai encore compliqué la situation...

Tara dévisagea Maeve, incrédule. On se serait cru dans un feuilleton à l'eau de rose. En dehors de l'attirance qu'elle éprouvait pour Simon, elle avait beaucoup de sympathie pour lui. Mais Maeve avait aussi des problèmes. Et puis il y avait le mystérieux Rayne.

— Est-ce que tu l'aimes ?

— J'ai eu toute ma grossesse pour y réfléchir. Il n'est peut-être pas le type que je croyais. Et s'il l'était, il pourrait changer en prison. Quand je le reverrai, il ne sera sans doute pas le héros que j'imaginais. J'ai pu tomber amoureuse de sa belle gueule, et inventer la passion entre nous en prenant mes désirs pour la réalité.

Tara acquiesça. Elle était d'accord là-dessus.

— C'est une possibilité, dit-elle.

— Je sais. Cette passion passagère affectera le reste de ma vie... Il ne tient pas assez à moi pour répondre à mes appels ou à mes lettres. Et il n'a pas réagi quand je lui ai appris que j'étais enceinte. Et que j'allais avoir un enfant de lui ! Ça fait mal.

— C'est dur, oui.

— Quand j'ai découvert que j'attendais un bébé, j'ai cru que Simon allait faire une attaque. Nous avons eu une dispute terrible. Je lui ai dit que j'étais assez grande pour assumer mes erreurs, et il a répliqué que c'était indiscutable, mais pas sous son toit. Ensuite, il s'est répandu à n'en plus finir sur Rayne, alors que je savais que j'étais la fautive. Nous ne nous sommes pas vraiment réconciliés depuis. Mais je vis encore sous son toit, et nous avons conclu un semblant de trêve.

Elle poussa un soupir, avant de reprendre :

— Je sais que je l'ai déçu, ainsi que mes parents. Je suis tombée de mon piédestal, et ça aussi, ça fait mal. Il a suffi que mes yeux se posent sur Rayne pour que je sois fichue, et avec le recul, je comprends sa réticence à m'accueillir dans sa vie. Ce n'était vraiment pas le bon timing, pourtant je ne regrette pas que mon enfant soit de lui.

— Je ne suis pas sûre de pouvoir te conseiller. Je te dirai juste qu'on change en prison, même si on est innocent. Je connais des gens à qui c'est arrivé. Je ne prétends pas que votre histoire est vouée à l'échec, mais l'expérience peut avoir endurci, cuirassé Rayne. Si tu le revois, ce qui arrivera sûrement, lorsque tu auras mis au monde son bébé, assure-toi qu'il est bien l'homme que tu aimes avant de t'engager en quoi que ce soit. Tu dois d'abord penser à ton bébé, et à toi.

— Je sais, répondit simplement Maeve. J'ai besoin de me rappeler que Rayne vit dans un monde différent en ce moment, et que c'est dur pour lui aussi. Merci, Tara.

Elle secoua légèrement la tête. Elle n'était pas sûre d'avoir voulu dire ça. Elle se leva de table.

— Merci aussi à toi pour ton conseil, même si je me vois mal avoir ce genre de conversation avec Simon, répondit-elle à son tour avec un sourire. Comparée à ton histoire, ma vie est ennuyeuse à mourir.

— Simon ne semble pas du tout te trouver ennuyeuse.

Elle laissa échapper un soupir. Voilà que ça recommençait. Mais ça suffisait maintenant.

— Je dois aller faire des visites à domicile, alors je te laisse, dit-elle en prenant son bol et sa tasse pour les laver dans l'évier. A plus tard.

Regagnant sa chambre, elle repensa à leur conversation. Elle ne s'étonnait plus que Maeve ait été déprimée à son arrivée. Et la tension entre Simon et sa sœur s'expliquait très bien maintenant.

Elle comprenait que Simon se soit senti trahi par son ami et, à un degré moindre, par sa sœur. Elle aurait souhaité entendre sa version, mais ne voyait pas comment lui en parler, sans trahir la confiance de Maeve.

Elle avait beaucoup aimé bavarder à cœur ouvert avec Maeve. Elle s'améliorait dans ses relations avec autrui, et se montrait plus ouverte, moins méfiante.

Elle n'avait jamais eu d'amie aussi proche, peut-être, et espérait l'avoir aidée. En tout cas, Maeve lui avait donné matière à réfléchir. Peut-être pouvait-elle avoir de vraies relations d'amitié avec des femmes en plus d'être leur sage-femme…

Elle enfila un jean et chaussa ses bottes de motard, puis organisa sa trousse médicale en repensant aux paroles de son amie. Elle secoua la tête. Non, Simon n'avait pas peur. Il ne tenait pas assez à elle, voilà tout.

Au belvédère, il s'était comporté en gentleman, mais avait déçu ses attentes. Elle ne pouvait l'en blâmer, pourtant, elle aurait aimé se perdre totalement dans ses bras merveilleux. Et il embrassait si bien… Elle se réprimanda intérieurement. Elle n'était pas pour lui. Il fallait qu'elle l'accepte.

11

Immobile sous la douche, Simon était au bord de la panique. Il ne pouvait pas s'échapper en retournant au Sydney Central Hospital, car Maeve allait bientôt avoir son bébé, et il devait rester au cas où il y aurait un problème.

En général, c'était le moment qu'il choisissait pour mettre fin à une relation après avoir couché avec la jeune personne, ... ce qu'il n'avait pas fait avec Tara. Alors comment diable pouvait-il y avoir des sentiments, alors qu'ils n'avaient même pas couché ensemble ? Tout était embrouillé. Confus.

Il secoua la tête. C'était peut-être à cause de leur proximité. Il était difficile de ne pas être proche de quelqu'un, lorsqu'on vivait dans la même maison, travaillait au même endroit, et fréquentait les mêmes personnes.

Sauf qu'il avait déjà vécu avec des femmes sans s'impliquer émotionnellement. Et il avait l'impression désagréable, que Tara lui manquerait s'il prenait les distances nécessaires avec elle.

Il sentit de nouveau l'angoisse l'envahir. C'était ça le plus effrayant. Cela ne lui était jamais arrivé. Il avait toujours senti qu'une relation était terminée, avant même que sa compagne n'en parle. Et il n'avait fait souffrir personne. Enfin, a priori.

Mais cette fois, c'était différent. De plus en plus mal à l'aise, il ferma le robinet de la douche.

Il n'avait jamais vraiment eu de relation profonde, se contentant de relations sexuelles sans engagement, avec des femmes qui étaient toujours restées ses amies.

Mais en ce moment, il était abstinent, et il se sentait sombrer. La veille, il avait passé un après-midi délicieux avec des perspectives très plaisantes, jusqu'à ce que ce maudit oiseau-lyre se manifeste pour lui laisser entendre que Tara était l'amour de sa vie, le faisant complètement paniquer. Heureusement, il avait vu le danger, avant qu'il ne soit trop tard.

Il rabattit ses cheveux mouillés en arrière et ouvrit la porte de la salle de bains. Il y était resté un moment. Mais au moins, il était arrivé à une conclusion. Il devait absolument s'éloigner d'elle. Prendre ses distances. Ensuite, il verrait venir.

L'estomac dans les talons, il gagna la cuisine, toujours absorbé par ses pensées.

Il devait faire subtilement comprendre à Tara, qu'ils n'avaient aucune perspective d'avenir, et peut-être pourraient-ils être amis. Une relation platonique, en somme. Idée plus que moyenne...

Mais cela débouchait sur de nouveaux et déplaisants dilemmes. Si Tara et lui devenaient seulement amis, elle pourrait avoir d'autres amis hommes. Peut-être même un amoureux, avec qui partager ses aventures. Faire ce qu'il avait refusé. Une perspective qui était loin de le réjouir.

Bon. Il devait encore réfléchir.

— Bonjour, Simon.

Levant les yeux, il vit une déesse toute de jean vêtue.

— Bonjour, Tara, répondit-il avec un sourire qui s'effaça rapidement. Ça va ?

— Bien sûr. Et vous ?

— Très bien.

— Parfait. Je vais rendre visite à une patiente à moto. A plus tard.

— Soyez prudente.

— Evidemment. Ciao !

— J'ignorais que vous parliez italien ? demanda-t-il, comme elle s'éloignait.

— Je ne le parle pas. Mes connaissances dans cette langue se limitent à ciao, pizza, lasagne, et boccioni. C'est tout. A plus.

— Au revoir. Quand rentrez-vous ?

Elle s'immobilisa avec un soupir.

— Aucune idée.

Il ouvrit la bouche pour demander autre chose, et s'abstint. Qu'était-il en train de faire, exactement ? Il la salua d'un geste de la main, et se détourna, exaspéré contre lui-même.

Il était vraiment affligeant !

— Simon ?

Il se retourna, et elle était là. Juste derrière lui. Mordillant ses jolies lèvres.

— Détendez-vous, Simon. Je ne me projette pas dans l'avenir, vous savez. Je repars très bientôt. Je voulais juste que vous le sachiez.

— Je vois les choses comme vous, répondit-il platement.

Et tournant les talons, elle s'en alla rapidement. Il était toujours planté au même endroit, quand sa moto démarra et s'éloigna en vrombissant.

Il passa une main dans ses cheveux. Pourquoi ne se sentait-il pas mieux ? En termes voilés, elle avait dit qu'ils pouvaient s'amuser sans fil à la patte. Exactement ce qu'il voulait. Et il avait dit qu'il était d'accord.

Il n'était qu'un menteur, voilà la vérité, que celle-ci lui plaise ou non.

Le lendemain, quand Tara s'engagea dans l'allée en fin d'après-midi, elle aperçut Simon assis sur le banc devant la maison, qui contemplait la crèche.

Son casque à la main, elle traversa la pelouse amoureusement entretenue par Louisa, et le sourire de Simon calma un peu ses palpitations.

— Vous êtes particulièrement ravissante, mademoiselle Tara.

Elle sourit à son tour. Il semblait détendu. Dieu merci. Elle avait repensé aux sottises qu'elle lui avait dites avant de partir la veille. Elle aurait pu s'en abstenir, même s'il avait très bien réagi. Elle s'assit sur le banc, et regarda la crèche.

— Bonsoir, Simon.

— Qu'est-ce que vous avez fait aujourd'hui ?

— J'ai passé une très bonne journée, merci. J'ai rendu visite à mes deux jeunes mamans, puis je suis allée jusqu'au phare, où j'ai admiré les sauts en parachute. C'était magnifique. Et vous ?

— J'ai travaillé quelques heures pour papa à l'hôpital général, pendant qu'il allait à l'aéroport conduire Mia. Elle devait rendre visite à une amie malade. Ensuite, j'ai fait une sieste cet après-midi, car j'avais mal dormi la nuit dernière. J'imagine que vous êtes fatiguée maintenant ? demanda-t-il en la dévisageant.

Elle le regarda par-dessus ses lunettes de soleil.

— Non, monsieur le vieillard, je ne suis pas fatiguée. Je suis jeune et enthousiaste, toujours prête pour l'aventure.

Il grimaça un sourire.

— Pour votre gouverne, je vous rappelle que c'est la seconde fois que vous me traitez de vieillard.

— Alors, cessez de vous comporter comme tel.

— Le problème, c'est que je suis bien réveillé maintenant, et je pourrais faire la fête toute la nuit. Vous auriez des idées ?

Elle haussa les épaules.

— Dans quel genre de domaine ? La nature ? La restauration ? La danse ? L'astronomie ?

— Ah, l'astronomie a du potentiel...

— Pour quoi faire ?

— Admirer les étoiles.

— Je pourrais vous y aider, répondit-elle.

Elle croisa son regard, balançant machinalement son casque au bout de son bras. Il la taquinait, et c'était amusant.

— Je me demandais si vous aviez été confrontée à la violence, lança-t-il soudain contre toute attente.

Elle songea à des personnes qu'elle avait bien connues, poussées à la violence par leurs démons. Assombrie, elle se leva. Il fallait s'y faire. Ils appartenaient à deux mondes différents.

— Non, dit-elle. Je préfère m'en aller.

Il tendit la main pour la retenir, mais la laissa retomber, ce qui augmenta encore sa confusion.

— Pardon, Tara. Je ne voulais pas gâcher l'ambiance. Avant que vous ne partiez, je voulais vous dire qu'en fait, je vous attendais pour vous inviter à dîner. Louisa et Maeve sont parties chez papa garder les filles cette nuit. J'aimerais vous emmener dîner au nouveau restaurant au bord du lac.

— Oh ! balbutia-t-elle en se rasseyant. C'est un rendez-vous ?

— Oui, un rendez-vous distrayant avec une dame avec laquelle j'aime passer du temps.

Elle réfléchit un moment.

— « Distrayant », c'est-à-dire « pas sérieux », dit-elle lentement.

Elle se mordilla la lèvre. Elle ne devait pas s'étonner, et encore moins ressentir ce léger pincement au cœur. Ils s'étaient mis d'accord sur ce point la veille.

— Bien sûr. Ça me plairait, reprit-elle. A quelle heure ?

— Quand vous serez prête. J'ai réservé pour 18 h 30, 19 heures.

Elle haussa les sourcils. Il était décidément bien sûr de lui...

— Ils ne sont pas débordés et on peut toujours annuler, ajouta-t-il vivement, comme s'il avait lu dans ses pensées.

Elle sourit.

— Vous êtes un homme prévenant.

— Nous sommes comme ça, nous autres vieillards.

— Je ne vous trouve pas vraiment âgé, répliqua-t-elle avec malice. Vous êtes trop sexy pour un vieux.

— Bien, continuez comme ça. J'ai pensé qu'on pourrait boire un verre au bar avant le dîner, et qu'on pourrait y aller à pied, si cela ne vous ennuie pas, bien sûr.

— Merci. C'est une bonne idée. Je ferais bien d'aller prendre une douche et me changer, dans ce cas, dit-elle après avoir jeté un coup d'œil à sa montre.

— Il n'y a pas le feu.

— Mais j'aime être ponctuelle. J'ai été élevée comme ça.

Simon la regarda s'éloigner de cette démarche sexy et décidée qui le troublait tant. Le pire, c'était qu'elle ignorait quel effet elle produisait sur lui. Il ne savait pas pourquoi elle l'affectait ainsi, mais ce soir, il en était arrivé à la conclusion qu'il devait tenter de le découvrir en passant à la vitesse supérieure. Quels que soient les risques.

Le nouveau restaurant était construit sur un petit tertre qui dominait le lac. Entouré d'un rideau d'arbres, le domaine aménagé comportait de charmantes petites mares et de jolis massifs de verdure, que traversait une large promenade en planches, serpentant jusqu'au restaurant. Il y avait même un petit pont qu'ils durent franchir pour arriver à destination.

— C'est ravissant ! s'exclama Tara, apparemment sous le charme. Je ne connaissais même pas cet endroit.

— Ils viennent juste d'ouvrir. Mia m'en a parlé quand je lui ai demandé où je pouvais vous emmener.

Elle lui lança un regard surpris.

— Vous avez dit à Mia que nous sortions ce soir ?

— Elle a réagi comme vous.

Tara éclata de rire.

— Votre famille est drôle, et... je meurs de faim, dit-elle.

— Excellent !

Ils prirent un verre au bar. Derrière le barman, une immense baie vitrée donnait sur le lac baigné par les dernières lueurs du couchant, et à gauche, une terrasse en demi-lune permettait aux clients de dîner en contemplant l'étang.

Il vit Tara soupirer de plaisir et prendre une gorgée de pinacolada.

— Cet endroit est fantastique.

Suivant la direction de son regard, il fut saisi par la beauté du lac incandescent. Absorbé par ses pensées, il avait négligé le paysage. Il se promit de ne pas recommencer. De savourer du mieux qu'il le pouvait, l'agréable compagnie de cette femme délicieuse. D'être comme Tara, et de jouir des choses sans se soucier du lendemain.

Et ce fut plus facile qu'il ne l'avait cru. Etrangement, tout lui parut soudain plus limpide.

— Votre pinacolada est bonne ?

Elle lui jeta un regard faussement circonspect.

— Pourquoi ? Vous en voulez ?

Il éclata de rire.

— Non, mademoiselle je-ne-partage-rien. J'ai mon propre

verre. Même s'il est moins flashy que le vôtre, avec sa tranche d'ananas et sa belle ombrelle rose.

Elle sourit.

— Je n'en avais jamais bu. Et j'aime les ombrelles. Mais vous pouvez goûter si vous voulez, proposa-t-elle en lui tendant sa paille.

Il secoua la tête en souriant, et soudain, la nuit fut pleine de promesse et de joie. Et naturellement, la conversation décolla tandis qu'il cessait de se préoccuper du passé et de l'avenir, pour profiter de la compagnie de Tara.

Ils quittèrent le bar pour s'installer à leur table — la plus isolée qu'il ait pu trouver — et le soleil disparut derrière le lac, pendant qu'ils dégustaient leurs fruits de mer arrosés d'un excellent vin blanc.

Le temps qu'il règle l'addition, ils étaient agréablement émoustillés, et il n'hésita pas à lui saisir la main pour reprendre le chemin du retour.

Le sentier qui menait à l'hôpital et à la maison de Louisa était éclairé par de gros globes jaunes comme la lune, et il faisait presque aussi clair qu'en plein jour.

Cette fois, quand ils entendirent un froissement dans les fourrés, Tara se contenta de sourire, et continua à marcher.

— Alors vous n'avez plus peur des serpents ?

— Non, répondit-elle en lui pressant la main. Je préfère croire que c'est un oiseau-lyre capable d'imiter le moteur d'une moto. S'il en a envie, bien sûr.

— Bien sûr.

Il s'arrêta et elle s'immobilisa. Il l'attira à lui pour lui faire face, avant de lui caresser doucement la joue.

— Vous ressemblez à une princesse au clair de lune.

Elle leva la tête, et les traits de son beau visage parurent fondus dans l'argent, comme ceux d'une déesse païenne. Il la contempla avec bonheur.

Tentant manifestement de lire en lui, elle fronça les sourcils et sembla perdre de son assurance.

— Merci pour le compliment. J'aime les nuits de lune. Je déteste l'obscurité.

Il hocha la tête. Il avait juste envie de la tenir dans ses bras pour la protéger et ne plus la lâcher. Un jour peut-être, il lui demanderait pourquoi elle n'aimait pas la nuit. Il espérait en avoir l'occasion.

Il se pencha et l'embrassa avec douceur, conscient que s'il cédait à ses impulsions, il ne pourrait plus s'arrêter.

Elle prit son visage dans les mains, et lui rendit son baiser avec sa générosité habituelle. Il en oublia aussitôt ses bonnes intentions. Jusqu'à ce qu'ils entendent des pas s'approcher.

Il s'écarta. De toute façon, il n'avait pas l'intention de séduire Tara en pleine nature.

— Rentrons à la maison maintenant, dit-il.

Tara réprima un frisson de plaisir. Ils rentraient à la maison ensemble. Maintenant. Leur dernier baiser avait été différent, merveilleux, grisant. Heureusement que Simon avait entendu les promeneurs approcher car, toute à ses enivrantes sensations, elle n'avait rien remarqué.

Ils marchaient vite à présent. Le moment n'était plus à la prudence. Quoi qu'il arrive, elle voulait coucher avec ce bel homme sexy et gentil. Au moins une fois. Pas question de regretter toute sa vie d'avoir manqué cette occasion. C'était peut-être sa dernière chance.

Louisa et Maeve étant chez Mia, ils seraient seuls, plus rien ne s'opposait donc à leur désir.

Simon lui agrippa la main, et ils accélérèrent encore l'allure sur le petit sentier.

Elle dut se faire violence pour ne pas courir.

12

Simon ouvrit la porte et Tara voulut allumer, mais il interrompit son geste.

— Tu arrives à voir à la clarté de la lune ?

Elle lâcha l'interrupteur. Laissant ses yeux s'habituer à la pénombre, elle contempla son beau visage viril. Elle était heureuse qu'il la trouve attirante, et elle se détendait peu à peu. Leur excitante course contre la montre était finie, il était temps de profiter de chaque instant.

Il ne lui restait plus qu'à se calmer. Et pour ce faire, commencer par ralentir le rythme de sa respiration.

Il l'attira à lui et effleura sa bouche d'un baiser. Recommença en mordillant doucement ses lèvres. Un aspect de lui qu'elle ne connaissait pas. Et qui lui plut beaucoup.

— J'aime le goût de tes lèvres.

— Pinacolada ?

— Non le goût de Tara. Exquis.

Elle ferma les yeux. Et il l'embrassa encore.

Elle avait envie de pleurer.

— J'aime que tu goûtes ma bouche, dit-elle d'une voix rauque.

Il sourit et ses dents étincelèrent dans l'ombre, puis il l'entraîna doucement dans le couloir, en direction de sa chambre. Elle voulait perdre la tête comme tout à l'heure, mais avait aussi envie de savourer chaque seconde, de graver la moindre caresse dans sa mémoire.

— Ma chambre est en désordre, murmura-t-elle, comme ils passaient devant sa porte.

— La mienne est trop bien rangée. Mais on a sûrement quelque chose en commun, répliqua-t-il en la soulevant dans ses bras, comme si elle avait la légèreté d'une plume. Par exemple j'aime te tenir dans mes bras, et tu aimes que je te porte.

— Je l'ignorais avant ce soir... Mais il semblerait que tu aies raison.

Il la serra contre lui, et s'immobilisa devant sa porte.

— Tu veux bien passer la nuit avec moi, Tara ?

— J'en ai très envie, Simon.

Il rit doucement et, poussant la porte, la referma derrière eux. Il la déposa au sol, avant d'entreprendre de défaire la fermeture à glissière de sa robe.

Il rabattit le tissu soyeux sur ses épaules, et la robe glissa à terre dans un froissement. Il l'aida à s'en dépêtrer. Elle contempla cet homme séduisant, dont les traits semblaient sculptés dans le bronze dans le clair-obscur, tel un preux chevalier s'apprêtant à honorer sa belle. Elle eut un frisson. Il aurait mérité qu'elle porte de la lingerie un peu plus romantique que ses sous-vêtements en coton, et elle regretta de ne pas s'être offert le joli ensemble en dentelle qu'elle avait admiré, quelques jours plus tôt, dans une boutique.

Il prit ses mains, et les posa sur son torse pour l'encourager à le déshabiller, et elle s'empressa de le satisfaire, perdant peu à peu sa maladresse due au manque d'expérience.

Déboutonnant sa chemise, elle ne put s'empêcher d'explorer sa poitrine athlétique, puis elle défit la boucle de sa ceinture avec un sourire coquin.

Le souffle court, elle ouvrit ensuite le bouton de son pantalon, et fit lentement glisser la fermeture Eclair sur le renflement de son érection.

Il caressa son dos, son long cou, et elle renversa la tête en arrière pour lui offrir sa gorge, qu'il parcourut de baisers ardents. Brûlant de désir, ils s'arrachèrent leurs derniers vêtements avec frénésie.

Il la souleva dans ses bras pour la coucher sur le lit, et

s'agenouilla devant elle, nu dans la clarté de la lune, tel un beau et farouche guerrier réclamant sa récompense.

A travers les branches des arbres, la clarté laiteuse de la lune dessinait sur leurs corps des zébrures mouvantes d'ombre et de lumière.

Il s'allongea près d'elle et la contempla.

— Tu ressembles à une créature mystique jaillie du lac.

— Il n'y a aucun mystère. C'est juste moi.

Il la prit dans ses bras, la serra contre lui.

— Il n'y a rien de « juste » chez toi, Tara.

Et il l'embrassa, caressa avec dévotion chaque centimètre de sa peau, encouragé par les gémissements de plaisir qu'elle laissait échapper, en proie à des sensations inconnues. Et sous ses mains, elle découvrit avec émerveillement un nouvel univers de plaisir et de passion.

A la clarté timide du soleil matinal éclairant les draps emmêlés, Simon regarda la femme qu'il tenait dans ses bras. Une soudaine chaleur l'envahit. Un moment de grâce entre contemplation et caresse. Il prit subitement conscience qu'il l'aimait ! Il secoua la tête. Et qu'il l'aimait depuis des jours. L'imbécile !

Tara était la femme de sa vie. Il le savait depuis leur promenade au belvédère. Et il l'avait nié, malgré l'incroyable parade de l'oiseau-lyre qui l'avait pourtant averti.

Il n'éprouva aucune panique, au contraire. Son soulagement était immense, car ces derniers jours avaient été une torture. Il n'avait pas cessé de refouler son désir, sous prétexte qu'ils ne se connaissaient pas assez bien, mais le plaisir qu'il avait de la voir aurait dû effacer ses doutes. Eh bien, il la connaissait maintenant, au sens biblique du terme, et il avait fallu cela, pour qu'il sache sans l'ombre d'un doute qu'il était amoureux.

Il étreignit sa taille qu'il n'avait pas lâchée de la nuit, caressant sa peau satinée avec émerveillement, embrassant la minuscule rose tatouée sur son épaule.

Faire l'amour avec Tara avait été une expérience unique, qu'il n'avait encore jamais connue avec personne.

Une révélation, une lente et sensuelle exploration qui avait fait s'épanouir Tara comme une fleur, débouchant sur des ébats érotiques, tendres et généreux, où chacun avait donné autant qu'il avait reçu.

Il savait qu'il l'aimait à présent, mais il ignorait si c'était réciproque. Il ne pouvait que l'espérer.

Il l'observa. Adorable petite Tara, ombrageuse, déterminée, indépendante. Il découvrait que ses sentiments pour elle, issus du plus profond de lui, donnaient au monde qui l'entourait une luminosité nouvelle. C'était donc cela que son père voulait dire, lorsqu'il lui avait affirmé que le jour où il trouverait son âme sœur, il le saurait.

Il n'arrivait pas à le croire. Ses sœurs n'avaient pas fini de se moquer de lui ! Et sa mère serait ravie qu'il envisage enfin de se caser.

Il retint un sursaut. Se caser ?

C'était donc pour cela que tout semblait sens dessus dessous, si différent de son univers familier. Simplement parce qu'il n'avait jamais aimé avant. Il était amoureux de Tara. Et il ne s'en était même pas rendu compte.

Plusieurs fois au cours de la nuit, Tara s'était réveillée dans les bras de Simon. Mais cette fois, elle était seule, et privée de sa présence, elle eut l'impression d'être amputée. Elle sentit l'inquiétude l'étreindre. Qu'allait-il se passer aujourd'hui ?

Rien ? Tout ? Allait-il être gentil, mais distant ? Serait-il tendre et différent avec elle ? Se pelotonnant sous la couette, elle s'efforça de rassurer la nouvelle Tara : tout irait bien, quoi qu'il arrive. Mais elle avait beau faire, elle n'y croyait pas.

Avant qu'elle ait eu le temps de se tourmenter davantage, Simon passa la tête dans la chambre. Affichant un sourire chaleureux, ses yeux éloquents trahissant son désir de la rejoindre.

— Votre petit déjeuner vous attend sous la véranda du jardin, milady.

Elle se redressa. Se rendant compte qu'elle était nue, elle remonta la couette sur elle en rougissant.

— Maeve et Louisa vont bientôt rentrer, les filles partent à l'école dans quelques minutes, et j'ai pensé que tu aimerais peut-être t'habiller avant leur arrivée.

Elle se mordilla la lèvre inférieure. Mince.

— Oui, merci.

Elle lui fit signe de disparaître et il obéit, non sans lui avoir adressé un clin d'œil malicieux. Apparemment, il ne semblait pas avoir de regrets.

Elle se détendit, et sauta du lit. Surprenant dans la glace son image épanouie, elle s'empourpra, et se fit un clin d'œil. Elle gloussa. Elle était vraiment ridicule !

Mais le sourire s'attarda sur ses lèvres, quand elle enfila la chemise de Simon dont le col sentait l'eau de Cologne. Elle ramassa ses vêtements épars et, quittant la chambre de Simon, regagna la sienne.

Elle prit une tenue de rechange, et se faufila jusqu'à la salle de bains avant le retour des autres.

Quand elle ressortit, habillée et sûre d'elle, au moins en apparence, Louisa et Maeve étaient là. Maeve essaya sans discrétion aucune de capter son regard, mais elle ignora résolument les coups d'œil entendus qu'elle lui lançait. Sifflotant avec nonchalance, Simon évitait lui aussi soigneusement sa sœur.

Elle réprima un sourire. Il fallait faire diversion.

— Comment vont les filles ? demanda-t-elle.

— Adorables, comme toujours, répondit gaiement Louisa, apparemment inconsciente de ce qui se passait. J'adore leur compagnie. Elles ont hâte d'être à ce soir pour écouter les chants de Noël.

— Des chants de Noël à la lueur des bougies, répondit vivement Tara.

C'était peut-être stupide, mais elle était aussi excitée que les fillettes à cette perspective.

Elle serait avec Simon… Lui tiendrait-il la main devant sa famille ?

— A quelle heure Mia rentre-t-elle ? demanda-t-elle.

— Angus va la chercher à l'aéroport vers midi, et elle sera de retour avant la fin de l'école.

Elle acquiesça. C'était si étrange d'avoir une conversation normale. Surtout avec Simon qui l'observait. Elle le sentait. Et puis il y avait Maeve qui continuait de la fixer, dévorée de curiosité. Elle s'efforça de se concentrer sur Louisa.

— J'ai deux visites à domicile ce matin, mais à part ça, je peux vous aider à préparer quelque chose, si vous avez besoin de moi.

La vieille dame sourit sereinement.

— Merci, Tara. Je vous le dirai en cas de besoin.

Hochant la tête, elle suivit Simon sous la véranda où l'attendait son petit déjeuner préféré, un bol de tisane et des toasts aux raisins. Debout derrière elle, il lui avança sa chaise. Chaque fois qu'elle posait les yeux sur lui, elle sentait ses joues s'empourprer, son ventre palpiter. Simon était-il l'homme de sa vie ? Il s'inclina pour l'embrasser, et s'assit en face d'elle pour boire tranquillement son thé.

Maeve ne tarda pas à les rejoindre. Calquant son attitude sur celle de Simon, Tara but sa tisane à petites gorgées, et grignota la moitié d'un toast. Puis elle se leva.

— Il faut que j'y aille.

Simon sourit et lui adressa un clin d'œil. Ignorant la mine déconfite de Maeve, elle rentra rapidement dans la maison pour aller y chercher ses affaires. Elle savait qu'elle allait devoir faire un effort pour se concentrer toute la journée, si elle ne voulait pas se mettre à rêvasser toutes les deux minutes d'un air béat.

Les chants de Noël aux chandelles commencèrent au coucher du soleil. Angus et Simon avaient entassé des chaises dans la remorque, et ils les installèrent devant la scène. C'était une soirée douce et tiède. Les fillettes avaient revêtu de jolies robes rouges, et les petits garçons étaient costumés en lutins, coiffés de bonnets ornés d'étoiles scintillantes. Tous portaient des petites chandelles à piles qu'ils agiteraient en début de soirée, quand les familles de la vallée commenceraient à arriver.

Simon était allé faire des emplettes, et Tara n'avait jamais eu autant d'accessoires de Noël en sa possession. Son préféré était une baguette argentée coiffée d'une étoile, qui brillait dans le crépuscule. Mais la coiffe en forme de bois de renne la faisait beaucoup rire, et la parure de sapins très kitch qui clignotaient à ses oreilles et à son bras avait aussi son charme. Il n'avait pas pu résister à l'envie d'acheter toutes ces babioles, sans doute persuadé qu'elles lui plairaient.

Et c'était le cas. Elle ne s'était jamais acheté quelque chose de festif, pensant que cela était réservé aux enfants. Mais Simon trouvait qu'elle ressemblait à un ange de Noël ainsi parée, et elle aurait voulu le serrer contre son cœur, pour le remercier.

Au loin, les lumières de la maison de Louisa scintillaient dans la nuit quand on entonna les chants de Noël. Stupéfaite, elle se tourna vers Simon en l'entendant chanter d'une voix grave de baryton, riche et mélodieuse.

Elle n'aurait jamais même imaginé, qu'elle serait aussi heureuse d'être accueillie comme une des leurs par cette merveilleuse famille dans cette belle soirée festive. Elle leva des yeux brillants vers le bel homme qui l'accompagnait, et Simon lui prit la main.

Louisa leur sourit. Angus lui-même leur jeta un regard affectueux, et ils eurent droit à un clin d'œil de Mia. Pour sa part, Maeve souriait malicieusement.

Tara se sentit rougir. Elle était amoureuse !

C'était maintenant la veille de Noël, et Tara s'agitait nerveusement dans son lit. Elle avait passé une fabuleuse soirée la veille. Simon avait paru fier d'elle, heureux de montrer à tous qu'il tenait à elle. Et passer la soirée avec son bras autour d'elle avait été le moment le plus magique de sa vie.

Elle était amoureuse, mais au lieu de se réveiller sur un petit nuage, elle était brusquement redevenue une orpheline terrifiée, et n'avait qu'une envie : courir dans la chambre de Simon et se glisser dans son lit pour se rassurer. Elle se détestait de penser que ce qu'elle vivait était trop beau pour être vrai.

Bien des fois, dans son enfance, elle avait cru pouvoir aimer une famille, et ses espoirs avaient été cruellement déçus, quand on n'avait plus voulu d'elle. Mais cette fois ce serait pire, mille fois pire.

Et si quelque chose venait détruire le précieux sentiment qui l'unissait à Simon ?

Il appartenait à la plus merveilleuse famille du monde. C'était un vrai conte de Noël, elle avait reçu en cadeau la famille aimante dont elle avait toujours rêvé. De si belles choses pouvaient-elles vraiment lui arriver ? L'image de l'oiseau-lyre lui vint à l'esprit, et elle se calma un peu. Et si elle apprenait à y croire ?

Son téléphone sonna comme elle s'apprêtait à sortir du lit pour se préparer. Il lui fallut plusieurs secondes pour reconnaître la voix du passé. Mick.

Alors, elle comprit que c'était la fin.

Choquée, horrifiée, elle était pourtant presque soulagée que son mauvais pressentiment se révèle fondé. Sans doute avait-elle attiré la poisse à trop la redouter.

— Comment as-tu trouvé mon numéro ?

— Je n'ai pas seulement trouvé ton numéro, répondit-il d'un ton suffisant.

Elle en fut glacée. Pas pour elle. Elle n'avait pas peur de Mick, sauf quand il était sous l'emprise de la drogue, mais elle craignait que sa vue ne cause un choc terrible à Louisa. Ou à Maeve. Et à tous les autres. Elle redoutait de lire le dégoût sur le visage de ses amis de Lyrebird Lake, quand ils se rendraient compte qu'il était là pour… elle.

La voix râpeuse de Mick la ramena au présent.

— Je veux ma moto, Tara.

Elle sentit la colère l'envahir. Maudite moto.

— Elle m'appartient. Tu me dois beaucoup plus qu'elle ne vaut.

— Elle est à moi. Et je viens la chercher. Mais je ne viens pas que pour ça. Pour te retrouver aussi. Toi et moi, Tara. Comme au bon vieux temps.

Il pouvait toujours courir. Elle consulta la pendule.

— Où es-tu ?

— Je ne vais pas tarder à quitter Sydney.

Elle se mordit nerveusement la lèvre. Elle ne savait pas quoi faire. Quoi penser. Elle devait réfléchir, trouver un plan pour le tenir à l'écart de Lyrebird Lake.

La moto n'en valait pas la peine. Il y avait longtemps qu'elle ne se définissait plus par rapport à ses possessions, et qu'elle n'éprouvait plus le besoin de rivaliser avec Mick pour se valoriser à ses propres yeux. Si elle ne lui en avait pas tant voulu de mettre en danger ses nouvelles amitiés — sans parler de sa précieuse relation avec Simon — elle aurait même eu pitié de lui.

Elle se rendait compte qu'il traînait une amertume terrible de son passé, et que cela l'empêchait de vivre. Mais s'apitoyer sur lui n'avait apporté que des ennuis à Tara, entre ces monceaux de dettes et une vision négative de l'existence.

Elle commençait juste à s'en sortir. Mentalement, c'était fait, et financièrement, cela allait de mieux en mieux.

Etre avec Simon l'aidait à se sentir plus forte, plus fière. Un homme merveilleux l'admirait, et quand elle partirait d'ici, elle serait une meilleure personne, grâce à lui.

Elle poussa un soupir. Car elle allait devoir s'en aller, maintenant que Mick l'avait retrouvée. Il continuerait sans trêve à la harceler, chaque fois qu'il voudrait lui extorquer quelque chose.

— Donne-moi dix mille dollars pour ce que tu me dois, et elle est à toi, dit-elle.

Mick eut un rire mauvais, et elle le soupçonna d'être sous l'emprise de quelque substance illicite.

— Tu n'auras jamais l'argent, mais j'aurai ma moto. Je sais où tu vis. Je vais venir passer Noël avec tes amis. J'ai découvert la maison où tu loges sur internet. Je parie qu'ils ne sont pas au courant de mon existence. Mais on va changer ça.

— On peut discuter pour la moto, Mick. Mais il n'y a jamais eu de « bon vieux temps » entre nous. Juste une courte période. J'étais ton amie, et tu m'as laissée tomber. C'est tout.

— Qu'est-ce qu'il y a, Tara ? Tu es trop bien pour tes potes de l'orphelinat maintenant ?

— Pour les sangsues, oui. J'ai une nouvelle vie. Pour laquelle j'ai travaillé dur. Tu n'en fais pas partie.

— C'est ce que tu crois.

— N'y pense plus, Mick. Je te donnerai ma moto, tu l'auras, va, et ensuite, tu pourras aller te faire voir. Mais tu devras attendre. Je travaille ce matin, et je ne finis pas avant la fin de l'après-midi. Je te retrouverai ce soir.

Elle secoua la tête. Bon sang. C'était la soirée familiale chez Angus et Mia.

— Vers 18 heures.

Toute la famille devait se réunir pour boire un verre, quand les filles seraient couchées. Apparemment, ils le faisaient chaque année. Elle allait devoir se décommander pour rencontrer Mick quelque part, pendant qu'ils dînaient tous ensemble.

Par ailleurs, comment allait-elle faire pour conduire discrètement la moto hors de la ville ? C'était le problème avec les Harleys. Elles faisaient un bruit caractéristique. Elle n'aurait qu'à prétendre qu'elle se rendait au chevet d'une patiente accouchant prématurément. Simon la croirait. Sauf qu'elle lui mentirait. Mais elle ne pouvait pas l'éviter.

Soudain, Mick fit monter les enchères.

— Pas question. Après réflexion, je crois que je vais passer Noël à Lyrebird Lake. C'est aussi bien qu'ailleurs. Avec ma bonne amie Tara.

L'angoisse l'étreignit. Et si elle n'arrivait pas à l'arrêter ? S'il était trop tard ? Le vent glacé de la réalité ravageait de nouveau sa vie. Elle imagina les enfants effrayés par Mick, Simon prenant sa défense et Mick se battant avec lui, la terreur de Louisa... Cauchemar à Lyrebird Lake. Il fallait à tout prix empêcher ça.

Il fallait absolument qu'elle le tienne à distance. Et pour cela, elle ne voyait qu'un moyen.

— Si tu t'approches de mes amis, de mon travail ou de ma maison, j'arrose la moto d'essence et j'y mets le feu, dit-elle d'un ton menaçant, à voix basse. Tu sais que je le ferai.

Silence, puis un ricanement fanfaron.

— Tu n'en auras pas l'occasion.

— On parie ?... C'est moi qui pose les conditions, et d'ici là, laisse-moi tranquille. Donne-moi jusqu'à ce soir pour mettre au point quelque chose. Je te retrouverai quelque part loin d'ici, et te remettrai la moto. Appelle-moi autour de 18 heures, mais je ne veux pas de toi dans cette ville. Ou je détruirai ton cher trésor à deux roues.

Ce matin-là, Tara eut beaucoup de mal à se concentrer sur son travail. Elle n'arrêtait pas d'imaginer la tête de Simon face à Mick et son regard halluciné. Mick paraissait pire qu'il ne l'était réellement, sauf quand il était shooté, et c'était tout de même un homme mauvais. Elle ne comprenait vraiment pas qu'on puisse se faire tatouer le visage, même si elle ne regrettait pas sa petite rose tatouée sur l'épaule en souvenir de sa meilleure amie, la sœur de Mick, morte tragiquement, lorsqu'elle était très jeune.

Mais le passé était le passé. Et elle souhaitait juste qu'il reste à sa place ! Surtout maintenant qu'elle avait entraperçu un avenir auquel elle commençait à croire.

A l'hôpital, le service maternité était calme. Une des patientes de Tara avait accouché le matin, et elle passa la journée à son chevet à lui prodiguer des conseils pour l'allaitement. Tout allait bien. Elle envisageait de finir plus tôt quand le téléphone sonna, annonçant l'arrivée d'une de ses patientes sur le point d'accoucher.

Elle ne rentra pas chez elle à 15 heures, comme elle l'escomptait, pour avoir le temps de s'organiser. Arrivant au presbytère à 17 h 50, elle trouva Louisa et Maeve dans la cuisine, en train de préparer des amuse-gueules pour la soirée familiale chez Mia.

Simon était parti depuis le matin faire des achats, et elle bénit son absence, car il aurait sûrement remarqué sa nervosité.

Dans sa chambre, elle prit son téléphone, et fit la grimace en voyant tous les appels manqués. Elle essaya de rappeler le portable de Mick, mais l'appel fut rejeté, et un sentiment de malaise s'empara d'elle. Il ne devait pas être dans de bonnes dispositions pour négocier.

Mais il fallait absolument qu'elle le joigne, avant qu'il ne commette l'irréparable !

Et s'il était déjà en ville ? S'il frappait à la porte et faisait peur à Louisa ? Ou pire encore, s'il cherchait querelle à Simon ?

Elle lui envoya rapidement un texto en lui donnant rendez-vous hors de la ville. Il ne pouvait pas venir au lac. C'était son pire cauchemar.

Elle enfila son jean, et attrapa son casque.

Une méchante migraine lui vrillait les tempes et, prenant

la bouteille d'eau sur sa table de nuit, elle en but une gorgée en regardant par la fenêtre.

Elle proféra tous les jurons qui lui venaient à l'esprit. C'était tellement injuste ! Elle ne méritait pas qu'on détruise son rêve. Qu'on l'arrache à son havre de paix. Elle avait envie de s'arracher les cheveux, de trépigner de rage. Mais cela ne lui ressemblait pas, et elle releva la tête, prenant une profonde inspiration. Elle-même n'avait pas d'importance. Seuls ses amis du lac comptaient, et elle devait à tout prix empêcher Mick de leur nuire.

Juste avant de partir, elle fit une dernière tentative pour le joindre et cette fois, elle l'eut au téléphone. Comme elle le craignait, il avait emprunté la voiture et la remorque d'un ami, et était déjà en route.

Le dîner familial était prévu pour 18 h 30. Elle estima qu'il lui faudrait une heure pour retrouver Mick, lui remettre la moto et revenir.

Parti en ville faire des emplettes avec son père, Simon n'était pas encore rentré, et elle pouvait quitter la maison sans attirer l'attention.

Elle répéta ses instructions à Mick, lui donnant rendez-vous près d'une décharge aux abords de la ville. Là, elle lui remettrait la moto et reviendrait à pied sans être vue. Les six kilomètres ne lui faisaient pas peur, elle en avait vu d'autres.

Elle ne savait pas comment elle expliquerait la disparition de la moto, mais c'était là le cadet de ses soucis. Elle pourrait toujours prétendre qu'elle avait dû la revendre.

13

Simon avait passé toute la journée en ville avec son père à s'efforcer de dénicher des cadeaux originaux pour Tara, et il avait hâte de la serrer dans ses bras après cette longue séparation.

Il ouvrit la porte de la maison, et la vit dans l'entrée. Absorbée par sa conversation téléphonique, elle ne l'avait pas remarqué. Il put prendre tout son temps pour la contempler. La lumière jouait dans ses cheveux ébouriffés, éclairant son long cou gracieux, et il eut envie de baiser sa chair nacrée, de sentir son pouls fragile palpiter sous ses lèvres. Il ne s'en était pas privé l'autre nuit. Et ils n'avaient pas fait que ça. Mais depuis, ils n'avaient pas pu se retrouver seuls tous les deux, ce à quoi il avait bien l'intention de remédier au plus vite.

Il la regarda encore. Elle était si belle qu'il brûlait de l'emporter dans sa chambre pour la faire sienne sur-le-champ, même si sa raison lui dictait d'attendre.

Quand elle eut raccroché, il s'approcha.

— Bonjour, Tara. Alors, tu es prête pour ce soir ?

Elle sursauta vivement, comme sous l'effet d'une grande frayeur.

— Pardon..., reprit-il, les sourcils froncés. Il la dévisagea franchement cette fois. Pourquoi avait-elle l'air aussi tendue ?

Il tendit la main pour la poser sur son épaule, et elle tressaillit de nouveau, le regarda brièvement, avant de détourner les yeux aussi vite.

Il secoua la tête. Que diable se passait-il ?

— Est-ce que ça va ?

Il essaya de capter son regard, mais elle tournait obstinément la tête. A présent, il était vraiment inquiet. Regrettait-elle d'avoir passé la nuit avec lui ? Il espérait que non. Il baissa les yeux vers sa tenue.

— Tu vas faire un tour en moto ?

— Une visite à domicile. Un accouchement prématuré. Je manquerai probablement le dîner.

Il baissa les yeux, navré. Quelle poisse. Il avait tant attendu cette soirée avec elle !

— De quelle patiente s'agit-il ? Tu veux que je t'accompagne ? Je pourrais patienter en rassurant l'homme de la maison.

— Tu ne la connais pas, et non, je ne veux pas que tu viennes.

Il lui jeta un regard désemparé. Peut-être était-ce plus grave qu'elle ne voulait bien le dire. Elle avait l'air au bord des larmes.

— Tu es sûre que tout va bien ?

Elle prit une profonde inspiration et, le visage vide de toute expression, remua les épaules pour les dénouer. Qu'avait-il donc fait pour qu'elle soit aussi tendue ?

— A plus tard, Simon.

Et ce fut tout.

— Très bien, répondit-il, impuissant. Je dirai à Mia que tu as été appelée pour une urgence.

— Laisse, je le lui dirai moi-même, répliqua-t-elle avec un sourire mécanique. Fais-lui mes excuses. Je rentrerai peut-être avant la fin du dîner ou peut-être pas. Passe une bonne soirée.

Il la regarda partir au pas de course. Rien n'était moins sûr... Son sentiment de malaise s'accrut, quand il entendit sa moto démarrer. Il aurait juré qu'elle avait été frappée de panique pendant une minute. Il se passait quelque chose, et il connaissait maintenant assez Tara pour la soupçonner de ne pas être dans son assiette. Qu'est-ce qui pouvait la tourmenter, si elle allait vraiment chez une patiente ? Celle-ci avait-elle un compagnon violent ? Il regrettait de ne pas l'avoir questionnée davantage. Il décida d'aller voir Mia pour lui demander si elle savait quelque chose.

Tara s'efforça de refouler ses larmes. Le vent familier fouettait son visage, et le moteur vrombissait comme pour un dernier adieu. Mais elle était trop attristée par ce qu'elle allait perdre, pour profiter de cette ultime balade à moto.

Elle avait menti à Simon. En le regardant dans les yeux. Ou presque. Mais elle ne voyait pas d'autre moyen de protéger ceux qu'elle aimait désormais. Car elle était amoureuse de Simon, elle aimait Louisa, et apparemment chaque habitant de Lyrebird Lake. Malheureusement, tous les soupirs du monde n'allégeraient pas son lourd fardeau.

Elle les avait trahis. Et maintenant, elle s'apprêtait à renoncer à son seul et unique bien, pour les empêcher de découvrir son passé. Elle avait pourtant le pressentiment que cela n'éviterait pas le désastre.

Elle quitta la route principale pour s'engager sur le chemin de graviers menant à la décharge. Il n'y avait personne, et elle s'en félicita, elle ne voulait pas qu'on la trouve là, à cette heure tardive.

Ce fut peut-être la raison pour laquelle elle prit le virage un peu trop vite.

Elle perdit le contrôle de la moto, quand la roue avant dérapa sur les gravillons. Luttant contre l'envie de freiner, elle s'efforça de redresser la lourde machine, qui s'inclinait dangereusement sur le côté. Elle ralentit, et crut qu'elle avait réussi à corriger sa trajectoire.

Concentrée sur la manœuvre, elle se retrouva brusquement devant un virage, et le manqua. La moto buta dans l'herbe, puis partit en vol plané dans les broussailles, jusqu'à ce qu'une grosse branche arrête brutalement sa course folle. La Harley s'inclina, et Tara n'eut que le temps de retirer sa jambe pour ne pas être écrasée. Dans son empressement à échapper à l'engin, elle se tordit la cheville et poussa un cri de douleur.

Son cœur palpitait sourdement à ses oreilles. Elle se dressa sur son séant, pour s'écarter de la moto dont la lourde masse broya les broussailles dans un craquement assourdissant, terminant sa course sur le flanc. Hors d'haleine, Tara s'adossa au tronc d'un arbre évité de justesse. Une douleur lancinante paralysait sa cheville, mais grâce à Dieu, elle n'était pas restée coincée sous la moto.

Néanmoins, elle n'avait pas la moindre idée de ce qu'elle allait pouvoir faire pour redresser le lourd engin.

Elle mit quelques instants à se ressaisir, puis se releva avec précaution. Elle s'appuya légèrement sur sa cheville pour la tester. Elle tremblait un peu mais tenait bon, malgré la douleur. Cela aurait pu être bien pire.

Heureusement qu'elle portait un jean, même si elle ne s'en sortait pas complètement indemne. Outre les écorchures qu'elle avait sur les bras, elle avait quelques plaies bénignes aux endroits où son jean s'était déchiré, lors de sa course folle dans les fourrés. Elle souffla. Mais elle n'en mourrait pas. Sa préoccupation première était de relever au plus vite la moto afin d'arriver au lieu de rendez-vous avant Mick. Il ne fallait surtout pas qu'il s'imagine qu'elle ne viendrait pas, et décide de se rendre à Lyrebird Lake.

Elle sortit son portable de sa poche et essaya de le joindre, mais il ne répondit pas. Elle jeta un coup d'œil à sa montre. Le verre était cassé, et elle en retira délicatement les éclats pour lire l'heure. Elle avait dix minutes pour arriver au lieu de rendez-vous.

Elle prit une profonde inspiration et, rassemblant toutes ses forces, s'appuya sur sa bonne jambe. Ensuite, elle essaya de redresser la moto. Rien à faire.

Au prix d'un effort surhumain, elle tenta l'autre côté, sans plus de succès. Elle avait mal au dos maintenant, et la douleur pulsait dans sa cheville meurtrie.

Elle voulut utiliser un gros bâton pour faire levier, mais il se brisa.

Elle serra les dents. Pas de chance. Elle savait que le combat était inégal. C'était une chose d'enfourcher le pesant engin, quand il était sur ses deux roues, ou sur une béquille. Mais le soulever du sol était une tâche impossible pour elle toute seule.

Il commençait à faire nuit. Elle composa de nouveau le numéro de Mick, qui ne répondit pas davantage. La route était déserte, et si elle s'en était réjouie un peu plus tôt, c'était maintenant l'inverse.

L'heure du rendez-vous était passée, et Mick ne l'avait pas appelée. Elle espérait qu'il avait été retenu quelque part, mais peut-être refusait-il carrément de lui répondre. C'était le genre de réaction dont il était capable. Elle n'avait pas d'autre solution que demander de l'aide, et ne voyait qu'une personne à appeler : Simon. A eux deux, peut-être parviendraient-ils à relever la moto avant l'arrivée de Mick...

Simon s'était rendu chez son père, et avait entraîné Mia à l'écart pour l'interroger sur les patientes de Tara. Il avait besoin d'être rassuré, de savoir qu'elle ne courait aucun danger.

Mais Mia lui apprit qu'aucune patiente de Tara n'était pas sur le point d'accoucher, la prochaine étant Maeve.

Il secoua la tête, incrédule. Cela ne pouvait signifier qu'une chose : Tara lui avait menti. Et il ne voyait pas la moindre raison à cela.

Il en était là de ses réflexions, quand son téléphone sonna.

— Allo !

— Simon ?

C'était elle.

Sa main se crispa sur l'appareil et, après un signe à Mia, il reprit le chemin du presbytère.

— Tara ? Tu vas bien ?

— Pas vraiment... Je suis tombée de moto et je n'arrive pas à la relever. J'ai besoin d'un coup de main.

— Où es-tu ?

Une pause.

— Je suis désolée pour le dîner...

— Où es-tu, Tara ?

— Sur la route de l'ancienne décharge.

— Et ça va ? Tu n'es pas blessée ?

— Mon orgueil en a pris un coup, et ma cheville est sensible, mais je n'ai que des écorchures.

— Qu'est-ce que tu fais là-bas ? demanda-t-il.

Il n'avait pu s'en empêcher.

Elle soupira.

— C'est une longue histoire. Je te raconterai, quand tu seras là. Tourne dans le chemin menant à la décharge, tu me trouveras à environ un kilomètre sur la gauche. Attention à ces fichus graviers, ajouta-t-elle sèchement.

— Je serai là dans vingt minutes !

Il raccrocha, sentant la colère l'envahir. Elle avait intérêt à avoir une bonne raison d'être là-bas.

14

Simon sera là à temps. Il arrivera à temps…

Ces mots tournaient en boucle dans sa tête, et Tara resserra les bras autour de son mince T-shirt. On était en été, que diable, et elle n'avait pas pensé à emporter des vêtements chauds, mais la brume vespérale était fraîche. Voilà ce qui se passait, quand on se remettait à faire n'importe quoi.

Elle s'était si souvent laissé prendre, on aurait pu croire qu'elle retiendrait la leçon. Pourquoi Simon, le chéri de tout Lyrebird Lake, lui pardonnerait-il de lui avoir menti ?

Surtout sans en comprendre la raison.

Peut-être avait-elle sa part de responsabilité. Une grosse part, même. Elle ne lui faisait pas assez confiance. Elle ne lui avait pas parlé de son problème, car elle redoutait trop qu'il ne se détourne d'elle. Alors, elle lui avait menti. Se sabotant elle-même. Comme si au fond, elle avait la certitude qu'il la laisserait tomber.

En tout cas, elle avait maintenant de sérieux ennuis. Il commençait à faire nuit, elle était à des kilomètres de la maison la plus proche, et allait probablement une nouvelle fois avoir le cœur brisé.

Elle releva la tête, se secouant intérieurement. Elle n'était plus une orpheline de douze ans, mais une femme adulte, et elle surmonterait tout cela dès qu'elle aurait trouvé le moyen de regagner la civilisation. Et elle avait intérêt à le trouver maintenant, car Simon ne viendrait pas.

A cet instant, des phares balayèrent la cime des arbres et elle entendit le ronronnement d'une voiture qui approchait.

— Simon, chuchota-t-elle dans la pénombre du soir.

Maintenant qu'il arrivait, elle craignait de lire le dégoût sur son visage. Elle l'avait trahi en lui mentant, mais n'avait pas trouvé d'autre moyen d'empêcher son monde de s'écrouler. Il allait probablement croire qu'elle voulait s'enfuir avec Mick. Et pourquoi pas, d'ailleurs ? Rien ne la retenait plus ici désormais.

Ce n'était pas Simon, mais Mick. Tirant une remorque derrière une vieille berline miteuse. Elle sentit son ventre se nouer. Elle envisagea un instant de se jeter dans les buissons pour qu'il ne la voie pas, mais il était trop tard.

Roulant trop vite, comme à son habitude, il freina au milieu d'une pluie de gravillons.

— Où est la moto ? demanda-t-il sans préambule en sautant de voiture, d'un air soupçonneux.

Elle soupira. Elle avait oublié combien il était odieux.

— J'ai dérapé sur les graviers, elle est dans les buissons, derrière moi.

— Elle n'est pas abimée ?

— Et moi ?

— Ah, oui... Ça va, toi ? demanda-t-il machinalement avant de se diriger vers les fourrés.

— Très bien, répondit-elle sèchement à son dos.

Le regardant, elle prit conscience qu'il était assez costaud pour relever seul la moto.

Jetant un coup d'œil vers la route, elle regretta d'avoir appelé Simon. Un instant, elle envisagea de le rappeler pour lui dire de ne pas venir, mais il faudrait donner de nouvelles explications, et peut-être encore mentir. Elle avait assez menti comme ça. Ne lui restait plus qu'à espérer que Mick chargerait la moto et partirait aussi vite que possible.

Mick réussit à hisser la Harley sur la remorque avant l'arrivée de Simon.

Puis la chance de Tara tourna.

Quittant la route principale, Simon fronça les sourcils quand il emprunta le chemin caillouteux qui s'enfonçait dans l'obscurité. Il alluma ses phares et ralentit. Tara avait parlé d'un kilomètre. Il en était certain : il se passait là quelque chose qu'il n'allait sûrement pas aimer. Mais curieusement, cela ne l'inquiétait pas. Il arrivait des tas de choses désagréables à des gens, et ils s'en remettaient. Comme ses parents qui lui avaient menti. Ou Maeve. Seul le rôle joué par Rayne lui restait en travers de la gorge. Et cela aussi finirait sans doute par passer.

Bref, il aimait Tara, et le fait qu'elle l'ait appelé à l'aide était tout de même bon signe.

Mais il se sentirait beaucoup mieux, quand il pourrait constater de ses yeux qu'elle était indemne.

C'est alors qu'elle apparut dans le faisceau des phares, plantée au bord du chemin, à côté d'une vieille berline et d'une remorque où était juchée sa moto. Elle avait dû trouver un bon Samaritain, pour l'aider à la ramener à la maison.

Il souffla. Un problème était résolu. Tara tenait debout, et même si elle boitait légèrement en s'avançant vers lui, elle semblait aller bien. Grâce à Dieu.

Puis ses yeux se posèrent sur le chauffeur de la berline, et il tiqua les sourcils lorsqu'il vit ses tatouages, sa barbe tressée. Descendant de voiture, il remarqua l'attitude méfiante de Tara. Il ne s'attendait pas à ça, mais du moment qu'elle allait bien...

Mick lui fit signe de partir.

— On n'a pas besoin d'aide, mon pote.

Simon l'ignora.

— Ça va, Tara ?

Il s'approcha d'elle, notant les taches de sang qui maculaient son jean déchiré, les écorchures sur ses bras, et l'extrême lassitude qui marquait son visage. Il avait envie de la serrer dans ses bras, mais il sentait de manière presque palpable les vibrations qu'elle lui lançait, l'incitant à garder ses distances.

— Comment va ta cheville ?

Mick leva la tête. Il fit un pas vers lui, et le toisa.

— Qui êtes-vous ?

Simon le regarda de haut en bas, se moquant éperdument de

ne pas faire le poids. Il avait affronté des hommes plus impressionnants que ce type.

— Un ami de Tara. Et vous ?

— Mick. Tara et moi, on a grandi ensemble. On n'a pas besoin de votre aide.

Simon lui sourit.

— Content de vous connaître, Mick. Vous devez comprendre que je pose cette question à Tara. Alors, Tara, cette cheville ?

— Ça va. Elle est douloureuse, mais je peux marcher.

Il l'observa. Elle semblait inquiète, et il regretta de ne pouvoir la rassurer. Il savait s'y prendre avec ce genre de type, et c'était toujours lui qu'on appelait, quand un mari angoissé perdait les pédales au cours d'un accouchement. Mais il n'éprouvait pas son détachement habituel devant ce type déplaisant, qui se comportait en propriétaire avec Tara.

— C'est gentil à vous de ramener la moto de Tara à la maison.

Mick ricana.

— Ouais. A ma maison, plutôt. C'est ma moto. Elle me l'a rendue. Et j'envisageais aussi de ramener Tara, ajouta-t-il, le regard mauvais.

Refoulant une folle envie de lui envoyer son poing dans la figure, Simon se tourna vers Tara.

— Et qu'en pense-t-elle ?

Elle fusilla Mick du regard.

— Tu as la moto… On s'en va, Simon.

— Tu lui laisses la moto ?

Elle se redressa.

— Elle est à moi, j'en dispose à mon gré.

Puis, elle se tourna vers Mick :

— Je veux que tu sortes définitivement de ma vie, Mick. Joyeux Noël.

Tara s'éloigna des deux hommes et, montant dans la voiture de Simon, claqua la portière. Elle fit mine de les ignorer, tout en jetant des coups d'œil dans le rétroviseur pour voir ce qui se passait. Elle espérait avoir désamorcé la situation, et ne pensait pas que Mick l'arracherait de force à la voiture.

Elle ne se trompait pas.

Simon ouvrit la portière, tandis que Mick enclenchait le moteur de sa vieille berline, et commençait à manœuvrer pour repartir.

— Qu'est-ce que c'était que cette histoire ?

— On peut partir d'ici d'abord ? S'il te plaît !

Simon fit marche arrière avec une brusquerie qui ne lui ressemblait pas, et ils repartirent dans un jet de gravillons. Elle soupira.

— Pas de soupir, je te prie. A quoi diable pensais-tu ? Tu as tout arrangé, n'est-ce pas ? Tu as délibérément rencontré cet homme dans un endroit sombre et désert pour lui remettre la moto. Toute seule ! Après m'avoir menti, pour que je ne t'accompagne pas, surtout.

Elle tourna la tête vers lui. Il avait le visage dur, les lèvres pincées, les épaules raidies. Elle l'avait blessé. Déçu.

— Tu as raison. Il n'y a rien à ajouter.

— Oh ! Que si, répliqua-t-il.

Il tourna sur la route de Lyrebird Lake et, se garant sur le bas-côté, coupa le contact. Ils gardèrent un moment le silence. Elle en profita pour rassembler ses pensées. Derrière eux, les phares de Mick tournèrent en direction de Sydney, pour disparaître dans la nuit. Elle supposait qu'elle devait une explication à Simon, mais n'aimait pas du tout son ton autoritaire. En s'efforçant d'agir pour le mieux, elle lui avait menti, effectivement.

Alors elle lui raconta la vérité, sans fioriture :

— Mick voulait récupérer la moto. Il est mauvais quand on le contrarie. Je ne voulais pas qu'il vienne troubler la tranquillité de Lyrebird Lake, alors j'ai préféré céder.

— Et tu lui as donné rendez-vous ici ? Toute seule ?

Elle haussa les épaules.

— Je n'ai pas peur de Mick. Il a l'air plus effrayant qu'il ne l'est, mais je ne voulais pas qu'il se comporte mal devant Louisa. Ou Maeve, ou Mia.

Elle le regarda, en ajoutant d'un ton de défi :

— Ou toi.

Cela ne fit qu'exacerber la colère de Simon.

— Et comment comptais-tu rentrer, après avoir laissé ton seul bien à ce type ?

— A pied.

— Merveilleux, répondit-il avec une grimace. A pied ! Sur une route plongée dans le noir. Il y a combien ? Cinq, six kilomètres ? ajouta-t-il, furieux, les mains crispées sur le volant. Tu te mets en danger. Tout le temps.

Il secoua la tête, visiblement sidéré.

— Il y a la moto à laquelle je commençais à m'habituer, reprit-il, le risque contrôlé du saut en parachute. Et je le comprends. Mais si tu te mets délibérément en péril en rencontrant des types louches la nuit, dans des lieux déserts... Je n'arrive pas à croire que tu ne m'aies pas demandé de t'accompagner.

— Non, je ne l'ai pas fait.

Il la foudroya du regard.

— Au lieu de me dire la vérité, d'accepter mon aide et d'être en sécurité ?

Elle haussa les épaules.

— J'ai l'habitude de m'occuper de moi toute seule. Je pensais que je ne risquais rien.

— Eh bien vois-tu, j'ai un problème avec ça.

— J'ai quand même fini par t'appeler.

— Beaucoup trop tard ! Il se peut que nous soyons allés un peu vite, tous les deux. C'est peut-être ma faute. Ce matin, j'aurais juré que nous avions un avenir ensemble, mais je n'en suis plus si sûr. S'il y a une chose que je n'accepte pas, c'est que l'on m'exclut et que l'on me mente, surtout quelqu'un que j... enfin... auquel je tiens profondément !

Elle réprima un soupir. Quelqu'un auquel il tenait profondément... Et elle avait tout gâché.

Elle risqua un coup d'œil dans sa direction. Il regardait droit devant lui, comme s'il s'attendait à tout moment, à ce que la route s'ouvre et les engloutisse. Elle regrettait presque que ce ne soit pas possible.

Le silence était chargé de regrets, mais aucun des deux ne

semblait capable de le rompre. Et le trajet de retour au presbytère lui parut durer une éternité.

Toute la famille se trouvait chez Mia. Simon irait-il les rejoindre maintenant ? Mais il ne dit rien, se contentant de reparaître avec du coton et du désinfectant, pour nettoyer ses plaies, sourd à ses protestations.

Puis il la mit au lit. Un gouffre semblait s'être creusé entre eux, quand il la laissa et referma la porte derrière lui.

15

Tara ouvrit les yeux à 6 heures la veille de Noël. Allongée dans son lit, elle contempla le plafond, plongeant malgré elle dans ses souvenirs peuplés de fantômes des Noëls passés.

Des visages d'enfants disparus depuis longtemps, des dortoirs vides, des familles d'accueil peu aimantes. Et tous ces soirs de Noël remplis d'attentes vaines. Et l'espérance l'avait de nouveau désertée depuis la veille.

Elle avait perdu le seul homme qui aurait pu la rendre heureuse. Elle se redressa dans son lit et serra son oreiller contre sa poitrine.

Simon avait raison. Elle aurait dû parler plus tôt de ses problèmes à celui qui tenait à elle, et l'avait toujours soutenue. Elle se souvint du matin où ils avaient procédé ensemble à cet accouchement par le siège. Elle s'était sentie en sécurité, parce que Simon était là. Il l'avait encouragée sans se montrer autoritaire, s'était montré fier de ses compétences.

Et elle avait gâché ses chances avec lui. La journée d'aujourd'hui allait être tragiquement longue, à ruminer son beau rêve perdu.

Elle émit un long soupir. Elle aurait dû lui faire confiance, savoir qu'il comprendrait. Seulement, elle ne savait pas accorder sa confiance. Elle n'avait jamais appris, et venait de recevoir une nouvelle et douloureuse leçon. Il était trop tard pour eux deux.

Mais elle devait veiller à ne gâcher la journée de personne d'autre.

Aujourd'hui serait un beau jour. Elle sourirait, et tiendrait gaiement son rôle au sein de la famille une dernière fois. Elle oublierait le rêve impossible qu'elle avait caressé, d'une longue et belle vie avec Simon. Il partirait bientôt, et de son côté, elle verrait si elle pouvait s'installer définitivement à Lyrebird Lake. Dans le cas contraire, ce qu'elle aurait appris ici lui serait utile pour l'avenir.

Pour l'instant, elle allait écouter les stridulations des cigales dans l'arbre, sous sa fenêtre. Savourer la douce tiédeur du petit matin. Renifler l'appétissante odeur de pâtisserie, qui flottait dans la maison depuis quelques jours. Sortir dans le jardin et, les pieds dans l'herbe grasse, contempler les animaux de la crèche qui dodelinaient du chef, dans les premiers rayons du soleil.

Alors, elle serait prête à affronter ce que la journée lui réservait. Et elle profiterait de chaque seconde.

Elle réprima un sourire, en entendant de la musique parvenir jusqu'à elle. Louisa avait encore mis des chants de Noël. Maeve serait contente, quand les fêtes seraient passées ! Les larmes lui montèrent aux yeux à la pensée qu'elle allait aussi perdre son amie.

Quittant sa chambre, elle gagna la salle de bains, ses vêtements sous le bras. Dix minutes plus tard, elle sortait dans le petit matin brumeux, prête à dissimuler son désespoir sous une image de parfaite sérénité.

Simon était assis sur le banc, devant la crèche. Elle faillit faire demi-tour et regagner sa chambre, mais elle se ressaisit et relevant la tête, marcha vers lui.

Simon se détendit un peu en voyant Tara traverser la pelouse dans sa direction. Au moins, elle allait lui parler.

— Joyeuse veille de Noël, Tara.

Il la regarda en coin. Elle n'avait pas du tout l'air de cet avis, et c'était sa faute. Il avait commis des erreurs.

— Joyeuse veille de Noël, Simon, répondit-elle en s'asseyant sur le banc, à bonne distance de lui.

Comme il continuait de l'observer à la dérobée, il vit une petite larme rouler sur sa joue, et son cœur se brisa.

— Ne pleure pas, Tara.

Elle s'essuya rageusement.

— Mais je ne pleure pas, dit-elle en redressant la tête.

— L'enfant Jésus arrive à minuit ce soir.

Elle le fixa, les sourcils froncés. Il lui rendit son regard. Sans doute imaginait-elle un ravissant poupon emmailloté, couché dans la paille...

— Génial.

Songeurs, ils demeurèrent ensuite silencieux, attendant vaguement un signe. Puis ils se regardèrent de nouveau. Il sentit sa gorge se nouer. Peut-être avaient-ils encore une chance ?

Il se rapprocha d'elle, sous le regard impassible des animaux de la crèche.

— Ça va ? demanda-t-il en lui prenant la main.

Il pressa ses doigts contre les siens.

Pendant quelques secondes, elle ne réagit pas, puis elle pressa ses doigts à son tour.

— Je suppose que tu es venu me sauver.

— J'aurais dû venir plus tôt. Tu dois apprendre à me faire confiance.

Elle contempla leurs mains enlacées, avant de scruter son visage.

— Toi aussi tu dois apprendre à me faire confiance. Je m'occupe seule de moi-même depuis si longtemps.

Il poussa un soupir. Elle avait raison.

— Je suis désolé.

Elle esquissa un sourire tremblant, et détourna les yeux.

Il se mordit la lèvre. Il avait intérêt à se dépêcher de tout arranger, il n'en pouvait plus de la regarder sans pouvoir l'embrasser.

— Je regrette de m'être montré aussi méchant hier.

— Tu as été méchant, oui..., mais je sais pourquoi. Et je te demande pardon de t'avoir menti.

Il hocha la tête. Elle était si courageuse. Sa Tara.

— Tu m'as menti, oui. Mais j'ai compris pourquoi.

Elle acquiesça à son tour, dans la pâle clarté du jour naissant.

— Je ne voulais pas que tu rencontres Mick.

Il sourit d'un air contrit.

— Je n'avais pas spécialement envie de le connaître non

plus, répondit-il. Mais tu dois cesser de croire que tes anciennes relations, si déplaisantes soient-elles, peuvent affecter nos sentiments pour la Tara que nous connaissons et aimons. Tu as tout Lyrebird Lake avec toi. Il faut que Mick le sache. Et que tu le saches aussi.

Il lui jeta un regard en biais.

— Et il n'aura pas ta moto.

— Je me moque de la moto.

— Pas moi. Elle t'appartient. J'ai donné le numéro d'immatriculation à la police en leur disant que s'il la restitue, nous ne porterions pas plainte. Ils ont vérifié, les papiers du véhicule sont à ton nom.

Il vit un espoir prudent s'allumer dans ses yeux.

— La moto ne m'intéresse pas, répliqua-t-elle. Imagine qu'il revienne ? Il peut être extrêmement agressif...

Il secoua la tête.

— Lui donner la moto n'y changera rien. S'il revient, nous l'accueillerons comme nous savons le faire à Lyrebird Lake. Il y a bien une raison pour qu'il ait été ton ami. Mais ce n'est pas vraiment Mick, le méchant. C'est moi. Pourras-tu me pardonner ma colère ? J'ai du mal à me pardonner moi-même. Je ne perds jamais mon sang-froid, d'habitude...

— Pourtant, tu l'as perdu, répondit-elle d'un ton taquin. Tu es un homme qui sait se contrôler, hein ?

— Et j'en suis fier. En général. Comme de savoir organiser mon univers et protéger mes arrières... Sais-tu pourquoi j'ai craqué ?

Elle acquiesça.

— Tu t'inquiétais pour moi ?

— Aussi. Mais surtout parce que je venais de m'apercevoir qu'en te perdant, je perdrais tout.

Il se rendit compte qu'elle ne savait pas quoi dire. Il espéra secrètement qu'elle lui donnerait la réponse dont il rêvait.

— Je ne voulais pas que tu rencontres Mick, car j'avais peur de te perdre, articula-t-elle enfin.

Il sourit. Oh ! Que c'était bon à entendre. Elle tenait à lui. Elle lui fit face, levant vers lui son beau visage plein de fraîcheur, où les ombres s'étaient dissipées.

— Merci de comprendre, Simon. Mais Mick peut être très impressionnant, tu sais.

— Toi aussi.

Elle secoua la tête.

— Je ne t'impressionne pas, quand même !

Il ne put s'empêcher de rire. Mais une question brûlante le taraudait, qu'il avait du mal à poser.

— Tara...

— Oui, Simon ?

— M'aimes-tu ?

Elle baissa la tête et la releva, le visage rayonnant. Le cœur de Simon bondit dans sa poitrine.

— C'est possible.

Il sourit de nouveau, ému. Elle était si courageuse. Plus courageuse que lui. Il en remerciait le ciel. A lui maintenant de faire preuve de bravoure.

— Tu veux bien m'embrasser ? demanda-t-il en lui tendant ses lèvres.

Elle le regarda comme s'il était devenu fou.

— Non.

— Je t'en prie.

Elle se pencha vers lui, et effectua une prestation honnête compte tenu de l'endroit où ils se trouvaient...

Femme sans peur... Oui, il y avait de l'amour là-dedans. Il sentit son cœur s'alléger, se gonfler de bonheur.

— Tara, je t'aime absolument, irrévocablement.

Baissant les yeux, elle mordilla ses jolies lèvres, et un sourire incrédule se dessina lentement sur sa belle bouche.

— Et je veux t'épouser, poursuivit-il sans reprendre son souffle. Aussi vite que possible, car tu as passé trop de temps seule, et que malgré mes douzaines de parents, je suis seul aussi.

Elle hocha machinalement la tête. Elle semblait frappée de stupeur, mais il pouvait gérer ça.

— Mais je veux surtout me marier avec toi, parce que je t'aime, ma folle aventurière.

Elle déglutit, la gorge serrée, et finit par dire les mots qu'il attendait.

— Moi aussi je t'aime, mon trop raisonnable, trop prudent, trop autoritaire, mais futur aventurier.

Il rit. Elle l'embrassa de nouveau, et il lui rendit son baiser. Au point d'en oublier qu'ils étaient dans la rue.

— Hé, vous deux ! cria Maeve depuis la véranda. Venez faire ça à l'intérieur, vous serez mieux !

Ils se séparèrent, un peu gênés, et Simon se félicita qu'il soit encore un peu tôt pour que les voisins se promènent dehors.

Tara sourit, et regarda Maeve rentrer dans la maison.

— Combien de parents as-tu exactement ? demanda-t-elle pensivement.

— Eh bien, nous avons deux familles. C'est parfait pour nous, finalement.

Elle le dévisagea. Elle avait encore du mal à y croire. Béate, elle savourait l'amour qui irradiait de Simon. La façon dont il la regardait, dont il tenait sa main, comme si c'était l'objet le plus précieux du monde. Sa main à elle ?

— Comment ça ?

Il plongea son regard brillant dans le sien.

— Eh bien, on a notre famille de Lyrebird Lake, avec ta nouvelle maman, Mia... et Angus comme papa. Il est devenu très cool avec l'âge, rassure-toi.

Elle sourit. Elle adorait la manière dont Simon dépeignait les siens. Son plaisir manifeste à partager avec elle son bien le plus précieux, sa famille. Elle eut l'impression que son cœur s'ouvrait comme une fleur assoiffée de soleil. Pétale après pétale.

— Tu trouveras une nouvelle grand-mère en Louisa, qui sera ravie. Et qui tricotera de belles couvertures pour nos enfants.

Une profonde émotion lui noua la gorge, à la pensée que Louisa allait être sa grand-mère.

— Et deux nouvelles petites sœurs avec Layla et Amber, que, j'espère, tu voudras bien prendre comme demoiselles d'honneur. Elles sont si jolies sur leur trente et un ! Et puis Maeve voudra aussi l'être, bien sûr.

Elle le regarda, ahurie. Elle n'avait même pas songé à la noce, et elle prit conscience qu'elle allait aussi découvrir cela.

Tant de choses à absorber, auxquelles s'habituer, qui la rendaient aussi un peu nerveuse.

Mais si elle se réjouissait à la perspective d'avoir enfin une famille, ce n'était rien, comparé à la pensée de se réveiller chaque matin auprès de Simon, et de se coucher chaque soir à ses côtés. De passer toute sa vie avec lui. C'était comme un magnifique sapin de Noël, plein de cadeaux, avec au sommet Simon comme étoile.

Elle le dévora des yeux. Mais il n'avait manifestement pas fini.

— Quant à l'autre famille, poursuivit-il, nous rencontrerons mes sœurs, puis nous nous envolerons pour l'Amérique, voir mon père et ma mère. Cela prendra peut-être un peu de temps, mais tu apprendras à aimer ma mère, très différente de Mia. Elle a beaucoup de goût, puisqu'elle pense que je suis le soleil de sa vie, ajouta-t-il d'un air satisfait.

— Mon mari a besoin de beaucoup d'attention, apparemment, répondit-elle en riant.

— J'aime l'idée d'être ton mari. Et j'ai des besoins, oui. J'ai besoin de toi, car j'ai fini par découvrir ce qui manquait à ma vie. Tu es mon âme, mon amour, mon avenir. En te regardant, je sens mon cœur exploser dans ma poitrine, comme une étoile. Je t'aime, Tara.

Elle ravala les larmes qui lui montaient aux yeux. Mais elle n'avait plus rien à retenir, plus rien à cacher, plus rien à attendre. Simon était le seul à tout connaître d'elle, même ses failles, et il l'aimait. Peut-être, ce qui s'était passé avant était-il juste destiné à la préparer à ce merveilleux instant.

— Reste avec moi pour toujours, murmura-t-il.

— Et au-delà.

Elle ferma brièvement les yeux. Simon et elle incarnaient l'avenir, et c'était magique.

— On aura un gâteau de mariage avec des bougies.

— Quoi ? demanda-t-elle, étonnée. On ne met pas de bougies sur un gâteau de mariage !

Il leva le menton avec un air entêté, qu'elle avait appris à connaître. Il n'était pas parfait, Dieu merci.

— C'est notre gâteau. On peut avoir ce qu'on veut. Et pour notre anniversaire de mariage, chaque année, nous aurons un gâteau avec des bougies, comme pour ton anniversaire, et dans vingt ans, tu auras rattrapé ton retard et soufflé autant de bougies que les autres !

— Tu es dingue, dit-elle avec tendresse.

— Dingue de toi.

— Et moi de toi, Simon Campbell.

— Madame Campbell...

— Pas encore.

Il reprit son sérieux, la dévisageant avec gravité.

— Je t'aime, Tara. Je sais que nous aurons des désaccords, mais j'aime celle que tu es au fond de toi. La survivante. Celle qui a tant à donner sans avoir jamais eu l'occasion de le faire. Partage-le avec moi, avec les enfants que j'ai hâte d'avoir avec toi, et qui nous apporteront tant de joies.

Il prit un air songeur.

— Je suis impatient d'acheter les jouets que tu n'as jamais eus... Ce n'est pas de la pitié, mais de l'amour, ajouta-t-il vivement. J'ai hâte de jouer avec toi, aux jeux auxquels tu n'as jamais joué, quand nous serons avec nos enfants. Et je sais que je t'aimerai davantage chaque jour qui passera. En fait, je ne peux plus attendre, et il faudra organiser ça dès que possible.

Elle rit.

— Laissons d'abord passer Noël, peut-être.

— Oui, notre premier Noël ensemble. Et Maeve va avoir son bébé. Mais pendant toutes ces festivités, je n'oublierai pas un instant que tu es mon avenir, et que toute une vie de joie et d'aventure nous attend.

Il lui prit la main et l'aida à se relever.

— Merci, Tara, murmura-t-il gravement en caressant sa joue. Merci pour ton amour, le plus beau cadeau de Noël que l'on m'ait jamais offert.

Et ils s'étreignirent avec passion.

FIONA McARTHUR

Émouvantes retrouvailles

Traduction française de
L. BOULANGER-BEAUQUEL

BLANCHE

HARLEQUIN

Titre original :
MIDWIFE'S MISTLETOE BABY

Ce roman a déjà été publié en 2020.

Prologue

Mars

Rayne Walters traversa le hall des arrivées de l'aéroport de Sydney avec un soupir de soulagement. Enfin ! Simon, qu'il avait prévenu par texto, devait déjà être en route pour venir le chercher. Le cher Simon, toujours si efficace.

Depuis que Rayne avait failli manquer son avion à Los Angeles, le sentiment d'un désastre imminent ne l'avait pas quitté. Mais les douaniers australiens, malgré leur air soupçonneux, ne l'avaient pas retenu.

A présent qu'il était arrivé sans encombre, il allait pouvoir parler à Simon, la seule personne à qui il envisageait de révéler la situation avant qu'elle ne lui explose en pleine figure — dès son retour aux USA, probablement. Simon et lui avaient le même âge et étaient tous les deux médecins, mais son ami était comme un grand frère pour lui. Il avait même été une sorte de mentor quand Rayne avait dû faire des choix de vie.

Cette fois, cependant, son choix était fait. Il voulait seulement en informer Simon afin de lui éviter un choc susceptible d'altérer à jamais l'opinion que son ami avait de lui. Rayne ne s'attendait pas à recevoir son approbation, bien au contraire. Mais comme les choses étaient déjà en marche...

A peine était-il sorti du hall que Simon arriva au volant d'une berline grise, un grand sourire aux lèvres.

— Heureux de te revoir, vieux frère.

— Moi aussi.

Entre eux, il n'y avait jamais de grandes effusions — il en aurait été bien incapable — mais leur amitié avait égayé sa jeunesse sinistre. Rien qu'à revoir Simon, il se sentait mieux.

— Alors, qu'y a-t-il de si urgent que tu ne pouvais pas me révéler par téléphone ? demanda Simon en s'engageant dans le flot des taxis. Je n'arrive pas à croire que tu aies traversé la moitié de la planète pour repartir dès demain matin.

Rayne préféra temporiser.

— Peut-on attendre d'être chez toi ?

— Pas de problème. Mais Maeve est là ; elle sort d'une rupture sentimentale. J'espère que sa présence ne te gênera pas.

La mignonne petite Maeve. Adolescente, elle était jolie comme un cœur. Toutes les sœurs de Simon étaient charmantes, mais Rayne avait toujours eu un faible pour Maeve, la benjamine.

Lorsqu'elle lui avait fait comprendre qu'en dépit de leur différence d'âge elle était attirée par lui, cela n'avait pas été simple pour lui. Il avait dû s'arranger, lorsqu'elle était dans les parages, pour ne pas quitter Simon d'une semelle.

— Je ne l'ai pas revue depuis une dizaine d'années, je pense. Elle devait avoir quinze ou seize ans et c'était une petite demoiselle plutôt sûre d'elle.

— Elle l'est, la plupart du temps, même si au fond elle est toute douce et tendre. Mais elle me fait rire.

Elle faisait également rire Rayne, à l'époque. Mais il n'avait jamais avoué ses techniques d'évitement à Simon, pour la bonne raison que ça ne l'aurait pas amusé du tout. En tant qu'aîné, son ami semblait s'être donné pour mission de protéger ses cadettes, et même s'il ne lui avait jamais ouvertement dit de se tenir à l'écart de ses sœurs, Rayne avait respecté l'interdit.

— Comment vont tes parents ? demanda-t-il.

La question lui paraissait toujours bizarre, à lui qui avait été élevé par une mère célibataire, alors que Simon avait deux couples de parents. M. Jones, le père que Simon avait connu toute son enfance, s'était révélé être son beau-père. Rayne se rappelait fort bien l'amertume de son ami lorsque celui-ci avait découvert le pot aux roses — il en avait changé de patronyme. Néanmoins, il continuait à appeler M. Jones papa.

La mère de Simon avait choisi d'épouser un homme susceptible d'offrir à son fils illégitime la vie dont elle rêvait pour lui, et elle avait paru très heureuse avec son riche mari. Quant au père biologique de Simon, le Dr Angus Campbell, il avait ignoré l'existence de son fils jusqu'à ce que celui-ci, une fois au courant de la vérité, se mette en quête de lui et le retrouve.

L'histoire familiale de Rayne, elle, était loin d'avoir connu ce genre de dénouement digne d'un conte de fées. Sa mère s'était bornée à lui dire que son père était mort et ne valait pas la peine qu'on le pleure.

La voix de Simon ramena brusquement Rayne au présent.

— Tu sais que papa et maman se sont installés à Boston ? Le pontage de papa s'est bien passé, maman nous donne régulièrement des nouvelles.

— Excellent !

— Et Angus et toute l'équipe de Lyrebird Lake se portent à merveille, dit Simon avec un sourire jusqu'aux oreilles. Nous avons passé le dernier Noël tous ensemble.

Quel plaisir de savoir que tout allait si bien pour les proches de Simon.

— Et ta mère ? demanda Simon, posant la question que Rayne redoutait. Elle va mieux, depuis que tu l'as installée près de toi ?

Il sentit son visage se figer.

— Oui, répondit-il, espérant que son mensonge passerait inaperçu.

S'il commençait à dire la vérité, toute l'histoire jaillirait de ses lèvres et il voulait profiter encore quelques minutes de l'ambiance paisible qui régnait dans l'habitacle.

Alors il orienta la conversation sur le travail de Simon et ils discutèrent des consultations prénatales que celui-ci avait instituées au Sydney General pour les femmes dont le bébé se présentait par le siège.

— Et toi ? Tu as toujours le job idéal qui te permet de gagner des ponts d'or en exerçant le métier que tu aimes ?

— Oui, c'est super de vivre à Santa Monica. On m'a même sollicité pour rentrer au conseil d'administration de l'hôpital.

C'était incroyable comme tout cela lui paraissait insignifiant à présent.

— Les salles d'op sont ultramodernes, et nous développons une procédure sur les becs-de-lièvre qui permet une cicatrisation deux fois plus rapide.

— Tu fais toujours du bénévolat, le vendredi, au dispensaire de South Central ?

— Oui. Les enfants sont adorables et nous introduisons un cas par semaine au bloc de l'hôpital, en tant que cas d'école.

Penser qu'il allait laisser tomber ces enfants lui déchirait le cœur. Mais il avait un interne très prometteur à qui il espérait pouvoir passer le relais avant que tout ne s'écroule.

A la sortie de l'aéroport, ils prirent sur la gauche et, cinq minutes plus tard, ils entraient dans le garage de Simon, au bord de Botany Bay, vaste étendue que Rayne venait juste de survoler.

L'estomac noué à l'idée que l'heure de vérité allait sonner, il suivit Simon à l'intérieur. Une fois dans le salon, celui-ci cria à sa sœur qu'ils étaient là.

— Je m'habille, répondit une voix féminine en provenance du premier étage.

Elle parut si mélodieuse à Rayne qu'il ne put s'empêcher de sourire.

— Un petit whisky ? proposa Simon.

— Volontiers, répondit-il, tant il avait besoin d'un remontant pour la conversation qui l'attendait. Tu m'accompagnes ?

— A l'eau gazeuse. Je ne suis pas officiellement de garde, mais mon prochain accouchement « par le siège » est attendu d'un jour à l'autre maintenant.

Leurs verres à la main, ils s'assirent sur le sofa. Rayne leva son whisky.

— C'est bon de te revoir.

— Toi aussi. Maintenant, je t'écoute.

Rayne prit une profonde inspiration avant de se lancer et, à cet instant précis, le téléphone de Simon sonna. Celui-ci consulta l'écran, et, avec une petite grimace désolée, se leva.

Tandis que son ami prenait l'appel, Rayne but une gorgée de whisky et fixa le liquide dans son verre. C'était les aléas de la vie. Dommage que celui-ci soit survenu au plus mauvais moment.

— Désolé, Rayne. Il faut que j'y aille, dit Simon. Ma patiente est en travail. Je reviens dès que possible. En attendant, ne force pas sur l'alcool. Je serai toujours ton ami, quoi qu'il advienne.

— Message reçu.

Rayne regarda Simon quitter la pièce. Quelques minutes plus tard, alors qu'il était perdu dans ses pensées, Maeve apparut. En un éclair, il sentit son monde chavirer.

Se relevant d'un bond sans même en avoir conscience, il s'avança lentement vers la créature de rêve qu'elle était devenue. Une sirène, dont l'opulente chevelure sombre cascadait en vagues souples sur ses épaules. Elle était vêtue d'une ample robe couleur abricot assez décolletée pour qu'il aperçoive la tentante naissance de ses seins. Le cœur lancé au triple galop, le sang bourdonnant à ses oreilles, il s'efforça de reprendre pied dans la réalité, sans succès. Il était littéralement hypnotisé, subjugué par celle qui n'était plus la « petite Maeve ».

Avant d'entrer dans le salon, Maeve Jones marqua une pause, le temps d'inspirer profondément. Elle avait passé la journée à se préparer pour cet instant. La veille, quand Simon lui avait annoncé la visite de Rayne, son moral était aussitôt remonté en flèche. Envolée, la léthargie teintée d'auto-appitoiement du mois précédent. Elle n'avait plus pensé qu'à se faire belle.

Par le passé, Rayne ne l'avait jamais déçue. Il lui avait toujours donné l'impression d'être une princesse — même lorsque, à sa grande honte, elle lui avait quasiment fait des avances — et elle tenait à lui faire bonne impression. Elle voulait se sentir bien dans sa peau. Reprendre sa vie en main après le dernier fiasco et évacuer les regrets absurdes qui lui encombraient la tête.

Pourvu qu'il n'ait pas changé. Lorsqu'elle l'avait vu pour la première fois, elle avait été tellement troublée qu'elle en avait laissé tomber sa boîte-repas. Il l'avait ramassée pour elle, et elle n'avait jamais cessé de l'aduler. Les réserves de ses parents concernant le passé de Rayne et sa réputation de mauvais garçon n'avaient fait que le rendre plus irrésistible à ses yeux.

De sept ans son aîné, il était inaccessible pour elle, à l'époque. Mais cette fois les choses seraient peut-être différentes. Elle allait faire en sorte qu'ils se retrouvent au moins sur un pied d'égalité.

Tout excitée à cette idée, elle sentit un sourire se déployer sur son visage tandis qu'elle franchissait le seuil.

L'instant suivant, frappée par un véritable coup de foudre à la seule vue de Rayne, elle dut s'appuyer au chambranle de la porte tant ses genoux tremblaient. Ce grand brun taillé comme un rugbyman, et sexy en diable dans un pantalon noir et une chemise assortie au col ouvert, n'avait rien d'un beau gosse qu'elle pourrait manipuler à sa guise. Pourtant, c'était toujours Rayne.

Tandis qu'il venait vers elle de son habituelle démarche nonchalante, elle lut de l'admiration dans les profondeurs de ses superbes yeux de jais.

— Tu es ici pour gâcher ma vie encore un peu plus ? dit-il dans un sourire.

Son timbre chaud de baryton fit courir un frisson dans le dos de Maeve.

— Peut-être. Peut-être suis-je la miss Catastrophe que tu attends ?

— Incroyable. Tu es bien la petite Maeve ? Waouh !

Sa voix était basse, amusée et empreinte d'une admiration certaine — et qui n'aimait pas être admirée ? Son regard, lui, l'enveloppait, la caressait de la tête aux pieds.

Troublée, fascinée, elle observa ses cheveux noir corbeau, son visage viril, ses larges épaules qui lui bloquaient la vue de la pièce, et un nouveau frisson la parcourut. Elle avait le sentiment d'être un agneau livré au loup.

Il lui décocha un nouveau sourire à damner un saint.

— Puisque tu t'es muée en une très jolie femme, nous devrions refaire connaissance dans les règles de l'art, fit-il. Je m'appelle Rayne. Et tu es ?

La bouche sèche, elle humecta ses lèvres et lui tendit gauchement une main, qu'il porta à ses propres lèvres pour y déposer un baiser avant de la laisser retomber.

— Maeve.

— Maeve... Tu sais que ton prénom signifie « celle qui enivre », en irlandais ? J'ai lu ça quelque part, et jusqu'à cet instant je ne croyais pas que c'était vrai.

Elle était si troublée par le contact de ses lèvres sur sa peau qu'il lui fallut une bonne minute pour réagir.

— Rain. Comme « pluie » en anglais ?

Il pouffa de rire.

— Rayne. R.A.Y.N.E. Ma mère devait me détester.

— Comment va-t-elle, à propos ?

— Bien. Tu bois un verre avec moi ?

Sans hésiter, elle acquiesça.

Le voyant se diriger vers le bar, elle s'avisa soudain de l'absence de son frère.

— Où est Simon ?

Dieu merci, celui-ci n'avait pas été témoin des étincelles de désir qui avaient crépité entre eux au premier regard.

— Il est parti à l'hôpital. Sa patiente est en travail.

Ils avaient donc quelques heures devant eux avant son retour. Les jambes encore faibles sous l'effet de l'ocytocine que la tempête Rayne avait libérée en elle, elle se laissa tomber sur le sofa.

Bientôt, il prit place à ses côtés. Le courant qui circulait entre eux aurait pu éclairer toute la baie. Quand il lui tendit un verre dans lequel il avait versé deux doigts de whisky, leurs doigts s'effleurèrent ; puis ils trinquèrent, burent une gorgée, et leurs regards s'accrochèrent.

— De plus en plus curieux, fit-il d'une voix traînante avant de sourire de nouveau, les yeux pétillant de malice.

Le corps en émoi, elle dut passer de nouveau la langue sur ses lèvres sèches.

— Tu ne devrais vraiment pas faire cela, dit-il en lui prenant son verre des mains pour le déposer sur la table basse.

Après quoi il parcourut sa lèvre inférieure du bout de l'index avec une torturante lenteur tout en murmurant :

— J'ai été négligent.

— Comment cela ? demanda-t-elle dans un souffle.

— Je n'ai pas embrassé ma vieille amie, je ne l'ai pas saluée correctement.

Oubli qu'il répara aussitôt en l'embrassant sur les lèvres, et bientôt elle s'abandonnait au flot de délicieuses sensations qui l'envahissaient.

A nulle autre pareille, sa bouche évoquait à la fois la douceur et la force, le velours et l'acier, mêlés en un cocktail puissamment aphrodisiaque. La joute sensuelle de lèvres, de langues, d'haleines parfumées, l'entraînait vers un monde qui lui apparut comme la lumière au bout d'un tunnel.

Un monde qui lui offrait tout ce qu'elle avait imaginé jusqu'ici. Or, elle voulait davantage, elle en avait besoin. Nouant ses mains autour de la nuque puissante, elle l'attira contre elle.

Elle sentit les mains de Rayne glisser le long de son buste, dessiner des arabesques autour de sa taille puis remonter insensiblement jusqu'à ses seins. Il les prit en coupe à travers ses fins vêtements, puis les enveloppa étroitement, voluptueusement. Mais finalement il s'écarta lentement, comme à regret.

— C'est de la soie ? demanda-t-il. Je détesterais gâcher cette robe, mieux vaut que je m'arrête là.

— J'en achèterai une autre, murmura-t-elle contre ses lèvres.

Rayne se contraignit à laisser retomber ses mains. Bon sang, qu'est-ce qui lui avait pris ! C'était censé être un simple baiser pour renouer connaissance avec Maeve et il s'était laissé emporter comme un adolescent travaillé par ses hormones. S'il n'y prenait garde, ils finiraient nus sur le sol en moins de temps qu'il n'en fallait pour le dire.

— Peut-être devrions-nous reprendre notre respiration, dit-il.

Elle se recula légèrement avec une moue dépitée, puis passa de nouveau le bout de sa langue sur ses lèvres, en un geste qui le rendait fou. Tenté de jeter toute prudence par-dessus les moulins, il s'imagina faisant l'amour à cette ravissante sirène quand la vision du verre d'eau gazeuse de Simon sur la table lui rappela sa promesse tacite. Alors, conscient qu'il avait lui-même bien besoin d'un grand verre d'eau glacée, il s'obligea à s'écarter de Maeve.

— Je meurs de faim ! dit-il.

C'était faux, mais faire appel à l'instinct nourricier des femmes était toujours un bon stratagème pour ralentir les choses.

Maeve haussa les épaules d'un air dédaigneux, et il faillit éclater de rire. Elle était toujours la « princesse Maeve » !

— La cuisine est par là, dit-elle avec un geste paresseux de la main en direction du fond de la pièce. Je ne sais pas cuisiner, mais tu devrais pouvoir te concocter quelque chose.

Comme elle évitait son regard, il en conclut qu'elle mentait.

— Le chemin du cœur d'un homme passe par son estomac, tu n'es pas au courant ?

— Et celui du cœur d'une femme passe par un peu plus que ce baiser, répliqua-t-elle.

Puis elle soupira et se releva.

— Mais viens, je vais te faire à dîner. Ensuite, je t'embrasserai de nouveau avant le retour de mon frère. Et tu auras une dette envers moi.

Cette fois, il ne put s'empêcher de rire.

— Je paierai mon dû.

Non, non, non, il ne dormirait pas avec cette sirène, mais, Dieu merci, il avait des préservatifs dans son portefeuille.

Contrairement à ce que Maeve prétendait, elle se débrouillait fort bien aux fourneaux. Elle avait pris des cours de cuisine française, italienne et espagnole, et était capable d'improviser un plat à partir de rien, or le réfrigérateur de Simon était loin d'être vide.

— Omelette espagnole, salade composée avec sauce française et pizza-baguette à l'ail ?

— Juste la pizza-baguette.

Se remettant à peine du déluge de sensations qui avait submergé son cerveau, elle lui sourit. Elle avait voulu être admirée, retrouver un peu d'amour-propre grâce à une cible inoffensive et néanmoins sexy, pas de finir au lit avec l'homme en question.

— Excellent choix.

Elle-même avait tout à gagner à faire un excellent choix : celui de ne pas partager son lit avec lui.

Elle s'employa à préparer, et à présenter joliment, un repas léger pour ce voyageur tout juste descendu de l'avion.

— Ça par exemple ! dit-il en découvrant son assiette d'un air impressionné. Dis donc, tu cuisines super bien.

— Seulement quand j'en ai envie, répondit-elle en faisant volte-face.

Mais il attrapa son poignet et, le portant à sa bouche, déposa un baiser dans sa paume, puis un second, puis un troisième. Troublée au point de défaillir, elle se libéra d'un geste brusque. Elle avait besoin de réfléchir, or elle n'avait cessé de *ressentir* — des émotions, des sensations — depuis l'instant où elle avait posé les yeux sur lui.

— Dis donc, tu embrasses super bien, fit-elle en singeant son intonation.

— Seulement quand j'en ai envie, rétorqua-t-il avec un clin d'œil complice.

— On travaillera là-dessus. Pour l'instant mange bien sagement ton dîner.

Elle allait en profiter pour mettre un peu de distance entre eux, rafraîchir son visage et essayer de comprendre pourquoi elle se comportait comme s'il était sa seule chance de salut. Ou de damnation ?

Une fois son assiette totalement vide, Rayne se renversa contre le dossier de sa chaise avec un petit soupir de plaisir. Peut-être avait-il eu faim, finalement. Ou peut-être ce plat était-il trop délicieux pour qu'il en laisse.

— Merci, Maeve.

Il se rendait compte qu'il avait besoin d'une stratégie pour garder de la distance avec elle. Non d'un chien, pourquoi cette brusque et irrésistible attirance entre eux ? Etait-ce dû à sa situation critique ? La pensée qu'elle pourrait être la dernière belle chose qu'il verrait, ou toucherait, avant longtemps ?

Et de son côté à elle ? Simon avait laissé entendre qu'elle était vulnérable. Mais vulnérable n'était pas le mot qui lui venait à l'esprit, à lui. Eblouissante, plutôt. Enivrante. Et dangereuse.

Se relevant, il alla rincer son assiette dans l'évier, comme qu'il le faisait toujours chez lui, habitué qu'il était depuis son plus jeune âge à se charger des tâches ménagères. Elle se garda bien de lui dire qu'elle s'en chargerait, et il ne put s'empêcher de sourire intérieurement. Jeune femme de son temps, elle se contentait de le regarder, appuyée au montant de la porte.

— D'après Simon, tu sors tout juste d'une relation ? s'entendit-il demander, alors qu'il n'avait pas eu la moindre intention de poser cette question.

Sans doute son subconscient lui jouait-il des tours.

— Mm... Ça s'est mal terminé, et Simon, le pauvre, a dû supporter pendant tout un mois la lavette que j'étais devenue. Tu n'imagines pas à quel point apprendre ton arrivée m'a remonté le moral.

— Merci, dit-il, touché par la sincérité de sa voix. Mais je ne suis ici que pour cette nuit, tu sais. Je reprends l'avion demain matin.

— Tu y es obligé ?

— Je n'ai pas le choix...

Et la formule était à prendre au pied de la lettre.

— ... et je ne reviendrai pas avant longtemps.

Peut-être même de très nombreuses années.

Elle hocha la tête.

— En ce cas, on ferait mieux de profiter au maximum de cette soirée.

Il ravala un rire.

— Pour quoi faire ?

— Rattraper le temps perdu. Nous mettre au courant de ce que nous avons fait ces dernières années. Avant que Simon ne te réquisitionne.

Ses propos semblaient sensés, raisonnables. Mais, tandis qu'elle retournait dans le salon avec une nonchalance affectée, son corps tenait un tout autre langage. Et lui, comme un petit chien, la suivit avec une hâte indécente et un fatalisme croissant.

— Simon sera vite de retour, dit-il dans une louable tentative de reprendre pied dans la réalité.

Seulement voilà, elle s'immobilisa au milieu de la pièce, l'air d'être soudain incertaine, indécise, et ce bref aperçu de sa fragilité le toucha en plein cœur. Avant même de se rendre compte de ce qu'il faisait, il l'avait enlacée et pressée contre son torse. Repoussant les cheveux de son visage, il effleura sa peau soyeuse, ses pommettes hautes, son petit menton énergique. Tandis qu'elle se blottissait contre lui, il éprouva la sensation délicieuse que leurs corps s'ajustaient à la perfection l'un à l'autre.

— Emmène-moi au lit, Rayne. Aide-moi à me sentir de nouveau femme.

Il déposa un baiser sur son front.

— Je ne crois pas que ce soit une bonne idée, ma douce.

— Je suis une grande fille, tu sais. Sous contraceptif. Libre. Et saine d'esprit. Dois-je te supplier ?

Conscient, en raison du désastre qui l'attendait, que cette occasion ne se renouvellerait sans doute jamais, parce que plus rien ne serait comme avant et qu'il serait lui-même différent, il scruta son visage pour le cas où elle aurait changé d'avis. Comme cela n'était pas le cas...

Oh non, elle n'avait pas besoin de le supplier !

Sans hésiter, il la souleva dans ses bras. Puis, incapable de s'en empêcher, il embrassa fougueusement sa jolie bouche et ils se perdirent quelques minutes dans une communion voluptueuse et pleine de promesses.

— Où est ta chambre ?

— Au deuxième étage, répondit-elle avec un petit rire. Tu veux me reposer à terre ?

Sûrement pas !

— Même si j'aurais adoré te regarder marcher, je préfère te porter, répondit-il.

Rayne gravissait les marches avec une impressionnante facilité, et Maeve nicha la tête dans le creux de son épaule, contemplant ses traits virils, sa bouche sensuelle, véritable invite à des plaisirs coupables. Peut-être était-elle en train de commettre une énorme bêtise, mais tant pis. Elle ne voulait pas lutter contre cette attirance quasi magnétique née au premier regard, cette alchimie subtile qui les rapprochait irrésistiblement, les liant l'un à l'autre. Elle resserra ses mains autour de son cou.

Il émanait une telle puissance de lui. Rien à voir avec le physique de jeune premier de Sean. Mais elle ne voulait pas penser à son ex, cette pâle imitation d'homme qui l'avait fait souffrir alors qu'elle aurait toujours dû savoir que Rayne surpasserait tous les autres.

Parvenu au deuxième étage, il poussa de l'épaule la porte qu'elle lui indiqua, la referma du pied et s'avança vers le lit. Elle crut qu'il allait l'y laisser tomber, mais il sourit, regarda autour de lui, et la reposa doucement sur le sol.

Il n'était même pas essoufflé !

— Je suis impressionnée.

Lui lançant un regard railleur, il alla fermer les rideaux, tamisant la lumière des réverbères et plongeant la pièce dans une semi-pénombre rosée. Puis il tira son portefeuille de sa poche et le posa sur la tablette de la fenêtre après en avoir retiré un préservatif.

Alors il attira Maeve à lui et la fit pivoter jusqu'à ce qu'elle se retrouve le dos contre le mur et la poitrine pressée contre son torse. Secouant alors la tête, il la regarda droit dans les yeux.

— Tu es la femme la plus sexy que j'aie jamais vue.

Et lui l'homme le plus sexy de la terre, songea-t-elle en lui offrant ses lèvres… dont il s'empara aussitôt. Bientôt, emportée dans un tourbillon, un maelström de sensations délicieuses, elle perdit toute notion de ce qui l'entourait. A un moment, elle crut l'entendre dire quelque chose. S'apercevant brusquement qu'il s'était légèrement écarté d'elle, elle obligea son esprit à enregistrer ses paroles.

— Princesse Maeve, tu es sûre de vouloir aller plus loin ?

Désarçonnée par cette question incongrue dans la bulle de sensualité qu'il avait créée, elle le regarda. Son visage avait une expression angoissée qu'elle ne s'attendait pas à y voir.

— Tu essaies de gâcher ce moment pour une raison particulière ?

— Peut-être, répondit-il, visiblement sur la réserve.

Lui glissant les mains dans les cheveux, elle attira son visage vers le sien.

— Eh bien, ne fais pas ça.

Il haussa les épaules, lui décocha son irrésistible sourire sexy et, sans un mot, fit lentement passer sa robe de soie par-dessus sa tête, découvrant peu à peu le caraco en dentelle qu'elle portait dessous.

Quand il y promena ses mains caressantes, elle frissonna, impatiente qu'il l'en débarrasse afin de les sentir sur sa peau.

Comme s'il avait lu dans ses pensées, ses doigts s'activèrent et en un rien de temps, cette fois, elle se retrouva quasi nue, juste vêtue de sa petite culotte assortie.

Elle l'entendit retenir sa respiration tandis qu'il contemplait son corps pour la première fois.

Fort bien. C'était une sensation divine que de sentir son regard admiratif et brûlant la parcourir tout entière. Mais lui, il était encore tout habillé et elle brûlait de glisser les mains sous sa chemise. D'être en contact avec la peau ferme de l'homme solide et musclé qu'il était. Sa peau à lui. Rayne.

Avec une dextérité dont elle ne se savait même pas capable, elle déboutonna prestement le vêtement et le lui arracha.

Lui avait baissé la fermeture à glissière de son pantalon et il ne perdit pas une seconde pour s'en défaire. Bientôt, comme attirés par un aimant, ils se plaquèrent l'un contre l'autre, seulement séparés par leurs sous-vêtements, fines barrières, légères et inefficaces, qui ne faisaient qu'attiser leur désir. Quand il reprit possession de sa bouche, sa langue entraînant la sienne dans le plus érotique des jeux, elle s'abandonna au vertige de volupté qui l'envahissait.

Puis il quitta ses lèvres pour promener sa bouche sur son visage, son menton, son cou, son épaule, dessinant lentement de langoureux cercles sur sa poitrine. Un plaisir aussi exquis qu'intense la submergea au moment où, capturant la pointe durcie de l'un de ses seins, il la titilla avec une délicate précision, encore et encore, tout en caressant la pointe de l'autre du pouce.

Elle ne put s'empêcher de gémir.

Ivre de désir, le corps en feu, elle se tortilla contre le mur, incapable de rester immobile, incapable de rester silencieuse. Impatiente. Fébrile.

Elle en voulait encore... Encore... Et beaucoup plus...

Rayne entendit les gémissements de Maeve. Relevant la tête, il vit dans ses prunelles émeraude un désir aussi brûlant que celui qui l'embrasait lui-même. Alors incapable de faire durer plus longtemps le prélude sensuel, il fit glisser sa petite culotte en dentelle le long de ses cuisses, non sans savourer au passage la douceur de sa peau. Puis la pièce de lingerie tomba à ses pieds en un minuscule petit tas. Cette flaque de dentelle frémissante lui sembla incroyablement érotique et, tandis qu'il saisissait le préservatif et se débarrassait prestement de son boxer, il pressentit que le souvenir qu'il allait en garder ne s'effacerait pas de sitôt.

Puis prenant Maeve par les hanches, il la souleva du sol et elle noua les jambes autour de sa taille de la manière dont il avait su instinctivement qu'elle le ferait. Quand il la pénétra avec un cri irrépressible, puis qu'il accompagna chaque poussée de son corps d'un va-et-vient symétrique de sa langue dans sa bouche, ce fut encore plus merveilleux qu'il ne l'avait imaginé. Et cette danse instinctive et ardente, aussi vieille que l'humanité, les mena, dans un déferlement de volupté, au paroxysme de la jouissance.

Lorsque Maeve se réveilla, totalement amoureuse, un discret soleil du matin se faufilait entre les rideaux. A un moment, au cours de la nuit, alors que Rayne l'emmenait une nouvelle fois au septième ciel, elle avait pris conscience qu'elle lui vouait un amour profond. Indestructible.

Peut-être, du reste, l'aimait-elle depuis toujours.

Cet amour n'avait rien à voir avec les sentiments qu'elle avait éprouvés pour d'autres hommes. C'était le genre d'amour total qui donnait des ailes, rendait le monde plus beau, et poussait à fonder une famille avec l'être aimé. Alors pourquoi ne ferait-elle pas ses bagages pour le suivre aux Etats-Unis ?

D'autant que ses parents vivaient là-bas.

Mais Rayne avait quitté leur lit défait et elle entendait quelqu'un parler fort au rez-de-chaussée.

Se redressant au milieu des oreillers, elle sourit au souvenir de leurs ébats. Et soudain, elle s'avisa que la voix forte était celle de Simon qui semblait protester.

Le temps d'enfiler un peignoir et elle dévalait les marches, pieds nus, pour rejoindre le salon — où deux agents fédéraux solidement charpentés avaient passé... les menottes à Rayne.

La respiration coupée, elle s'appuya au montant de la porte, comme elle l'avait fait la veille au soir. Sauf que, cette fois, elle avait encore plus besoin de soutien. Ses jambes allaient se dérober sous elle.

— Bon sang, Rayne. Dis quelque chose. C'est forcément une erreur, disait à présent Simon.

— Non. Mais je n'ai pas eu le temps de t'expliquer, répondit Rayne.

Quand il la vit entrer dans la pièce, il ferma les yeux, comme si la voir aggravait encore les choses. Le cœur serré, elle comprit. Ce n'était pas le souvenir qu'elle voulait qu'il garde d'elle.

Puis ses paupières ourlées d'épais cils sombres se soulevèrent et il la fixa intensément.

— Au revoir, Maeve, dit-il.

Puis il se détourna.

Le regard de Simon allait de lui à elle, et vice versa, puis la suspicion se peignit sur son visage, vite remplacée par l'incrédulité et la colère.

— Donc, tu savais qu'ils viendraient et tu...

Il ne finit pas sa phrase. Déjà les policiers entraînaient Rayne vers la porte.

S'apercevant alors que son frère portait les mêmes vêtements que la veille au soir, elle en conclut qu'il venait juste de rentrer. Rayne était tout habillé, rasé et muni de son sac de voyage. Il semblait être descendu attendre quelqu'un au rez-de-chaussée. Elle ne saurait sans doute jamais si c'était Simon ou la police.

L'aurait-il réveillée pour lui dire au revoir si la police n'était pas venue le cueillir avant son départ pour l'aéroport ? A l'idée qu'il ne l'aurait sans doute pas fait, elle sentit un froid glacé s'insinuer en elle, contrastant avec les moments torrides qu'ils avaient partagés, et sa récente épiphanie.

Il lui avait dit qu'il ne reviendrait pas avant longtemps, mais jamais elle n'aurait pu imaginer un tel scénario.

Et maintenant il était parti.

1

Neuf mois plus tard
A la recherche de Maeve

Le 10 décembre, la mère de Rayne était morte d'une overdose d'héroïne. Le lendemain, suite à l'arrivée d'une épaisse enveloppe de documents au poste de police de Santa Monica, il avait recouvré la liberté, atterré de ne pas avoir pu la sauver.

Les derniers mots qu'elle lui avait écrits resteraient gravés dans sa mémoire.

« Mon Rayne,

» Je t'aime. Tu es mon rayon de soleil et mon guide. Je n'aurais jamais survécu en prison mais il semble que je sois également incapable de survivre à l'extérieur alors que tu es enfermé.

» Je te demande pardon d'avoir mis aussi longtemps à réparer mes torts. »

Totalement blanchi, grâce aux aveux écrits et aux preuves de la culpabilité de sa mère envoyés par elle à la police, Rayne l'avait enterrée une semaine plus tard à Santa Monica, le seul endroit où elle avait connu un peu de bonheur.

Puis il était allé expliquer à son ancien patron les raisons pour lesquelles il s'était laissé accuser d'un forfait qu'il n'avait pas commis. Celui-ci avait promis de tout mettre en œuvre pour que sa licence de médecin lui soit rapidement rendue.

Rayne avait ensuite donné toutes les possessions de sa mère

à une bonne œuvre, et commandé pour sa tombe l'ange le plus monumental qu'il avait trouvé. Cela l'aurait fait sourire, il le savait.

Enfin, il avait mis sa maison en vente et acheté un billet d'avion pour l'Australie — et Maeve, la femme qu'il ne pouvait oublier. Il n'espérait pas couler des jours heureux avec elle — en fait, il se sentait totalement indigne d'elle — mais il lui devait, à elle ainsi qu'à Simon, une explication.

Une fois arrivé à Sydney, Rayne se rendit directement chez son ami. Où il trouva porte close. Alors seulement cela lui revint. Simon passait souvent Noël avec son père biologique et la famille de celui-ci, à Lyrebird Lake. Les parents de Maeve vivant aux USA, il était probable qu'elle ait accompagné son frère.

Dieu seul sait s'ils allaient accepter de le revoir après les circonstances de son départ. Il ne pourrait pas leur reprocher un éventuel refus, puisqu'ils ignoraient le fin mot de l'histoire. Mais il avait besoin de savoir qu'ils allaient bien tous les deux. Peut-être aurait-il dû ouvrir les lettres que Maeve lui avait adressées, et prendre les appels téléphoniques de Simon. Peut-être... Seulement, il n'aurait pas tenu le coup en prison s'il ne s'était pas totalement mis en retrait du monde.

Baissant les yeux sur le paquet d'enveloppes qu'il tenait à la main, il décida de ne pas les ouvrir pour l'instant. Juste au cas où Maeve lui aurait écrit qu'elle ne voulait plus jamais le revoir.

Arrivé à deux cents kilomètres de Lyrebird Lake, et alors qu'il dépassait déjà légèrement la vitesse maximale autorisée, Rayne ne put s'empêcher d'appuyer un peu plus sur l'accélérateur. Aussitôt, la Chevrolet noire, une version au moteur gonflé de sa toute première voiture, ronronna de plus belle.

En toute logique, si Maeve s'était trouvé un nouveau petit ami, elle refuserait de le voir. Il avait conscience qu'après neuf mois de silence sa hâte à la retrouver était ridicule, mais il n'y pouvait rien. Une volonté plus forte que la sienne l'y poussait.

La dernière image qu'il avait d'elle, adossée au montant de la porte tandis que la police l'emmenait, menotté, n'avait cessé de le torturer. Il avait finalement découvert qu'elle était la femme qu'il lui fallait, sa « moitié », et il l'avait lâchement laissée tomber en lui cachant que les choses pouvaient mal finir.

Lui-même ne se pardonnait pas sa conduite, alors comment Maeve pourrait-elle la lui pardonner ? Tout ce qu'il savait, c'était qu'il devait la retrouver pour s'expliquer.

Peut-être était-il trop tard. Si elle avait quelqu'un dans sa vie, il devrait s'en aller, évidemment. Cependant, avant qu'ils ne se disent adieu pour toujours, il fallait qu'elle sache que tout était sa faute à lui. Elle n'avait rien à se reprocher. Il était encore temps de lui dire au moins qu'elle l'avait comblé durant leur nuit d'amour.

Soudain, croisant une voiture de police, il ralentit. Pouvait-il être bête ! Qu'il arrive à destination quelques minutes plus tôt ou plus tard ne ferait aucune différence. Mais s'il était arrêté pour excès de vitesse, ses ennuis recommenceraient aussitôt. Suppression de son permis de conduire international, de son passeport, etc., etc. Merci. Il avait déjà donné !

Comme il passait devant une nouvelle station-service fermée, il prit brusquement conscience que les nombreux événements des derniers jours lui avaient fait perdre la notion du temps. La journée qui commençait était celle de Noël. Par chance, la veille au soir, le garagiste avait fait le plein de sa voiture. Que Rayne n'ait rien à manger ni à boire à part une bouteille d'eau lui importait peu. Mais il allait arriver dans la famille de Simon à une heure totalement indue.

Ce ne serait pas la première fois. Simon l'avait déjà emmené de force, mais dans son autre famille, une veille de Noël après avoir trouvé Rayne seul devant la télévision, sa mère ayant été emmenée dans un centre de désintoxication. Il avait seize ans à l'époque et cela avait été le plus beau Noël de sa vie. Au pied de son lit, il avait trouvé la traditionnelle botte emplie de petits cadeaux, et Maeve lui avait dessiné une carte accompagnée d'un joli sachet empli de pulpe de noix de coco râpée par ses soins. Depuis ce jour, il adorait la poudre de noix de coco.

Il ne put retenir un soupir. Une nouvelle fois, il allait forcer la porte d'une famille qui ne l'attendait pas.

C'était tout sauf drôle. Et le plus ridicule, c'était que, en pensées, il avait été en couple avec Maeve pendant neuf mois !

Marqué à jamais par leur stupéfiante étreinte, émerveillé, conquis, il s'était endormi chaque soir en pensant à elle. Il avait rêvé d'elle toutes les nuits, et au matin, sa première pensée avait toujours été pour elle. Il n'avait eu aucun contrôle là-dessus, alors que, par ailleurs, il avait parfaitement réussi à se sortir son ancienne vie de la tête afin qu'elle ne soit pas contaminée par sa situation de prisonnier.

Mais il avait changé. Il s'était endurci. Il se rendait compte que son incarcération avait laissé des blessures en lui. Maeve n'avait aucun besoin d'un homme tel que celui qu'il était devenu. Dès qu'il se serait expliqué, il retournerait par conséquent à Sydney reprendre sa vie en mains. Et sans doute l'orienter dans une autre voie que la pédiatrie, car il éprouvait le besoin de se dépenser physiquement. De mettre à profit la masse d'énergie explosive qu'il avait accumulée au cours des neuf mois qui venaient de s'écouler.

Alors, en attendant de trouver l'élan nécessaire à ce nouveau départ, peut-être irait-il passer quelque temps dans un endroit où il pourrait simplement s'immerger dans la nature. Il voulait s'enivrer d'air pur, de grands espaces, maintenant qu'il avait la liberté d'en jouir.

C'était fou comme les choses prenaient de l'importance dès qu'elles étaient hors d'atteinte. En prison, pour apaiser son âme, il s'était langui de forêts primaires hors du temps, de torrents nichés au creux d'une montagne, de phares perdus au milieu de l'océan.

De Maeve.

Hélas…

2

Maeve

— Bonjour, mon petit chou, dit tout doucement Maeve en caressant son ventre rond.

Aujourd'hui, c'était Noël et elle était à Lyrebird Lake.

Elle aurait dû être folle de joie et tout excitée à la perspective de la naissance imminente de son bébé.

Et ravie que, pas plus tard que la veille, Simon, son frère — plus précisément son demi-frère — se soit fiancé à l'adorable Tara.

Or elle se sentait au trente-sixième dessous.

La famille de Simon l'avait pourtant accueillie à bras ouverts et elle leur en était très reconnaissante. Mais, même si Simon ne tarissait pas d'éloges sur les habitants de Lyrebird Lake, atterrir chez des gens que l'on ne connaissait pas pour l'un des moments les plus importants de sa vie n'était pas vraiment dans l'ordre des choses.

Pourtant, jamais elle n'avait été aussi instantanément acceptée telle qu'elle était, même par ses parents et ses sœurs. Cela expliquait pourquoi Simon s'était toujours montré le moins critique de leur fratrie.

Du moins, jusqu'à ce qu'elle ne passe une nuit avec Rayne...

Ici, personne n'émettait le moindre jugement sur qui que ce soit. Cerise sur le gâteau, Simon et elle s'étaient de nouveau rapprochés, en grande partie grâce à Tara.

Vite devenue une amie très chère et sa sage-femme personnelle,

Tara était une vraie perle qu'elle se réjouissait d'avoir bientôt pour belle-sœur.

Toutefois, cela ne l'empêchait pas d'être déprimée par l'annonce de ces fiançailles. Qu'il lui était douloureux de voir les tourtereaux rayonner de bonheur alors qu'elle était si malheureuse !

Consciente, soudain, du tour négatif que prenaient ses pensées, elle se reprit. Elle devait immédiatement arrêter ces jérémiades !

C'était le matin de Noël, peut-être la plus belle fête de l'année, et, pour vivre ici depuis un mois, elle se rendait compte qu'aucun autre endroit n'aurait pu être plus accueillant et paisible pour mettre un bébé au monde.

Alors, qu'est-ce qui n'allait pas chez elle ?

Etre sage-femme et savoir avec précision comment les choses allaient se passer était une chose, mais c'en était une autre de s'imaginer sur la table d'accouchement sans le père de son bébé pour la soutenir.

Pour tout dire, elle ne parvenait pas à chasser le lancinant besoin d'avoir Rayne à ses côtés durant son accouchement.

Ce qui était le comble du ridicule, puisqu'il n'avait répondu à aucune de ses lettres ni pris son appel la seule et unique fois où elle avait tenté de le joindre par téléphone.

De toute évidence, il ne voulait pas d'elle !

D'après ce que Simon avait appris, il était en prison pour au moins deux ans, peut-être même cinq. Les charges qui pesaient sur lui étaient liées à la drogue. Pour sa part, elle n'y croyait toujours pas.

Mais elle détestait qu'il ait coupé les ponts avec elle.

Elle sentit soudain son utérus se contracter légèrement, comme par communion avec ses pensées, ce qu'il avait fait de temps à autre au cours des deux semaines précédentes. Elle caressa son ventre rond. *Tout va bien, bébé. Maman sera raisonnable. Elle finira par oublier ton papa. Mais ça n'arrivera pas si elle reste là à languir pour lui.*

Elle commença par s'asseoir sur son lit, puis se leva et alla se doucher. Elle éprouvait le besoin de se dépenser un peu, pour sa santé physique comme mentale.

Tara serait-elle déjà debout ? Sans doute pas, car Maeve l'avait entendue rentrer tard avec Simon. Au souvenir de leurs petits rires étouffés, elle ne put s'empêcher de se rembrunir, et s'habilla aussi vite qu'elle le put.

A vingt-cinq ans, il fallait vraiment qu'elle cesse de s'apitoyer sur elle-même. N'avait-elle pas une chance folle d'attendre un bébé alors que tant de femmes n'auraient jamais cette joie ?

Et puis, même si sa mère était loin, ce n'était pas comme si elle manquait d'affection. Elle avait sa chère Louisa, la grand-mère de Simon — un petit bout de femme doté d'un cœur immense — qui la gâtait comme elle gâtait tout le monde avec une générosité et une simplicité admirables. Mieux valait grandir et prendre modèle sur cette adorable vieille dame.

Une fois dehors, elle prit la direction du centre-ville dans l'air encore délicieusement frais à cette heure matinale. Bientôt la chaleur de l'été la clouerait sur une chaise longue, à l'ombre des gommiers du jardin de derrière, mais, pour l'instant, elle prenait plaisir à sa promenade. D'ordinaire, elle aurait fait le tour du lac, mais c'était dimanche : elle allait aller chercher la presse pour Simon, qui aimait éplucher les journaux le dimanche matin. Mais c'était aussi Noël. Les journaux paraissaient en ce jour de fête ? Peut-être même allait-elle trouver le kiosque fermé. Elle n'avait pas pensé à cela avant de se mettre en route, mais cela n'avait aucune importance. Sa petite marche lui vidait la tête et lui faisait un bien fou.

Voyant soudain une Chevrolet noire « vintage » descendre Main Street dans sa direction, elle ne put retenir un sourire. Le bolide surbaissé aux roues argentées semblait tout droit sorti du film *Happy Days*.

Il tranchait tellement sur les véhicules familiaux qu'elle voyait d'ordinaire que, piquée par l'aiguillon de la curiosité, elle regarda le conducteur, qui la regarda en retour. Et son univers bascula...

C'était Maeve !

Leurs yeux se croisèrent et la connexion fut instantanée. Comme la première fois. Mais c'était différent. Rayne cilla. Elle était enceinte ! Jusqu'aux yeux !

Vite, se garer au bord du trottoir, jaillir de la voiture. Tandis qu'il se précipitait vers elle, elle blêmit, ses yeux se révulsèrent… Il la rejoignit juste comme elle commençait à s'effondrer. Dieu merci ! La prenant dans ses bras, il la redressa puis, la pressant contre son torse, il l'entraîna jusqu'à sa voiture. Là, il l'installa sur le siège passager avec des gestes de nourrice.

Une seconde, il s'autorisa à contempler la femme superbe qui avait habité ses rêves durant toute son incarcération.

Maeve.

Enceinte d'un autre.

La gorge nouée par une intense émotion teintée d'amertume et d'envie, il tapota ses mains, ses joues… Et lentement, elle commença à revenir à elle.

Incapable de s'en empêcher il se mit à faire des calculs dans sa tête. Fronça les sourcils. Recompta. Mais il dut repousser la soudaine joie débordante qui avait jailli en lui, car il se rappelait fort bien qu'ils s'étaient protégés lors de leur unique nuit d'amour. C'était impossible…

Elle gémit. Bougea.

Puis elle battit des paupières et les ouvrit. Quand elle le reconnut, ses magnifiques yeux émeraude s'élargirent.

La voyant prise de haut-le-cœur, il l'aida aussitôt à se redresser sur le siège afin qu'elle puisse vomir par la portière ouverte. Puis elle resta assise sans le regarder, le dos voûté et la tête entre les mains.

Quand il lui tendit le paquet de mouchoirs qu'il avait pris dans la boîte à gants, elle s'essuya la bouche, toujours sans relever les yeux vers lui.

Comme il jetait un coup d'œil dans la rue pour voir si quelqu'un avait été témoin de l'incident, il s'aperçut qu'il n'y avait pas âme qui vive. Tous les habitants de Lyrebird Lake devaient encore dormir, en ce dimanche matin. En ce matin de Noël, en fait.

Eh bien, c'était inespéré.

Maeve était là, devant lui, et seule.

Un véritable cadeau du ciel.

Les yeux rivés à sa nuque délicate, il perçut son sang qui pulsait dans ses veines, son cœur qui battait à grands coups précipités dans la poitrine. Comme s'il avait couru un marathon. Comme s'il avait eu une vision d'un avenir si brillant qu'il en était aveuglé. L'imbécile !

Il avait l'impression de vivre un rêve. Un stupide et puéril conte de Noël… En réalité, la femme de ses rêves s'était trouvé mal rien qu'à le voir, puis elle avait vomi !

Il fallait vraiment qu'il se ressaisisse.

3

Après son malaise

— D'où arrives-tu ? murmura Maeve avec difficulté, tant sa gorge était nouée par un afflux soudain de larmes.

Elle ouvrit les yeux, mais garda la tête baissée, honteuse d'avoir donné une première impression aussi désastreuse.

Mais aussi, pourquoi avait-il ainsi surgi de nulle part ?

— Des Etats-Unis. Je suis arrivé hier. Tu es enceinte !

— Simon est au courant ?

— Que tu es enceinte ?

Avec l'impression que sa tête allait exploser sous l'effet des pensées contradictoires, elle soupira. Il lui faisait une réponse de petit malin alors qu'elle avait un million de questions.

Elle se tortilla comme elle le put sur le siège pour sortir du véhicule. Pour y parvenir, toutefois, elle dut saisir la main qu'il lui tendait et eut alors une conscience aiguë de la chaleur de sa peau, de sa proximité, de sa force. Avec une facilité déconcertante, il l'aida à se remettre debout.

— Je suppose que tu m'as rattrapée quand j'ai perdu connaissance ?

— Dieu merci, oui, répondit-il d'une voix enrouée. Imagine ce qui se serait passé si j'étais arrivé une seconde plus tard.

D'un geste instinctif, elle posa sa main libre sur son ventre et, comme pour la rassurer, le bébé bougea.

— Tu es enceinte, dit-il de nouveau.

Relevant les yeux vers lui, elle lut dans ses prunelles de jais la confusion la plus totale.

— Mais je te l'ai annoncé. Par courrier.

Le visage fermé, il resta silencieux une longue minute.

— Je n'ai pas ouvert tes lettres.

Il n'avait pas... Abasourdie, elle resta bouche bée. Dire qu'elle avait passé des heures et des heures, en larmes, à écrire, raturer, réécrire ses missives avant de les poster !

Certes cela expliquait l'absence de réponses, elle ne pouvait le nier. Mais cela soulevait aussi la question de l'importance qu'il lui accordait. Celle-ci était de toute évidence minime, puisqu'il n'avait pas souhaité garder le moindre lien avec elle. A cette idée, elle sentit son cœur se contracter douloureusement.

Il avait aussi refusé de parler à Simon, qui en avait été blessé, elle le savait. Pauvre Simon qui avait tant espéré entendre une explication de sa bouche. Elle devait absolument le protéger.

— Je ne crois pas que tu devrais voir Simon avant que je l'aie averti de ton retour.

Il redressa le menton.

— Je ne vais pas me cacher.

— Il ne s'agit pas de toi, dit-elle, envahie par un immense sentiment de révolte.

Ce n'était pas ainsi qu'elle avait imaginé leurs retrouvailles. Pourquoi ne l'avait-il pas prévenue de son arrivée ? Pourquoi ne lui avait-il pas laissé une chance d'affûter ses armes ? De se vêtir joliment ; de prendre le temps de se maquiller ? Bon sang, elle portait son jean de grossesse, un top ultralarge en forme de trapèze et avait des baskets aux pieds ! Jetant un œil à sa tenue, elle ne put retenir un gémissement.

— Est-ce que ça va ?

Reportant les yeux sur lui, elle vit les larges épaules, les bras musclés, le torse solide dont elle avait rêvé pendant les trois quarts d'une année. Rayne était là, et elle brûlait qu'il la soulève dans ses bras et la serre contre lui, mais hélas il ne disait pas ce qu'elle aurait voulu entendre.

— Tu ne peux pas voir Simon pour l'instant, dit-elle. Il vient de se fiancer. Il est heureux. Je ne te laisserai pas faire ça. Tu l'as déjà suffisamment perturbé.

Elle aussi, il l'avait perturbée. Et cruellement blessée. Anéantie. Néanmoins, il réapparaissait au bon moment, lui murmura sa petite voix intérieure. Au meilleur moment. Pile au moment idéal.

Voyant une expression douloureuse passer sur son visage, elle ferma les yeux. Qu'était-elle en train de faire ? Pourquoi se conduisait-elle ainsi ? Essayait-elle de le renvoyer d'où il venait ?

Il fallait qu'elle réfléchisse. Sa brusque apparition la déstabilisait. C'était comme si le besoin qu'elle avait de lui l'avait matérialisé, et qu'elle ne savait désormais plus que penser. Et jusqu'à maintenant, il avait ignoré qu'elle était enceinte !

Rayne avait un mal fou à mettre de l'ordre dans ses pensées et Maeve était manifestement perdue, elle aussi.

— Maeve !

— Oui ?

Il devait absolument savoir.

— Est-ce mon enfant que tu portes ?

Elle voûta les épaules, comme pour le tenir à l'écart.

— C'est mon enfant. Tu n'as pas voulu en entendre parler.

L'attirant alors dans ses bras, il lui souleva le menton et l'obligea à le regarder.

— Bon sang, Maeve. Es-tu enceinte de moi ?

— Evidemment. Maintenant, lâche-moi, Rayne.

Aussitôt qu'il desserra son étreinte, elle s'écarta et il eut l'impression que son cœur, qui avait toujours été solide comme un roc, se fissurait.

Puis, à sa grande surprise, elle remonta dans sa voiture.

— Viens. Finissons-en. Tu vas voir Simon, puis il faudra qu'on parle.

Dès que Rayne eut arrêté sa voiture devant le jardin, Simon sortit de la vaste demeure suivi d'une jolie petite femme blonde. Sa toute nouvelle fiancée, sans doute.

Après avoir rapidement contourné le véhicule et ouvert la portière côté passager, Rayne lança un coup d'œil à son vieil ami, qui lui parut de fort mauvaise humeur. Puis il reporta les yeux sur Maeve dont, plus que tout au monde, il voulait tenir la main.

Pendant une torturante minute, il crut qu'elle ne lui octroierait pas ce privilège — juste au moment où il en avait le plus besoin. Mais elle finit par desserrer ses poings, lui permettant ainsi de glisser ses doigts entre ses siens. Le temps que Simon les rejoigne, elle se tenait debout à côté de lui, à la porte du jardin. La solidarité dont elle faisait preuve, et à laquelle il ne s'attendait pas, lui réchauffait le cœur.

— Ils t'ont relâché ? demanda Simon d'un ton glacial qui le fit autant souffrir qu'un coup de poignard.

Mais pouvait-il le lui reprocher ?

— J'étais venu en mars pour m'expliquer, répondit-il en soutenant son regard. Seulement...

— Au lieu de le faire tu as partagé le lit de ma sœur.

— Il y a de ça.

Et puis, zut ! Il avait hâte d'en finir. Dire la vérité à Simon. Faire savoir à Maeve qu'au moins le père de son enfant n'était pas un repris de justice. Puis partir. Ces gens ne méritaient pas qu'il leur pourrisse la vie avec le mauvais œil qui semblait le poursuivre partout où il allait.

— Avant de se donner la mort, ma mère a adressé des aveux complets à la police, qui n'avait donc plus aucune raison de me garder en prison. Les poursuites contre moi ont été abandonnées.

A côté de lui, Maeve sursauta.

— Ta mère est morte ? demanda-t-elle d'une voix douce en pressant ses doigts entre les siens.

L'empathie sincère qu'il vit sur son visage acheva de le bouleverser. Comment pouvait-elle se montrer aussi compatissante alors qu'il avait gâché sa vie par pur égoïsme.

— Tu as porté le chapeau pour ta mère ! dit Simon. Mais bien sûr !

Il se frappa le front.

— Bien sûr. J'aurais dû m'en douter.

Rayne refusait de parler de sa mère. Et il ne tenait pas à être pris en pitié.

— Je comprends que tu ne veuilles pas de moi ici, dit-il à Simon.

Puis il se força à lâcher la main de Maeve.

— Fais rentrer Maeve. Elle vient d'avoir un malaise.

Simon prit une brusque inspiration tandis que la jeune femme blonde qui était restée en arrière s'avançait vers eux.

— Non ! dit Maeve en arrêtant celle-ci d'un geste de la main. Il faut qu'on parle.

— Je reviendrai plus tard, quand tu te seras reposée. D'ici là, je vais me trouver un point de chute. Tiens, voici le numéro où tu peux me joindre, dit-il en lui tendant une carte de visite sur laquelle il avait noté son numéro de portable. Appelle-moi quand tu seras prête.

Sur ce, il tourna les talons et regagna sa voiture avec un soupir. Peut-être aurait-il dû prévenir avant de venir. Mais l'entrevue se serait-elle mieux passée pour autant ?

A présent, Simon et Maeve savaient tout. Il avait rempli la mission qu'il s'était fixée. Ce faisant il avait appris une nouvelle époustouflante. Une nouvelle si énorme qu'il avait encore du mal à l'assimiler…

Après le départ de Rayne, Maeve se sentit soudainement si faible qu'elle permit à Tara de la soutenir jusqu'à son lit, où elle s'assit.

— Ainsi c'était le fameux Rayne ! Un tantinet plus grand et athlétique que je ne l'imaginais. Quant à toi, je te trouve pâlotte. Sans doute à cause du choc.

Maeve acquiesça d'une petite grimace tandis que son amie, calme et méthodique comme à son habitude, la déchaussait.

— Quel choc, oui. Et quel embarras. Je n'ai pas seulement tourné de l'œil, j'ai vomi devant lui.

— Pour une future maman en fin de grossesse, tu as eu une matinée chargée, on dirait, et il est à peine plus de 7 heures du matin.

— Heureusement que je me suis levée tôt. C'était censé être

une petite balade matinale pour aller chercher les journaux de Simon.

— Aucune boutique n'ouvrira aujourd'hui, voyons. Mais ton Rayne est un cadeau de Noël qui sort du lot, dit Tara en riant. Qu'est-ce que tu disais, déjà, quand tu me le décrivais ? « Un corps de rêve et des yeux de jais ». Pas étonnant que tu sois tombée folle amoureuse de lui.

Folle amoureuse, oui. Et elle l'était toujours.

— Au bout d'à peine dix minutes avec lui, après tout ce temps, j'ai eu envie de repartir avec lui ! N'est-ce pas insensé ? Et que j'aie eu l'impression que nous avions passé beaucoup plus qu'une nuit ensemble ? Que je ressente encore cette impression alors qu'il est parti ?

Pendant qu'elle parlait, Tara lui avait versé de l'eau dans un verre posé sur sa table de chevet.

— Même d'où je me trouvais, j'ai perçu les étincelles entre vous, dit-elle en le lui tendant. Je ne serais pas étonnée que Simon les ait perçues aussi.

— Tant mieux, alors.

Elle but une longue gorgée qui lui fit du bien et parut lui éclaircir l'esprit.

— Le problème, vois-tu, c'est qu'il était plus que partant pour partager mon lit, mais pas du tout pour me révéler qu'il allait aller en prison.

Tara la regarda pensivement.

— Ecoute... C'était sûrement difficile pour lui d'avouer qu'il allait endosser la faute de sa mère. Les choses sont différentes maintenant. Il ne peut pas s'en aller en pensant que tu seras mieux sans lui avant d'en avoir discuté avec toi. Et tu portes son enfant, dit Tara en lui pressant gentiment l'épaule. Alors j'imagine qu'une part de lui n'a pas cessé d'être avec toi durant ces neuf mois. Il a l'air d'un dur à cuire, d'un gars très indépendant, mais pas de quelqu'un de méchant.

Bien sûr que non !

— Loin de là. Selon moi, c'est quelqu'un de très bien.

Elle caressa tendrement son ventre avant d'ajouter :

— Je dois le croire s'il s'apprête à faire partie de nos vies.

— A-t-il dit qu'il voulait en faire partie ?

En si peu de temps ?

— Avec ce qui m'est arrivé en le voyant, on n'est pas allé aussi loin dans la conversation. Il m'a juste avoué qu'il n'avait pas ouvert son courrier et qu'il ignorait donc que j'étais enceinte. Mais il n'a pas eu l'air horrifié quand je lui ai confirmé qu'il était le père du bébé.

— Tant mieux. Mais je trouve bizarre qu'il n'ait pas ouvert tes lettres.

Et moi, donc !

— Je l'interrogerai là-dessus quand il reviendra. Tara, j'espère sincèrement que son arrivée inopinée ne va pas gâcher ton premier Noël avec Simon. J'ai l'impression de saboter vos fiançailles avec mes drames personnels.

— Ne t'inquiète pas, rien ne peut gâcher ce Noël, répondit Tara avec un sourire adorable. Et je suis contente que nous soyons là pour toi. C'est le meilleur moment de l'année pour se retrouver en famille. Tout ira bien pour Simon, j'en suis sûre.

Se retrouver en famille. Cette perspective enchantait Maeve. Tara songeait sans doute à la famille de Simon ; elle, elle songeait avant tout à la sienne. Composée de Rayne, d'elle et de leur bébé.

Du moins, s'il se faisait à cette idée… une fois qu'il se serait habitué à celle d'être père.

Entendant les pas de son frère s'approcher, et s'arrêter devant sa porte ouverte, elle se tourna vers lui.

— Rayne est allé en prison pour épargner sa mère, Simon ! C'est ce qu'il était venu te dire ce fameux soir.

Simon acquiesça de la tête.

— Manifestement ! Et s'il l'avait fait j'aurais essayé de l'en dissuader. Je ne suis pas étonné qu'il ait repoussé le moment de s'expliquer. Je lui aurais dit qu'endosser la faute de sa mère ne l'aiderait absolument pas à résoudre son problème de drogue.

Seul un homme exceptionnel était capable d'une telle abnégation. Et c'était… le sien !

— Il s'est laissé enfermer pour elle. Il a perdu son travail et sa réputation, dit-elle.

— Oui. Et ça me met encore plus en colère contre lui, répondit Simon comme pour lui-même. Mais je m'en remettrai.

Il se massa la nuque, secoua la tête.

— Dire que je n'ai jamais imaginé qu'il ait pu faire ce sacrifice ! Maintenant, ça me paraît évident. Et je m'en veux de l'avoir laissé tomber. Quant à toi, dit-il en pointant son index vers elle, tu devrais t'allonger comme il l'a suggéré. Tu es blanche comme un linge. La famille ne se rassemblera pas avant deux heures, pour le petit déjeuner.

Elle allait se reposer, oui, parce qu'elle avait des projets pour la soirée.

— Je veux que Rayne passe Noël avec nous.

Au lieu de paraître surpris comme elle s'y attendait, Simon échangea un regard avec Tara, et fit un très léger signe de tête.

— Je m'en doutais. Tout de même, ne précipite rien, d'accord ?

Rayne était assis sur le lit de la petite chambre qu'il avait réussi à trouver grâce à la bonne volonté d'un aubergiste qui avait ouvert son établissement rien que pour lui. Il décacheta la première enveloppe du paquet qu'il avait tiré de sa poche et commença à lire la lettre dans laquelle Maeve lui annonçait sa grossesse... Dix minutes plus tard, l'estomac noué par l'émotion, il desserra sa ceinture et s'allongea sur la courtepointe. Aussitôt, un millier d'images s'imposèrent à son esprit, merveilleux souvenirs de la nuit qu'il avait passée avec elle, mais aussi, et surtout, horribles et douloureuses visions des épreuves qu'elle avait dû traverser parce qu'il n'avait pas été là pour elle.

Au bout d'un moment, conscient qu'il ne faisait que se faire du mal pour rien puisque personne n'avait encore trouvé le moyen de revenir en arrière pour réécrire l'histoire, il s'étira et, regardant autour de lui, s'efforça de penser à autre chose.

Il se trouvait dans la chambre spartiate d'une typique petite auberge de province. Cadre de lit en métal grinçant dont la tête était ornée d'une décoration en porcelaine jaunie, matelas mince et bosselé, draps qui avaient été blancs et courtepointe froissée. Une patère au mur pour les vêtements et une salle de bains commune au bout du couloir — qu'il ne partagerait avec personne, toutefois, vu qu'il était le seul client.

Bon, l'avantage d'avoir séjourné en prison, c'était qu'on y perdait toute exigence en matière d'hébergement. Et puis, il ne resterait pas longtemps ici. Il n'était même pas très sûr d'être à sa place à Lyrebird Lake, néanmoins il était content d'être venu.

Maeve portait son enfant. Une Maeve qui n'avait plus grand-chose de la « petite Princesse Maeve » d'autrefois.

Comment avait-elle pu tomber enceinte alors qu'ils étaient censés être tous les deux protégés ? C'était un mystère. Mais après tout, il devait exister des spermatozoïdes particulièrement malins, pugnaces et résistants...

A cette pensée, il laissa échapper un petit rire étranglé, et fut envahi d'une nouvelle vague d'émotions mêlées. Horreur d'avoir involontairement conçu un enfant, regrets pour la déception et le chagrin qu'avait dû éprouver Simon devant sa trahison, horribles remords que Maeve ait dû affronter Simon sans lui et vivre toute sa grossesse sans son soutien. Et puis, par-dessus tout cela, comme une lumière dans la nuit, la joie incroyable que Maeve ait gardé son enfant, qu'il soit sur le point de devenir père. Et aussi qu'elle ait tenu sa main devant Simon.

Cependant il ne s'illusionnait pas, les heures à venir apporteraient leur lot de dilemmes. Qu'allait-il faire pour Maeve et leur bébé ? Que pourrait-t-il faire ? Il subviendrait à leurs besoins, naturellement. L'argent n'était pas un problème pour lui. Il leur achèterait une maison confortable, qu'il mettrait au nom de Maeve, ou de leur enfant, comme elle voudrait. Mais quoi d'autre ?

Brusquement, tout son univers avait basculé. Il était passé du statut d'âme en peine qui n'avait pas été capable de venir en aide à sa mère à celui de paria de la société, sans ami ni soutien, fort peu motivé pour reprendre son ancienne vie. Et maintenant, il était chargé de la plus grande responsabilité entre toutes : protéger une femme et leur enfant.

A la condition, bien sûr, qu'ils parviennent à s'entendre et qu'elle le laisse remplir son rôle...

D'un seul coup, il se retrouvait avec bien des éléments à

prendre en compte. Et tellement à perdre pour quelqu'un qui croyait avoir déjà tout perdu.

Il était 9 h 30. Tout le monde était réuni pour le petit déjeuner et l'ouverture des cadeaux sous l'arbre.

Ayant vu Rayne arriver, Maeve se détourna de la fenêtre d'où elle l'avait guetté pour mettre une dernière touche à son maquillage.

— Ai-je raison de me laisser guider par mes sentiments ? demanda-t-elle à son reflet en se repoudrant le nez. De me laisser aller à espérer un avenir radieux avec Rayne ?

Son frère lui avait conseillé de ne rien précipiter. Peut-être avait-il raison. Peut-être réagissait-elle comme une midinette...

Elle passa une nouvelle couche de gloss sur ses lèvres.

Tout de même, elle était la première personne qu'il était venu voir à sa libération, et ceci avant de savoir qu'elle attendait son enfant.

A moins qu'elle ne s'aveugle. Peut-être était-ce Simon, son meilleur ami depuis l'enfance, et non elle qu'il était venu voir. Lors de sa précédente visite, il avait traversé la moitié de la planète pour avoir avec Simon une conversation qui ne s'était pas produite. Ce matin, c'était par hasard qu'il était tombé sur elle en premier.

En fait, tout se résumait à une seule question : Rayne la connaissait-il suffisamment pour se soucier d'elle après une liaison d'une seule nuit ? Une nuit au cours de laquelle ils avaient fort peu parlé.

Non ! Car elle ne sortait pas du lot.

Avec une mère qui exigeait la perfection et trois sœurs plus âgées particulièrement sûres d'elles, elle avait toujours dissimulé sa timidité sous une façade frondeuse et s'efforçait de paraître sociable, ouverte, extravertie afin de se faire remarquer.

Ce qui expliquait sans doute ses échecs sentimentaux. Dès que ses ex-petits amis la connaissaient mieux, ils se rendaient compte que sa nature profonde ne correspondait pas à l'image qu'elle renvoyait.

En tant que « petite dernière » de la famille, elle s'était toujours jugée inférieure à ses quatre brillants aînés. Jusqu'à ce qu'enfin, elle s'épanouisse dans l'exercice de son métier de sage-femme, qu'elle adorait. Mais depuis quelque temps sa grossesse avait interrompu sa carrière et elle avait parfois l'impression d'avoir gâché cela aussi.

Après avoir adressé une petite grimace à son reflet, elle s'écarta du miroir avec un soupir.

Si Rayne était parti sans un regard pour elle après leur nuit d'amour, et sans l'avoir auparavant avertie de son imminente incarcération, sans doute était-ce parce qu'il la croyait superficielle.

Mais si elle lui montrait sa véritable nature ? Peut-être lui montrerait-il la sienne en retour. Peut-être alors une relation pourrait-elle fonctionner entre eux, puisqu'ils avaient une indubitable alchimie physique — du moins avant sa grossesse. Ils devaient simplement estimer si c'était une base suffisante pour construire une famille avec leur enfant.

— Tu es la personne qui compte le plus pour moi, petit chou, dit-elle en caressant son ventre rond. Mais peut-être que ton papa a besoin que quelqu'un ait confiance en lui pour devenir le papa idéal. Et moi j'ai foi en lui. Alors tu comprendras que je mette tout en œuvre pour l'empêcher de nous tourner de nouveau le dos…

4

Le jour de Noël

Fort surpris d'avoir reçu aussi tôt l'appel de Maeve l'invitant à venir « au presbytère », Rayne découvrait à présent avec stupéfaction les décorations de Noël qu'il n'avait fait qu'apercevoir au tout début de la matinée. Il y avait une crèche composée de personnages animés au beau milieu de la pelouse ; des guirlandes électriques suspendues aux arbres, aux buissons, aux fenêtres de la vaste demeure ; une étoile géante accrochée au sommet du toit.

Compte tenu des efforts que cette famille déployait dans le simple but de réjouir les passants durant quelques petites semaines, que serait-elle prête à mettre en œuvre pour des choses réellement importantes ?

Mais il était difficile pour Rayne d'imaginer des liens aussi étroits entre les gens. Pourtant, il avait bien perçu l'empathie entre les membres de la famille de Maeve et Simon, chaque fois qu'il était allé chez eux.

Il avait toujours souligné la chance de Simon d'avoir deux familles et six sœurs, et celui-ci lui répondait qu'il pouvait les partager avec lui tant qu'il ne les draguait pas.

Une consigne qu'il n'avait pas respectée avec Maeve, c'était le moins que l'on puisse dire…

Il soupira, carra les épaules et remonta le chemin d'accès. Il n'était pas fier de ce qu'il avait fait. C'était d'ailleurs pour réparer ses torts qu'il était là. Même si Maeve avait exprimé son besoin de lui parler, il n'était pas certain que Simon serait de la partie.

Juste comme il montait les marches du perron, la porte de la demeure s'ouvrit et, contre toute attente, ce fut Simon en personne qui l'accueillit.

Simon qui haussa les épaules et lui sourit.

— Je ne peux pas dire que j'ai été ravi tout à l'heure, mais c'est bon de te revoir, dit-il, et il lui donna une accolade amicale.

Rayne, qui n'avait jamais pleuré, même aux obsèques de sa mère, eut la gorge nouée comme si un flot de larmes d'émotion s'y était logé, et tapota maladroitement le dos de son ami.

— Euh... Merci. Je ne m'y attendais pas.

— J'ai eu le temps de décolérer. Et je suis désolé pour ta mère. Mais on reparlera plus tard de ce que tu as fait pour elle. Pour l'instant, entre, je t'en prie. C'est Noël et tu vas faire la connaissance du reste de la famille. A propos, mon père est au courant de tout, en ce qui te concerne.

Là-dessus, sans lui laisser le temps de placer un mot, Simon l'entraîna dans un long couloir central bordé de nombreuses pièces. Ils débouchèrent dans une vaste cuisine amplement pourvue en décorations de circonstances.

Debout derrière le comptoir, une petite dame âgée et rondouillarde, un bonnet de Père Noël enfoncé sur ses cheveux blancs, disposait artistiquement des tranches de jambon sur un plat tandis que la jeune femme blonde qu'il avait vue plus tôt empilait des œufs frits dans un autre.

— Voici Rayne, Louisa, dit Simon avec chaleur. Rayne, je te présente ma grand-mère.

La vieille dame releva la tête, sourit à Simon, puis ses yeux pétillants parcoururent Rayne de la tête aux pieds.

— Ah ! Le mystérieux ami de Maeve. Vous êtes le bienvenu, Rayne. Et pile à l'heure pour le petit déjeuner. Joyeux Noël.

C'était une mamie joviale et la jovialité n'avait guère fait partie du quotidien de Rayne ces temps derniers. Il ne put retenir un sourire.

— Joyeux Noël à vous aussi.

— Et cette divine créature est Tara, ma fiancée, dit Simon d'un ton encore plus chaleureux. Tara est sage-femme à la maternité et c'est elle qui surveille Maeve depuis son arrivée. Si tu es sage, il se pourrait qu'on t'invite à notre mariage.

— Bonjour, Rayne. Bienvenue et joyeux Noël, dit la jolie petite blonde au regard plein de sagesse.

Son sourire laissait entendre qu'elle savait combien les choses étaient difficiles pour lui en ce moment.

Et le plus étrange fut qu'il la crut.

Puis elle lui tendit le plat bien garni.

— Tu veux bien emporter ça dehors ? Essaie de lui trouver une place sur la table.

Quand il l'eut débarrassée, elle désigna à Simon une corbeille de petits pains, que celui-ci saisit après avoir prestement effleuré ses lèvres d'un baiser. Comme elle le chassait en riant, Rayne détourna son regard, totalement incapable de s'imaginer aussi à l'aise avec Maeve.

Lorsqu'ils poussèrent la porte moustiquaire et pénétrèrent dans le jardin de derrière, le brouhaha de voix se calma un instant. Mais ce fut à peine s'il s'en rendit compte car il avait aperçu Maeve.

Elle était si belle dans sa robe d'été rouge, une écharpe de Noël verte drapée sur les épaules, et si troublante en Mme Noël, si désirable, qu'il dut se faire violence pour ne pas se précipiter vers elle tandis que Simon le présentait aux autres membres de sa famille.

Un homme grand et solidement charpenté vint vers eux et lui tendit une main qu'il serra fermement. Le père biologique de Simon, sans nul doute.

— Ravi de vous connaître, monsieur, dit-il.

— Appelez-moi Angus. Vous êtes pédiatre, alors, Rayne, d'après ce que j'ai compris ?

— Mais je n'ai pas exercé depuis près d'un an.

— Peut-être aurons-nous l'occasion de parler de ça un peu plus tard. Vous pourriez envisager de faire une petite pause ici, le temps de retrouver une sorte de routine.

Certainement pas ! Il avait déjà envie de fuir.

— Peut-être.

Alors une femme aux cheveux roux se précipita vers lui pour le serrer dans ses bras.

— Joyeux Noël, Rayne. Je suis Mia, la belle-mère de Simon.

Reculant d'un pas, elle lui désigna ses deux répliques en miniature déjà assises à table.

— Et voici nos filles, Amber et Layla. Nous serons donc neuf pour le petit déjeuner.

Tara et Louisa apportèrent les derniers plats. Pendant que Simon et ses parents commençaient à prendre place autour de la longue table dressée sous un gommier, Rayne tira une chaise pour Maeve, l'aida à s'asseoir et s'installa à côté d'elle.

L'une des fillettes récita le bénédicité — heureusement que personne ne lui avait proposé de le faire parce qu'il en aurait été bien incapable —, puis il se tourna vers Maeve. Après tout, c'était pour elle qu'il était là.

C'était étrange comme Simon était passé au second plan pour lui, même s'il était heureux de le revoir. Après tout, c'était son seul véritable ami au monde, et il avait cru l'avoir perdu.

Mais Maeve...

Elle lui paraissait encore plus jolie de près. Et elle était nettement moins pâle que lorsqu'il l'avait quittée, au début de la matinée.

— Est-ce que ça va ? lui demanda-t-il à voix basse.

Mieux valait éviter de l'embarrasser, au cas où elle n'aurait pas voulu attirer l'attention sur le fait qu'elle avait eu un malaise.

— Oui. Je me sens bien.

— BIEN, comme Bouleversée, Incertaine, Emotive et Nerveuse, dit-il, paraphrasant une réplique du film *The italian job,* en une piètre tentative de détendre l'atmosphère.

Elle lui lança un long regard.

— On vous passait des films, là-bas ?

Au souvenir de son incarcération, il sentit son visage se figer, le sang se retirer de son corps.

— Non.

Puis il vit de l'angoisse dans ses yeux et elle posa brièvement sa main sur la sienne. Aussitôt, comme si elle avait injecté de la chaleur dans ses veines, il se réchauffa.

— Je suis désolée, Rayne. C'était une plaisanterie stupide.

— La mienne aussi. Tirée d'un autre film.

Il se força à sourire.

— Tout va bien.

— Tu es sûr ? Tu connais le vrai sens du mot « bien » ?

Il acquiesça d'un bref signe de tête. Finie, la plaisanterie. Il souhaitait maintenant passer aux choses sérieuses.

— On est obligé de rester longtemps ici ? J'ai besoin de te parler.

Elle regarda autour d'elle, sans doute pour s'assurer que personne n'avait entendu. Mais autour d'eux les conversations allaient bon train.

— Jusqu'après l'ouverture des cadeaux. Ensuite ma présence ne sera pas requise avant cet après-midi.

— Tu viendrais passer quelques heures avec moi ? Pour discuter en privé ? Régler tout ce que nous pourrons ?

— Volontiers. Tant que tu es d'accord pour me ramener ici avant le déjeuner de Noël, qui est prévu à 15 heures. J'ai promis de me charger de la sauce aux fines herbes et cognac. Je suis capable de cuisiner quand ça me dit, tu sais.

— Oh ! oui ! Je le sais, répondit-il, ses yeux rivés aux siens.

L'alchimie était toujours là.

Maeve percevait les vibrations entre eux. Bien qu'ils ne se touchent pas, elle sentait la chaleur du corps de Rayne irradier en vagues dans son épaule nue, et se propager à travers tout son être. Et cela alors qu'ils étaient au beau milieu de la famille de Simon.

Comment pouvait-il la troubler ainsi, et pourquoi lui ? Elle avait conscience que des petits frissons de plaisir la parcouraient, que ses mamelons durcissaient, qu'une douce chaleur fourmillait au creux de son ventre. C'était terriblement embarrassant. Sa seule consolation reposait dans le fait qu'il ne semblait pas plus à l'aise qu'elle.

Leurs retrouvailles étaient tellement plus importantes qu'une relation sexuelle, aussi fantastique soit-elle. C'était leur avenir qui était en jeu.

Croisant le regard inquiet de Tara, elle haussa les épaules et lui sourit pour la rassurer. Tout irait bien pour elle. Certes, c'était un peu tôt pour en avoir la certitude. Mais Rayne avait surgi de nulle part au moment où elle avait le plus besoin de lui, et elle ne pouvait s'empêcher de penser qu'il ne s'agissait pas d'une simple coïncidence, mais d'un cadeau du destin.

Comme quelqu'un lui demandait de faire circuler le plat de tomates, elle s'aperçut que tout le monde avait commencé à manger. Peut-être était-il temps qu'ils se servent, eux aussi.

Sans doute Rayne eut-il la même idée car il lui passa le jambon, dont elle prit une petite tranche, puis les œufs. Malgré le poids au creux de son estomac, elle en fit glisser un dans son assiette et attaqua son repas en même temps que lui.

Déjà certains convives reposaient leurs couverts et se versaient du café ou du jus de fruits. Tirant à elle la corbeille de petits pains, elle en donna un à Rayne avant de se rendre compte qu'elle agissait comme une épouse de longue date veillant sur son mari.

Il arqua ses sourcils et lui adressa un sourire narquois, auquel elle répondit par une petite grimace confuse.

Ses certitudes ébranlées, soudain, elle ne put s'empêcher de penser qu'elle n'était peut-être pas assez bien pour lui. Et s'il tournait les talons après leur conversation ? Pourtant, il n'allait tout de même pas partir cet après-midi alors qu'il venait juste d'arriver...

— Combien de temps peux-tu rester ici ? s'entendit-elle demander.

Il marqua une pause, la fourchette à mi-chemin de sa bouche.

— Quand dois-tu accoucher ?

— En principe, demain.

Le voyant pâlir, elle sourit. C'était elle qui devait en passer par là !

— Mais je m'attends à avoir un peu de retard. Est-ce important, la date ?

Visiblement ébranlé par la nouvelle, il secoua la tête et reposa sa fourchette.

— Je n'ai pas d'obligations, si c'est ce que tu sous-entends, dit-il à mi-voix.

— Eh bien tu en as maintenant.

Le voyant balayer la tablée des yeux, elle s'aperçut que Simon et Angus les regardaient.

— Je resterai ici aussi longtemps que tu voudras de moi à tes côtés. C'est le moins que je puisse faire.

Oh non ! Si seulement il n'avait pas ajouté cette phrase sur un ton de sacrifice. Le soulagement qu'elle avait éprouvé en l'entendant annoncer qu'il resterait s'évanouit totalement, lui laissant un goût amer dans la bouche.

Mais déjà il lui touchait la main.

— Excuse-moi. Je me suis mal exprimé. C'est juste que je ne suis pas encore tout à fait habitué à ce que tu attendes un bébé. Et ce petit déjeuner me tue.

Coïncidence, ce fut le moment que choisit Mia pour se lever.

— Les filles aimeraient savoir quand tout le monde aura fini de manger.

— J'ai terminé, dit Maeve, et tandis qu'elle repoussait son assiette avec gratitude, Rayne se leva.

— Permettez-moi de vous aider à débarrasser.

En le voyant rassembler la vaisselle sale, elle se rappela l'avoir vu rincer son assiette, ce fameux soir, chez Simon.

Au moins, il ne rechignait pas à se charger de tâches ménagères. Elle sourit pour elle-même, réconfortée à l'idée qu'il y avait peut-être des choses qu'ils pourraient faire l'un pour l'autre. Des choses qu'ils pourraient partager et apprécier de concert.

Bientôt, le lave-vaisselle fut rempli, les restes rangés dans le réfrigérateur et la cuisine nettoyée. Au milieu de la vaste véranda qui prolongeait la pièce, trônait le traditionnel « arbre de Noël d'Australie » aux feuilles rouges, entouré de nombreux paquets cadeaux et de suffisamment de sièges et de coussins pour tous les convives.

Tara était assise sur les genoux de Simon ; Mia, Angus et Louisa occupaient le sofa, Maeve un fauteuil et les fillettes se traînaient à quatre pattes tandis qu'elles distribuaient les cadeaux un à un.

Seul Rayne était debout. Il avait préféré s'adosser au mur à la gauche de Maeve de manière à pouvoir voir son visage plutôt que de prendre la chaise que lui avait désignée Simon à côté d'elle. De son point de vue, il ne méritait pas de faire partie de ce cercle de famille. Plus que jamais, il avait le sentiment d'être un intrus, en dépit des efforts de tous ces gens charmants. C'était sa faute s'il éprouvait cela. Il le savait très bien, mais il était impuissant à y changer quoi que ce fût.

Simon prit un cadeau des mains de l'aînée des fillettes et l'offrit à Tara avec une certaine solennité. Quand elle l'ouvrit, elle adressa un sourire tremblant à Simon et passa délicatement le doigt sur le visage peint d'une superbe poupée russe. Ces poupées de taille décroissante contenues l'une dans l'autre.

Le cadeau parut étrange à Rayne, mais il manquait cruellement d'expérience en la matière. Il n'avait même pas pensé à en apporter, si bien qu'il n'en avait aucun à offrir.

A présent, Simon aidait en riant Tara à découvrir les petites merveilles de couleurs vives contenues dans la première poupée. Bientôt, il y en eut une dizaine alignée sur le bras du fauteuil. Les petites sœurs de Simon les regardaient bouche bée et Tara et Maeve avaient les yeux étrangement brillants. Visiblement, quelque chose lui échappait...

Se rapprochant de lui, Maeve lui fit signe de se baisser vers elle.

— Les parents de Tara sont morts quand elle avait six ans. Elle a vécu dans un orphelinat jusqu'à sa majorité. Sans jamais avoir eu de poupée bien à elle.

Oh ! bon sang ! Pas étonnant qu'elle ait compris son embarras lors de son arrivée. De toute évidence, il n'était pas le seul à avoir vécu des moments difficiles. Il avait toujours été reconnaissant à sa mère de rester clean suffisamment longtemps pour lui éviter d'être envoyé en foyer d'accueil, même si c'était lui qui faisait le ménage à la maison. Au moins il était chez lui et il avait une mère.

Vint le tour de Maeve de recevoir ses cadeaux : un petit coussin chauffant fait main, une bouteille d'eau avec une paille et une paire de chaussettes chaudes, toutes choses destinées à améliorer son confort lors de l'accouchement. Ce qui fit rire tout le monde.

Elle sourit et remercia chaleureusement Tara. Toutefois, voyant tressauter sa paupière, il ne put s'empêcher de penser qu'elle n'était peut-être pas aussi calme à l'approche du grand événement qu'elle voulait le laisser croire.

Sa propre nervosité monta aussitôt d'un cran. Même s'ils savaient très bien tous les deux comment les choses allaient se dérouler, c'était un peu différent quand on était concerné d'aussi près. Et puis, on n'était jamais à l'abri d'une complication. Il faudrait vraiment qu'il lui parle de cela aussi.

Bientôt la distribution s'acheva. Alors, soulagé que l'épreuve soit terminée, il aida Maeve à se relever sans perdre une seconde.

— Nous allons faire un tour en voiture, dit-elle à la cantonade.

Puis elle sourit à Louisa.

— Je serai de retour avant 15 heures pour préparer la sauce au cognac.

— N'oublie pas, sœurette, dit Simon. Cette sauce est à tomber par terre. Ce serait dommage de nous en priver.

Tandis que tout le monde riait de nouveau, Louisa se remit brusquement debout et se dirigea vers la cuisine.

— Attendez une minute !

— Je vais en profiter pour aller aux toilettes, glissa Maeve à mi-voix.

Rayne gémit intérieurement. Bon sang ! Quand allaient-ils enfin pouvoir partir ?

Mais très vite, Louisa revint avec un petit panier, qu'elle lui tendit. C'était sans conteste l'en-cas le plus vite préparé qu'il ait jamais vu.

— C'est juste une Thermos de thé, deux ou trois morceaux de gâteau et quelques chardons à la liqueur au cas où vous auriez faim.

Il la remercia d'un sourire.

— Je suis sûr que personne ne peut quitter cette maison la faim au ventre, lui dit-il gentiment.

Et il vit ses yeux pleins de bonté pétiller de plaisir.

— Merci, Rayne.

Il se pencha vers elle pour lui murmurer, en confidence :

— J'ai l'intention d'emmener Maeve au bord du lac.

— Encore une chose, alors ! s'exclama-t-elle.

De nouveau, elle disparut pour revenir trois secondes plus tard avec un sachet en papier kraft.

— Du pain pour les canards.

Il lui sourit de nouveau, émerveillé par sa gentillesse sans bornes, son extraordinaire obligeance.

— Vous êtes ma nouvelle idole, lui dit-il en cachette.

Puis Maeve revint, alors il fourra le sachet dans sa poche et, de sa main libre, il l'entraîna vers la porte.

Vers le tête-à-tête tant attendu.

5

Au bord du lac

Rayne se sentait plus léger à chaque tour de roues qui l'éloignait du presbytère. Les réunions de famille où il se retrouvait sans l'avoir cherché n'avaient jamais été son truc et sans doute ne s'y sentirait-il jamais à l'aise — surtout maintenant qu'il allait devoir ajouter « ex-détenu » sur son CV.

Conscient, soudain, du silence qui régnait dans l'habitacle, il jeta un coup d'œil à Maeve. Elle le regardait, son beau visage tourné vers lui, et il s'empressa de reporter les yeux droit devant lui. Mieux valait qu'il ne se laisse pas distraire de sa conduite. Un cycliste pouvait toujours surgir qu'il risquerait de renverser.

— Où allons-nous ? demanda-t-elle.

— J'ai vu un petit parc en bordure du lac, et j'ai pensé qu'on pourrait s'asseoir sur un banc, au bord de l'eau.

Il lui lança un nouveau regard.

— Ça te convient ?

— Tout à fait. Qu'est-ce qu'il y a dans le panier ? demanda-t-elle en le désignant.

Il ne put retenir un sourire au souvenir de l'empressement de Louisa à les charger de victuailles.

— Un en-cas que la grand-mère de Simon a jugé utile de nous préparer.

Elle souleva le couvercle.

— Oh ! elle a mis des chardons à la liqueur ! J'adore ça. Et je dois m'en priver.

— Pourquoi ? fit-il sans réfléchir.

— Je suis enceinte et les fœtus ne boivent pas d'alcool, voilà pourquoi !

Devant son air irrité, il retint un sourire.

— Eh bien, j'espère que notre bébé apprécie tous les sacrifices auxquels sa mère a dû consentir.

— J'espère que c'est le cas de son père, répondit-elle d'un ton acerbe qui le piqua au vif.

Evidemment qu'il appréciait à sa juste valeur tout ce qu'elle avait fait pour leur enfant.

Il pénétra sur le parking, se gara et coupa le moteur avant de se tourner vers elle.

— C'est le cas, je peux te l'assurer. Et je suis désolé de ne pas avoir été présent pour toi.

Elle soupira.

— Je regrette tellement que tu n'aies pas été au courant et que je n'aie pas pu partager ma grossesse avec toi.

Dans quel état aurait-il été, en prison, s'il avait su qu'elle était enceinte et qu'il ne pourrait pas la rejoindre. Cela aurait été une torture.

— Pas moi !

— Tu ne peux pas penser ça maintenant, dit-elle, visiblement perturbée par son cri du cœur. C'est horrible.

La voyant ouvrir sa portière et essayer péniblement de s'extirper de son siège, il prit soudain conscience que, de son point de vue à elle, ses paroles avaient dû être terriblement blessantes. Et il s'en voulut de l'avoir fait souffrir. Il ne pouvait pas revenir sur son aveu puisque c'était la pure vérité, mais peut-être pourrait-il s'expliquer...

En un temps record, il jaillit de la voiture et la rejoignit côté passager.

— Je serais devenu fou si j'avais su que tu étais enceinte et que je ne pourrais pas être avec toi avant des années et des années, dit-il avec le plus de douceur qu'il le put.

Elle cessa ses efforts, sécha ses larmes et releva les yeux vers lui.

— Oh ! C'est pour ça que tu n'as pas ouvert mes lettres ?

— J'avais tout perdu, Maeve. J'étais un malfaiteur sans visage entouré d'hommes qui détestaient la terre entière. Je n'avais jamais détesté personne auparavant mais, là-bas, j'ai été contaminé. Mon unique moyen de rester sain d'esprit dans cet environnement toxique était de m'en abstraire. D'ériger un mur autour de moi et de ne rien laisser pénétrer dans ma bulle. La dernière chose dont j'avais besoin, c'était d'un rayon de soleil hors de ma portée, et c'est exactement ce que tes lettres auraient été pour moi.

— Je n'aurais pas dû te les envoyer, alors ?

— Tu ne pouvais pas savoir. Du reste, je les ai toutes conservées avec l'intention de les ouvrir un jour. Dès que je serais libéré. Mais quand ce moment est venu, j'ai eu peur d'apprendre que tu ne voulais pas que je vienne en Australie alors que j'avais besoin de vous voir, toi et Simon, au moins une dernière fois, pour m'expliquer. Alors j'ai décidé que je les ouvrirais seulement après t'avoir vue.

Il passa une main sur son visage avant d'ajouter :

— Voilà. Tu sais tout maintenant. Je suis vraiment désolé de t'avoir blessée.

Maeve revoyait le Rayne qu'elle avait vu chez son frère neuf mois plus tôt. Larges épaules sous une chemise noire, cheveux noir corbeau coupés court, yeux de jais aux profondeurs insondables… Et cette bouche sensuelle, capable d'embraser sa peau comme de laisser tomber des mots cruels.

Visiblement, tisser des liens avec lui s'annonçait plus difficile qu'elle ne l'avait prévu. Pourtant, elle aurait dû s'en douter. N'avait-elle pas entendu dire que la prison rendait les hommes plus durs et plus distants ?

Le problème, c'était que Rayne était déjà distant avant même d'avoir été condamné à tort.

Toutefois, en étant blessée qu'il prenne comme une bonne chose de ne pas avoir appris sa grossesse plus tôt, elle n'avait pensé qu'à elle. Pas du tout aux raisons qui avaient poussé

Rayne à dire quelque chose d'aussi déplaisant. Ni à l'épreuve qu'il avait traversée. Elle prit une résolution. Elle l'aiderait à évacuer les traces que cette expérience avait laissées en lui, au lieu de compliquer sa vie encore un peu plus.

Sans doute allait-elle devoir apprendre à doser la manière dont elle réagissait selon ses réactions à lui. Et ce ne serait pas facile car elle aimait avoir son indépendance d'esprit.

Mais cela serait plus aisé en sa présence.

— Bon sang, aide-moi à sortir de cette satanée voiture, dit-elle, irritée malgré elle.

Au moins, elle serait plus à l'aise quand il ne la dominerait plus de toute sa taille.

Il rit, le monstre.

Néanmoins, il lui tendit la main et, une nouvelle fois, elle fut debout devant lui avec une incroyable facilité.

— Tu es vraiment une princesse, tu le sais ?

Tout en réajustant sa robe, elle lui lança un regard perçant.

— Ça te pose un problème ?

Rêvait-elle ? Elle crut voir son expression s'adoucir.

— Au contraire. J'aime ça.

Il saisit le panier, referma sa portière. Puis il passa son bras sous le sien. Sa mauvaise humeur envolée, elle se délecta de leur proximité tandis qu'ils se dirigeaient vers les bancs installés sur la rive du lac. Soudain, c'était comme si tout allait pour le mieux dans le meilleur des mondes.

Sur la plage, à quelques mètres d'eux, un jeune garçon et son père mettaient à l'eau un petit voilier flambant neuf qui prit la brise et se mit à voguer en direction du milieu du lac. Leur teckel aboyait rageusement contre les canards, qui cherchaient visiblement à s'éloigner de ces bruyants envahisseurs.

— J'adore les canards depuis toujours, dit Maeve. J'en ai eu un qui est devenu un incroyable animal de compagnie. Il venait à ma rencontre en se dandinant quand je rentrais à la maison après l'école.

— Comment il s'appelait ?

Elle se sentit rougir. Il allait rire. Peut-être devrait-elle inventer un nom plus... banal.

Il lui donna un coup d'épaule comme s'il avait lu dans ses pensées.

— Je veux le vrai nom.

— J'allais te le donner.

— Vas-y. J'ouvre grand mes oreilles.

— Cendrillon.

Bien entendu, il pouffa. Mais c'était un rire gentil, qui lui fit plaisir en ce matin de Noël, surtout venant d'un homme fraîchement libéré qui avait perdu sa mère et venait d'apprendre qu'il allait devenir père.

Redevenu sérieux, Rayne scruta son visage.

— Merci d'avoir ne serait-ce qu'envisagé de me donner une chance, dit-il avec une sincérité visible qui l'émut aux larmes.

— Tu sais, quand je me suis réveillée ce matin, tout ce que je souhaitais, c'était que tu sois là. Alors, merci à toi d'être venu — même si tu ne savais pas que j'étais enceinte. Merci d'avoir fait tout ce chemin, en période de Noël, pour nous voir.

— C'est peu de choses.

Il restait tout de même un point qu'elle voulait éclaircir. Parce que si son souhait n'avait aucune chance de se réaliser...

Elle prit une profonde inspiration.

— J'ai quelque chose à ajouter.

— Je t'écoute.

— Tu m'as dit que tu resterais ici aussi longtemps que je te voudrais à mes côtés. Alors voilà... Je te demande de rester au moins jusqu'après la naissance du bébé. Et d'être présent durant l'accouchement. Tu comprends, si je sais que tu seras avec moi, je pourrai me réjouir à l'avance du grand événement, au lieu d'avoir peur de le vivre seule.

Rayne comprenait parfaitement. Et il mesurait le courage de Maeve. Se mettre ainsi à nu, au risque d'être éconduite, waouh, quel cran ! Aussi ému qu'admiratif, il sentit son cœur de pierre se craqueler encore un peu plus.

— Naturellement, je serai là avec toi. N'hésite pas à me demander n'importe quoi.

Enfin, pas tout à fait n'importe quoi.

Certes, il pouvait envisager de s'impliquer dans la vie de leur bébé. En tant que pédiatre, il savait s'y prendre avec les enfants de tous âges.

Mais il n'avait aucune expérience en matière de famille. Aucune idée de la manière d'être père. Aucune idée même de ce qu'un père était censé faire. Le père de Simon, qu'il avait vu à l'œuvre, lui avait juste paru « être là ». Mais comment faisait-on en sorte d' « être là » ? Il l'ignorait.

Soudain, son regard fut attiré par une petite famille qui circulait à vélo sur le chemin. Tous portaient des casques rouges assortis à leurs rutilantes montures. Le père roulait derrière sa femme et ses enfants, probablement pour s'assurer que tout allait bien pour eux. Rayne trouva cela raisonnable. Peut-être même à sa portée.

Dans les frondaisons d'un arbre, au-dessus de sa tête, des oiseaux gazouillaient. Tout était calme, tranquille. Ce joli petit coin de nature dégageait-il des ondes positives ? A moins que ce ne soit la joie collective de célébrer Noël avec famille et amis qui créait cette bonne atmosphère. Quoi qu'il en soit, il n'avait jamais rien ressenti de tel. Ni rencontré personne comme Maeve.

Tandis qu'il la contemplait, tout absorbée qu'elle était par la rive opposée du lac, il remarqua une certaine tension dans ses épaules. Et il ne douta pas d'en être responsable. Il allait devoir se montrer plus prévenant, et mieux veiller sur elle, s'il allait être son « soutien » au cours de l'un des événements majeurs de sa vie. De leurs deux vies, en fait.

Se plaçant derrière elle, il commença doucement à lui masser les épaules, à pétrir ses muscles avec une intensité légèrement croissante. Et, très vite, elle se laissa aller contre lui.

— Mmm...

Aussitôt, il sentit son corps réagir au contact du sien, des douces rondeurs de ses fesses contre ses cuisses à lui, du bas de son dos pressé contre la partie la plus sensible de son anatomie. Il dut rassembler toute sa volonté pour ignorer le désir qui l'envahissait. Pas question qu'il succombe ! Et surtout pas maintenant ! Déjà qu'il avait du mal à assimiler tout ce qui lui arrivait, il n'allait pas, en plus, se perdre dans un brouillard de sensualité.

— ... Ça fait tellement de bien.

Il ne put retenir un sourire.

— Je dois parfaire ma technique en vue du grand événement.

— Mm Mm..., fit-elle d'une voix ensommeillée.

Lorsqu'il traqua le dernier petit nœud de tension, dans sa nuque, elle s'abandonna encore un peu plus contre lui.

— Tu as peut-être envie de t'asseoir, dit-il, amusé.

Et, sans attendre sa réponse, il la guida vers le banc le plus proche, contourna le dossier afin de se tenir derrière elle — sans que leurs corps se touchent, Dieu merci — et poursuivit ses massages, pétrissages, malaxages, afin que ses muscles se détendent sous ses doigts.

Jamais auparavant il n'avait éprouvé un tel désir d'apporter du bien-être à une femme. Maintes fois il avait brûlé d'entraîner une inconnue au lit avec lui, mais ce qu'il ressentait à présent était différent. A cette pensée, ses mains s'immobilisèrent.

— Ne t'arrête pas...

Il recula d'un pas, désireux d'échapper à une situation pour laquelle il ne se sentait pas prêt. Peut-être ne le serait-il jamais.

— Je viens de me souvenir du pain.

Déjà, il tirait le sachet de papier kraft de sa poche et le lui tendait.

— Pour les canards, dit-il, heureux d'avoir trouvé une explication plausible à sa dérobade.

Merci, Louisa !

— Oh ! s'écria-t-elle, redressant les épaules avec un indéniable regain d'énergie.

Il envia sa capacité à s'enthousiasmer comme une enfant. Lui, il y avait belle lurette qu'il l'avait perdue.

— Il faudra que tu dormes au presbytère pour que je puisse te trouver quand j'aurai besoin de toi, dit-elle, repassant sans la moindre transition en mode « projet ».

Comme si leur conversation n'avait pas été interrompue.

— Je ne peux tout de même pas m'imposer chez la grand-mère de Simon.

Elle lança une croûte de pain à un canard qui l'attrapa au vol dans une grande giclée d'eau.

— Bien sûr que si. C'est là que logent les médecins ou les sages-femmes remplaçants quand un membre du personnel de l'hôpital s'absente pour une raison ou une autre. Le presbytère a de nombreuses chambres et Louisa adore chouchouter les gens.

Lui qui l'avait incitée à lui demander tout ce qu'elle voulait, il se sentit... piégé. Néanmoins, il se raisonna. Ce serait tout de même mieux que l'auberge, non ? Et moins « pire » que de s'installer avec elle dans une maison où elle serait sous sa seule responsabilité et où il devrait veiller sur elle vingt-quatre heures sur vingt-quatre pour qu'il ne lui arrive rien.

Il sentit un frisson glacé le parcourir.

Déjà qu'il n'avait pas pu sauver sa mère. S'il arrivait quelque chose à Maeve, il n'y survivrait pas.

— Entendu, alors. Si Louisa est d'accord. Et si Simon ne pense pas que je m'immisce dans sa famille.

— Simon passe le plus de temps possible avec Tara. A propos, Tara est ma sage-femme, je lui demanderai peut-être de nous faire répéter des mouvements à faire ensemble pendant l'accouchement. Elle a fait un cours là-dessus et ça a très bien fonctionné pour les autres couples.

Les... couples ! Il dut se retenir de détaler. Ils formaient un couple, maintenant ?

Sans doute perçut-elle son mouvement de recul car elle ravala une exclamation alarmée. Puis une vague de couleur monta de son — troublant — décolleté à son visage.

— J'entendais « couple » au sens de « partenaires » durant l'accouchement, fit-elle dans un murmure.

Evidemment !

Il approuva de la tête et posa de nouveau les mains sur ses épaules — en s'interdisant de regarder sa poitrine par-dessus son épaule. Au plan émotionnel, il était une véritable loque. Que pouvait-elle bien lui trouver ? Et pourquoi voulait-elle continuer à le voir ? Il aurait dû lui être reconnaissant de seulement le laisser l'approcher.

Toutefois, il ne parvenait pas à trouver les mots pour le lui dire. Alors il la regarda en silence lancer d'autres croûtons à une flottille de canards noirs qui s'étaient rassemblés à proximité de la rive. Ils voguaient en tous sens, avançant, reculant, tournant et retournant, leurs petites pattes palmées battant l'eau sans relâche. Un peu comme lui, avec tous les courants qui le poussaient en tous sens.

De l'autre côté du lac, le petit voilier avait presque atteint le rivage. L'homme et son fils couraient sur le chemin pour le récupérer. Ce père-là savait ce qu'il devait faire, visiblement. Avait-il suivi une formation pour cela ? Peut-être qu'un jour, si rien ne tournait mal, s'il ne gâchait pas tout, si Maeve ne s'avisait pas qu'elle méritait bien mieux que lui, il pourrait lui aussi faire voguer un bateau sur un lac avec son propre fils.

Ou taper dans un ballon. Ou faire du vélo avec lui et lui acheter un casque rouge.

Mais peut-être Maeve était-elle enceinte d'une minuscule réplique d'elle-même. Une petite princesse à protéger de tous les dangers ? Rien qu'à envisager la chose, il eut l'impression de manquer d'air, soudain.

La voix de Maeve le ramena au présent.

— Tu veux voir ce qu'il y a dans le panier ? dit-elle, posant à côté d'elle sur le banc l'objet qu'il avait abandonné sur le sol. Nous ferions bien de faire honneur au cadeau de Louisa, ou elle sera déçue.

Après avoir soulevé le couvercle, elle lui présenta le ballotin de chardons à la liqueur.

— Mange-les, ça m'évitera d'être tentée.

Puis elle sortit deux gobelets en carton, deux cuillers, un Thermos de thé...

Elle organisait une sorte de pique-nique, comme n'importe quelle autre famille installée au bord du lac, et il se sentit... totalement désemparé. Dépassé par les événements. Au point de ne savoir ni que dire ni que faire. Il renversa même presque tout le thé du gobelet qu'elle lui passa.

— Détends-toi, Rayne, dit-elle d'une voix douce et pleine de compréhension.

Il n'était pas certain de mériter son indulgence, néanmoins il s'autorisa à décrisper légèrement ses épaules.

— Tu as eu un énorme choc. Nous allons nous concentrer sur le présent, d'accord ? Nous nous inquiéterons de l'avenir plus tard. Rien ne presse. Je suis contente que tu sois là et que tu me promettes de rester pour la naissance de notre bébé.

La sagesse même. Qu'avait-il besoin de s'affoler à l'avance ? « Cueille le jour sans te soucier de quoi demain sera fait » disait la maxime latine. Avec l'impression que son stress se dissolvait, il s'assit à côté d'elle.

Elle lui tendit alors le sachet de pain.

— Jeter du pain aux canards a des vertus thérapeutiques.

Il n'y croyait pas vraiment, mais saisit le sachet. A peine avait-il lancé deux croûtons à l'armada de volatiles gourmands qu'une petite boule de poils noirs et frisés fonça dessus en poussant une salve d'aboiements aigus. Le caniche pila net au bord de l'eau tandis que les canards à tête noire et bec bleu s'éloignaient vers le large dans un grand bruit d'ailes et de caquètements furieux.

Le petit caniche n'eut pas le temps de savourer sa victoire sur les habitants du lac, car une fillette l'appela du parking. Il repartit aussitôt dans sa direction.

— Exit la thérapie par les canards !

— Pauvre Rayne. Viens. Blottis-toi contre moi, je te ferai le câlin-qui-fait-aller-mieux.

Il sourit et s'apprêtait à plaisanter quand ils entendirent d'autres « coin-coin » en provenance des buissons situés à proximité de leur banc.

D'un même mouvement, ils se penchèrent pour observer l'endroit.

— Tu crois qu'il y a un nid ? demanda Maeve à mi-voix.

— Ou bien ce canard est emmêlé dans quelque chose.

Comme pour lui donner raison, de nouveaux caquètements s'élevèrent et les branchages remuèrent dans un bruissement de feuilles. Puis les buissons s'écartèrent et en sortit non un canard, mais un oiseau au plumage marron, à longues pattes et longue queue pendante.

— Ooooooh…, murmura Maeve avec émerveillement. C'est un oiseau-lyre, qui imitait le cri des canards.

Il avait du mal à en croire et ses yeux et ses oreilles.

— Un oiseau-lyre imitateur ?

— Ils le sont tous.

Ainsi, c'était cet oiseau qui avait donné son nom au lac ! Stupéfait, il vit le volatile sauvage de la taille d'un corbeau les regarder sans aucune crainte, la tête penchée sur le côté, et avancer de quelques pas.

Puis l'oiseau redressa la tête, déploya sa superbe queue en forme de lyre et se mit à parader au bord du lac. Pour eux.

Un véritable cadeau de Noël.

Poussant toutes sortes de cris, il interpréta une danse complexe de pas chassés, en avant, en arrière, de tourbillons sur lui-même…

Médusé et ému à la fois, la main refermée sur celle de Maeve, Rayne sentit l'étau qui comprimait sa poitrine se desserrer mystérieusement.

Comme il lançait un regard à Maeve, il vit des larmes briller dans ses yeux. Sans réfléchir, comme si c'était le geste le plus naturel au monde, il lui entoura les épaules de son bras et s'abandonna à la magie de l'instant.

Bien trop tôt, hélas, la parade s'acheva. L'oiseau replia sa queue et réintégra son buisson dans un nouveau bruissement de feuilles.

Une longue minute, ils restèrent silencieux, bouleversés par le moment unique qu'ils venaient de vivre.

— Eh bien…, dit Maeve dans un murmure.

— Oui. C'était magique…, dit Rayne en séchant ses larmes du bout des doigts. J'ai l'impression que nous avons été bénis des dieux.

— Moi aussi.

Le silence retomba. Et tandis qu'ils contemplaient le lac, toujours assis sur leur banc, il perçut entre eux une aura de paix qui n'existait pas auparavant.

6

De retour au presbytère

Dès qu'ils eurent regagné le presbytère, Maeve disparut dans la cuisine. De son côté, intercepté par Simon, Rayne se retrouva dans un bureau situé à l'autre bout du couloir, loin des oreilles du reste de la famille.

— Alors ? qu'est-ce que vous avez décidé, tous les deux ?

— Maeve veut que je reste pour l'accouchement. Je le lui ai donc promis. C'est le moins que je puisse faire.

Simon fronça les sourcils. Il n'aimait pas plus cette phrase que sa sœur. Pourquoi cette expression venait-elle sans cesse aux lèvres de Rayne ? Mystère.

— Ça a été si difficile que ça, de prendre cet engagement ? Tu as tout de même passé une nuit avec elle !

— Ecoute, Simon, je suis désolé. La dernière fois que je t'ai vu, c'était à un moment difficile de ma vie. Mon monde était en train d'exploser. Je n'avais pas l'intention de finir au lit avec Maeve.

Revoyant la scène en pensée, il ne put retenir un sourire.

— Mais tu aurais dû la voir. Elle était sublime, elle m'a ensorcelé.

— Elle t'a entraîné de force jusqu'à son lit ?

— Non. Je l'y ai portée.

Et elle avait adoré ça.

— Sur les deux étages ? demanda Simon d'un air incrédule.

Puis il leva une main.

— Oublie. D'après Tara, il y a des étincelles entre vous. Je comprends très bien cela, c'est ce qui m'est arrivé avec elle. J'étais irrésistiblement attiré. Et je sais que les engagements ne sont pas ton truc... Note que je croyais que ça n'était pas le mien non plus, fit-il avec un petit rire. Jusqu'à ce que je rencontre Tara.

Jamais Rayne n'avait vu son ami aussi joyeux, aussi épanoui. Comme s'il avait finalement trouvé ses repères dans le vaste monde. Contrairement à lui.

— A propos, toutes mes félicitations. Tara a l'air d'être une jeune femme fantastique.

— Elle l'est, dit Simon avec un sourire jusqu'aux oreilles. Et aussi tellement forte et...

S'interrompant, il secoua la tête.

— Belle diversion. Mais c'est de toi dont il est question, Rayne. Est-ce que tu es prêt à rester ici quelque temps ?

Quelque temps? Il ne savait même pas s'il tiendrait une semaine.

— Je suis prêt à assister à l'accouchement. A apporter mon aide à Maeve de toutes les manières possibles. Mais dès que je serai source de problème pour elle, je m'en irai.

— Et si ce n'était pas, ou plus, le cas ?

Sous-entendu, il en avait déjà créés et il l'avait laissée tomber.

— Je ne savais pas qu'elle était enceinte.

— D'après Tara, tu n'ouvrais pas ton courrier. Et tu ne prenais pas mes appels. Pourquoi ?

— Je ne voulais pas introduire Maeve dans cet horrible endroit. Et toi non plus. Pour ne pas entacher les belles choses de ma vie. Quand je suis sorti, j'ai eu peur de découvrir qu'elle refusait de me revoir. Alors je suis venu ici avant d'ouvrir ses lettres.

— Et maintenant, tu les as lues ?

— Oui.

Il ne put s'empêcher de baisser la tête. Ces lettres ne faisaient que confirmer sa capacité à ruiner la vie des gens.

Simon poussa un profond soupir.

— Je t'aime beaucoup, Rayne. Je commence même à m'habituer à l'idée que tu feras partie de la vie de Maeve désormais. De nos vies à tous. Mais ne gâche pas tout.

Aurait-il lu dans ses pensées ?

— Ah, je retrouve mon vieux pote !

— Oui, moi aussi. Joyeux Noël ! Allez, viens, dit Simon en lui boxant l'épaule. Allons demander à Louisa si tu peux rester ici. Elle sera ravie. Elle te porte déjà dans son cœur.

— J'ai l'impression que ta grand-mère porte tout le monde dans son cœur.

— Quasiment, répondit Simon en riant.

Seule avec Louisa dans la cuisine, Maeve n'avait pas pu garder bien longtemps pour elle la question qui lui brûlait les lèvres.

— Bien sûr qu'il est le bienvenu ici ! répondit Louisa avec enthousiasme. Comme ça, il sera avec toi quand le bébé viendra au monde. Les choses s'arrangent drôlement bien, à ce qu'on dirait.

Hum… Pas encore tout à fait. Il lui restait pas mal de choses à régler avec Rayne. Mais elle ne devait pas oublier que, ce matin, elle s'était réveillée seule et qu'il était là, maintenant !

C'était un miracle si époustouflant qu'elle arrêta de fouetter sa sauce pour se convaincre que c'était vrai, qu'elle ne rêvait pas. Rayne était là et il allait rester ! Au moins jusqu'après la naissance. C'était tout ce qu'elle pouvait lui demander pour l'instant. Néanmoins, peut-être allait-elle de nouveau avoir l'occasion de le voir en tête à tête. Et pendant plus longtemps.

Du moins s'il était d'accord. Elle aurait bien aimé être mince et jolie pour pouvoir l'emmener dans son lit. Ou même être portée — telle qu'elle était maintenant, ventre rond et tout l'ensemble — jusque dans sa chambre par son séduisant « partenaire ».

— Tu veux que je prenne le relais ?

La voix inquiète de Louisa la fit sursauter et la ramena au présent, juste à temps pour lui éviter de faire des grumeaux.

— Non, non. J'avais l'esprit ailleurs, dit-elle.

Elle fouettait sa sauce avec un enthousiasme renouvelé quand elle entendit des voix d'hommes qui s'approchaient.

Bientôt Simon et Rayne entrèrent dans la cuisine. Les deux hommes qu'elle aimait. A cette pensée, elle sentit son sourire se figer. Aimait-elle réellement Rayne, comme elle l'avait cru neuf mois plus tôt ? Il lui plaisait et il l'attirait, ça, oui ! Mais était-ce bien de l'amour ?

Un amour fraternel, peut-être ? Elle regarda Simon qui souriait à un commentaire de Louisa. Non, non, non ! Il ne lui inspirait pas les mêmes sentiments que Rayne. Alors ?

Elle ne put retenir un soupir. De toute manière, qu'elle soit amoureuse de Rayne ou non ne changeait pas grand-chose. Elle n'était pas idiote au point de penser que sa présence signifiait qu'il était amoureux d'elle.

Prenant soudain conscience que la sauce était prête, elle la versa dans la saucière. Finalement, elle l'avait parfaitement réussie, comme toujours. Elle était la spécialiste pour empêcher qu'une peau, ou même un voile, ne se forme à la surface.

Peut-être devrait-elle tenter le contraire dans sa vie privée. Une dizaine de voiles qu'elle pourrait retirer un à un, voilà une idée pour se dévoiler peu à peu à Rayne sans l'effrayer. Parce qu'elle se rendait compte qu'elle allait devoir agir avec patience et subtilité si elle voulait lui faire comprendre qu'il avait potentiellement devant lui un avenir désirable.

Qu'il pourrait être le genre d'homme qu'un enfant serait fier d'appeler papa. Le genre d'homme dont n'importe quelle femme voudrait partager la vie — pas seulement le lit.

Son lit ! Ah, elle en avait assez de ces hormones qui réveillaient sa libido ! En route vers l'évier, elle se força à concentrer son attention sur la casserole qu'elle tenait à la main. Comme il restait un fond de sauce ambrée dans la cuiller, elle ne put s'empêcher d'y plonger le bout de son index, et le porta ensuite à sa bouche. Mmm...

Rayne s'efforçait de paraître impassible, mais c'était difficile. Du coin de l'œil il avait vu Maeve sucer le bout de son index couvert de sauce, les yeux clos. A présent, elle posait sa casserole dans l'évier et il avait l'impression qu'elle soupirait de plaisir. Bon sang ! Comme si sa journée n'avait pas été assez difficile comme ça, avec l'envie quasi irrésistible de lui faire l'amour qui le taraudait.

— ... Rayne ?

S'apercevant soudain que Louisa lui parlait, il cilla et reporta son regard sur la gentille vieille dame.

— Pardon. Vous disiez ?

D'après l'éclat de malice dans ses yeux, elle savait très précisément ce qui l'avait distrait.

— J'allais vous montrer votre chambre, si vous voulez bien me suivre. Elle est petite, mais je pense que vous apprécierez son emplacement. Toutes les pièces ouvrent sur une terrasse et disposent d'un mobilier de jardin.

Là-dessus, elle l'entraîna dans le long couloir aux murs lambrissés.

— Voici la salle de bains. Vous la partagerez avec Maeve, Simon et Tara, dit-elle.

Puis elle lui désigna une autre porte.

— La chambre de Maeve est là, elle communique avec la vôtre. Je crois que ça n'ennuie pas Maeve. Et vous ?

— Euh... Ça ne m'ennuie pas non plus.

— Je m'en doutais. Surtout que la chère petite est proche de son terme. Comme ça, si elle veut, elle pourra laisser la porte ouverte.

C'était une bonne idée. Au moins, il pourrait la rassurer si elle en avait besoin. S'il pouvait lui être utile, cela justifierait sa présence au milieu de cette grande famille bruyante et démonstrative à laquelle il allait devoir s'habituer.

Louisa le fit entrer dans la pièce suivante. Petite, effectivement, mais tout de même meublée d'un grand lit et d'une commode. Il n'en demandait pas plus.

— Merci, Louisa. C'est parfait. Vous me direz combien je vous dois.

— Rien du tout, voyons ! Je n'ai pas besoin d'argent. Mais il se peut que vous soyez amené à travailler de temps à autre pour Angus à l'hôpital s'il est à court de personnel. Tout le monde s'entraide à Lyrebird Lake, voyez-vous.

Tout le contraire de l'endroit d'où il venait ! C'était incroyable. Voilà maintenant qu'il se voyait offrir un travail en plus du gîte et du couvert. Un travail qui ne l'occuperait sans doute pas beaucoup, toutefois.

— Je pourrais peut-être vous donner un coup de main dans la maison ? Ou dans le jardin ? J'ai besoin de me dépenser.

Elle l'examina de la tête aux pieds. Il n'avait pris le temps ni de se changer ni de se raser, mais elle hocha la tête.

— J'ai un tas de bois qui doit être fendu avant l'hiver. La hache est dans l'appentis. C'est un peu tôt dans l'année, mais quand vous aurez besoin de vous dépenser, lancez-vous dans une séance de fendage.

Il ne put retenir un sourire. Il avait pensé à beaucoup de choses durant la nuit qu'il avait passée sur la route pour venir rejoindre Maeve, mais devenir « fendeur de bois » ne lui avait pas traversé l'esprit.

— Ai-je le temps de retourner à l'auberge pour prévenir que je n'y resterai pas ? demanda-t-il tandis qu'ils quittaient la pièce.

— Vous y avez laissé quelque chose ?

— Non.

— En ce cas, inutile de vous déplacer. Denny Webb ira voir sa femme à l'hôpital. Angus lui fera passer le message par l'intermédiaire de la surveillante du service. Vous pouvez apporter vos affaires ici et utiliser la salle de bains si vous voulez. Et je vous dis à très bientôt : il est presque l'heure du traditionnel déjeuner de Noël.

Il alla aussitôt chercher son sac de voyage dans sa voiture. Sa Chevrolet vintage — achetée sur un coup de tête dès son arrivée en Australie — constituait désormais, avec la petite valise qu'il laisserait dans le coffre, sa seule possession.

Mais il la voyait aussi comme une issue de secours, au cas où...

Lorsqu'il regagna le jardin de derrière, rasé et changé, Simon lui offrit une bière glacée. Au diable la sobriété, il prit la chope et trempa ses lèvres dans le breuvage ambré. Le fond musical typique de Noël attira son attention. Maeve ne semblait pas l'apprécier, elle se bouchait l'oreille gauche, implorant la pitié de Louisa qui lui jeta un regard offensé.

— Tu n'aimes pas les chants de Noël, dit-il à Maeve en se penchant vers elle.

— Pas sept jours sur sept depuis un mois, murmura-t-elle. Délivre-moi !

Il rit et pressa brièvement son bras tandis qu'elle passait devant lui pour aller poser la saucière en bout de table.

L'instant suivant, Angus le rejoignait.

— Limonade, parce que je suis d'astreinte, dit-il en levant son verre. Mais à votre santé. J'ai appris que vous restiez.

— A votre santé, répondit-il levant sa choppe à son tour. Je resterai au moins jusqu'après la naissance du bébé.

— Excellent !

— Merci, Angus.

— C'est génial pour Maeve et Simon. Ça l'est moins pour vous, j'imagine. Ce n'est pas facile de s'habituer à tous ces changements, vous ne vous y attendiez pas.

— Disons que ça demande quelques ajustements.

— C'est évident. Mais détendez-vous. Maeve est bien entourée ; vous ne serez pas seul à la soutenir. Et Tara est une excellente sage-femme.

Rayne s'empressa de changer de sujet, une occasion qu'Angus lui offrait sur un plateau.

— A propos. Félicitations pour les fiançailles des deux tourtereaux. Jamais je n'avais vu Simon aussi heureux.

Acquiesçant de la tête, Angus regarda son fils qui tenait Tara par la taille tandis qu'ils parlaient à Louisa.

— C'est le plus beau cadeau de Noël que je pouvais espérer.

Puis il tourna son regard vers Mia et ses filles.

— Trouver la femme idéale demande pas mal d'efforts, mais ça en vaut la peine, croyez-moi.

— Allez ! Tout le monde à table ! dit Mia en tapant dans ses mains.

Angus inclina la tête, et, un léger sourire aux lèvres, alla s'asseoir à l'une des extrémités de la table, entre Mia et Louisa. Simon prit place de l'autre côté, avec Tara à sa gauche et Maeve à sa droite. Comme le matin, Rayne se retrouva au milieu, entre Maeve et Louisa, et face aux deux petites filles.

Entendant de nouveau l'aînée réciter le bénédicité, il ne put s'empêcher de se projeter dans l'avenir. S'il avait une fille, peut-être entendrait-il un jour sa petite voix flûtée bénir cette même tablée à Noël.

C'était une perspective si dérangeante, si oppressante, qu'il sentit sa gorge se nouer. Dans un réflexe incontrôlable, il se ferma à tout ce qui l'entourait. La musique de Noël, les sympathiques convives et même la femme superbe qui attendait son bébé.

Consciente de la distance qui s'était installée entre Rayne et elle, Maeve avait envie de pleurer. Il y avait eu des moments, pourtant, où il avait paru s'intégrer à la famille mieux qu'elle n'avait osé l'espérer, notamment dans ses rapports avec Louisa. Mais était-ce étonnant ? Louisa était une sainte.

Il avait aussi bavardé avec Angus, moins avec Mia et les filles. En toute objectivité, il n'avait pas eu beaucoup l'occasion de le faire. Dommage ! Elle avait espéré le voir à l'œuvre avec des enfants. Après tout, il était pédiatre. Et bientôt père.

Se penchant au-dessus de la table, Tara la tira de ses pensées en lui présentant un « cracker de Noël », ces papillotes que chacun devait faire éclater avec la personne de son choix, libérant dans un bruit de pétard un petit chapeau en papier souvent assorti d'une friandise.

— Je ne sais pas à combien j'ai droit, lui dit Tara en aparté. Je viens d'en faire exploser un avec Simon et bien sûr, il a gagné. Un autre avec Amber et elle a gagné. Mais je veux un chapeau !

Maeve lui sourit.

— Il n'y a pas de quota. Tu peux en prendre autant que tu veux dans le panier. Allez, à trois, on tire chacune de son côté. Un. Deux. Trois !

Elles tirèrent… et il ne se passa rien. Alors, se piquant au jeu, Maeve tira plus fort et le cracker s'ouvrit en deux. Cette fois, Tara obtint la plus grosse partie, gagnant donc le chapeau et la friandise. Simon applaudit avec enthousiasme tandis qu'elle chantait victoire. Frappée qu'il ne manque rien de ce qui arrivait à sa fiancée, Maeve se tourna vers Rayne. Elle s'aperçut alors qu'il la regardait, mais son visage était inexpressif, comme s'il était perdu dans ses pensées.

— Tu veux faire éclater un cracker avec moi ? lui proposa-t-elle.

Il cligna les yeux.

— Pardon ?

— Un cracker de Noël, dit-elle en désignant celui qui se trouvait dans son assiette. Pour voir qui gagnera.

— Euh... Si tu veux.

Devant son peu d'enthousiasme, elle fit machine arrière.

— Non. Ça ne fait rien. Je vais le faire éclater avec Tara. Elle adore ça.

— Oh ! Mais moi aussi, j'adore ça !

Eh bien, pour une surprise !

— Tu... tu adores les crackers ?

— Absolument. Même si je n'ai pas une grande expérience en matière de déjeuner de Noël. L'année où je suis venu chez vous a été la première. Tu m'avais fait de la poudre de noix de coco.

Il se rappelait ce détail ! Une ridicule onde de chaleur la parcourut.

— J'en faisais chaque année pour tout le monde. Mais c'est très sympa à toi de t'en souvenir.

Comme il tendait la main, elle lui présenta la papillote.

— Je veux gagner, le prévint-elle.

Mais elle perdit. Alors ils firent éclater le cracker de Rayne et, malgré les efforts visibles qu'il avait faits pour la laisser gagner, il gagna de nouveau le chapeau plié en tout petit à l'intérieur.

— Puis-je te l'offrir ?

— Non. Ce n'est pas pareil.

— Mais je ne peux pas porter deux chapeaux à la fois.

C'était bien une logique masculine !

— Décidément, les hommes ne comprennent rien aux femmes, fit-elle.

Finalement, malgré son commentaire un brin amer, Maeve avait accepté le chapeau rouge, assorti à sa robe, que Rayne lui avait donné. Et, c'était ainsi, chacun coiffé de son ridicule couvre-chef, qu'ils avaient commencé à déjeuner. Sans grand appétit vu l'en-cas qu'ils avaient pris au bord du lac.

De plus, il commençait à sentir le sommeil le gagner. Parce qu'il avait conduit toute la nuit ? Ou était-ce les chardons à l'alcool de Louisa qui lui faisaient cet effet ? Il dut réprimer un bâillement.

— Je suis une garce, dit Maeve d'une voix toute douce.

De surprise, il faillit lâcher sa fourchette.

— Pourquoi dis-tu ça ?

— Tu es fatigué. J'ai oublié que tu n'avais pas dormi.

Ses changements d'humeur le firent sourire. La vie ne serait pas ennuyeuse avec elle !

Tandis qu'ils se régalaient avec la dinde rôtie aux marrons, il répondit à Louisa qui l'interrogeait sur son voyage et, peu à peu, il se détendit.

— Je ferai un petit somme plus tard, dit-il à Maeve, reprenant leur conversation là où ils l'avaient laissée. N'est-ce pas la coutume après le déjeuner de Noël ? On fait la vaisselle, puis on s'allonge et on somnole jusqu'au dîner.

— Je te signale que nous mangeons dans des assiettes en carton et des couverts jetables. Pas de vaisselle aujourd'hui, répondit-elle.

Devant le sourire qu'elle lui adressa — un sourire qui lui parut plein de promesses — son bas-ventre le tirailla.

Puis elle se pencha pour lui murmurer à l'oreille :

— Tout le monde ne dort pas.

Oh la la ! Non ! Il n'allait pas lui faire l'amour à quelques mètres de la chambre de Simon. Il serait dans de beaux draps si elle entrait en travail. Toute la famille l'accuserait d'avoir déclenché l'accouchement.

— Rayne ?

Quand elle posa une main sur sa cuisse, il se retint à grand-peine de tressaillir. Il y avait longtemps qu'il ne s'était pas senti aussi embarrassé, aussi désemparé. La faute à sa libido qui s'était mise en alerte rouge.

Maeve bâilla ostensiblement et se leva.

— Joyeux Noël à tous. Je vais me reposer.

— A plus, Maeve ! dirent en chœur Simon et ses demi-sœurs.

— N'entre pas en travail, surtout. J'ai fait trop honneur au repas pour être opérationnelle, dit Tara.

Maeve se tourna vers lui.

— Tu viens ? Je pense qu'il faut encore qu'on parle.

Se serait-elle muée en femme « dominatrice » ? Il éprouva le besoin de se replacer sur un pied d'égalité avec elle.

— Entendu. Mais je vais d'abord aider à débarrasser la table.

— Très bien, dit-elle, et elle tourna les talons.

Zut ! N'avait-il pas entendu un léger vibrato dans sa voix ? Peut-être ferait-il bien d'aller la réconforter.

Louisa ne lui laissa pas le temps de réfléchir.

— Vous avez débarrassé ce matin, Rayne. Allez donc aider cette petite à se reposer.

Il échangea un regard perplexe avec Simon et tous deux haussèrent les épaules. Comment aidait-on quelqu'un à se reposer ?

Quoi qu'il en soit, il avait reçu des instructions de deux femmes qu'il ne tenait pas vraiment à décevoir.

Aussi se leva-t-il, grimaça un sourire à l'adresse de Simon, et suivit Maeve.

7

Moment de repos après le déjeuner

De retour dans sa chambre, Maeve se maudit d'avoir demandé à Rayne de la suivre. L'avait-elle fait fuir ? Elle entendit des pas remonter le couloir. Avant qu'elle ait eu le temps de s'asseoir sur son lit, ou de se poster devant la fenêtre, on frappa à sa porte. Le battant s'ouvrit et Rayne passa la tête dans la pièce.

Aussitôt, elle sentit son cœur s'emballer.

— D'après Louisa tu as besoin d'aide pour te reposer ?

Elle dut humecter ses lèvres sèches.

— Tu peux entrer.

Ce qu'il fit. Mais lorsqu'il referma la porte derrière lui, elle eut l'impression que la pièce s'était rétrécie autour d'elle.

— Euh... je suis un peu fatiguée.

Il lança un regard au grand lit avant de l'observer attentivement.

— Tu veux un coup de main pour te déshabiller ?

— Volontiers. Merci.

Elle lui présenta son dos et, en un rien de temps, il fit passer la robe par-dessus sa tête. C'était un geste purement fonctionnel, comme s'il avait dévêtu l'un de ses petits patients.

Réprimant un soupir, elle s'assit sur le lit. Dieu merci, en ce jour de Noël, elle avait remplacé ses sous-vêtements « utilitaires » par un ensemble en dentelle.

— Joli décolleté, dit-il, son regard balayant sa poitrine.

Au moins, il appréciait quelque chose...

Consciente qu'il la dominait de toute sa taille, elle tapota le couvre-lit à côté d'elle.

— Tu restes ?

— Rester ? Au sens de partager ton lit ?

— Tu as dit toi-même que tout le monde s'allongeait après le déjeuner de Noël, non ?

Il s'assit à côté d'elle et la regarda droit dans les yeux.

— Je ne ferai pas l'amour avec toi, mais je resterai volontiers allongé près de toi pendant que tu te reposes.

— Je ne voudrais pas te forcer à faire quelque chose qui ne te tente pas, répondit-elle, mortifiée.

Elle avait tellement envie de se blottir contre lui !

Il lui sourit.

— Ce n'est pas que je ne veux pas aller plus loin, dit-il avec une sincérité évidente. Mais je pense que nous avons encore besoin de discuter avant de ...

Il laissa sa voix retomber sans même formuler ce qu'ils avaient tous les deux à l'esprit.

Discuter ? Alors qu'elle était assise sur son lit, en sous-vêtements de dentelle — certes avec un énorme ventre qui pointait en avant —, derrière une porte close et avec toutes ces hormones qui chahutaient sa libido ?

Elle réprima un autre soupir.

— Discuter, dit-elle, c'est plus un truc de fille que d'homme, non ?

Pour toute réponse, il haussa les épaules, se releva, la souleva dans ses bras et la déposa au milieu du lit. Mm... Elle adorait la manière dont il la couchait sur son lit.

Puis il se déchaussa, déboutonna la ceinture de son jean, s'allongea à côté d'elle et les recouvrit tous les deux du plaid léger qu'elle utilisait pour ses siestes et laissait plié au pied de son lit.

Après quoi il glissa un bras autour de ses épaules, de sorte qu'elle repose sa tête sur son torse.

— Est-ce la conversation sur l'oreiller que j'ai manquée la dernière fois ? demanda-t-elle, encore piquée au vif par son refus de toute relation sexuelle avec elle.

— Tu sors tes griffes quand tu n'obtiens pas ce que tu veux, n'est-ce pas ? répondit-il du tac au tac.

— C'est l'inconvénient de ne pas savoir où j'en suis avec toi.

Il hocha lentement la tête.

— Je comprends. Mais je ne peux pas te dire ce que je ne sais pas. Et si tu veux que j'improvise, alors tu es avec la mauvaise personne.

Ce n'était pas ce qu'elle voulait entendre, et en même temps ça l'était. Et ce torse-là lui semblait tellement confortable. Elle se détendit et se blottit plus étroitement contre lui.

— Si je comprends bien, tu es en train de dire que tu ne me mentiras pas.

Entendant résonner les battements réguliers de son cœur, sous son oreille, elle mesura à quel point cela lui avait manqué tous ces longs mois.

— En effet, je ne te mentirai pas.

— C'est un bon début.

— Tu es censée répondre que tu ne me mentiras pas non plus.

Il avait raison, il fallait bien le reconnaître. Elle dut faire des efforts pour se redresser à demi afin de le regarder en face.

— Je ne te mentirai pas.

— Donc, si tu veux que je m'en aille, tu me le dis. Me le cacher serait mentir par omission.

— Bien sûr. En revanche, si toi, tu veux t'en aller, je ne suis pas sûre d'avoir envie de le savoir, avoua-t-elle.

Puis elle reprit sa position initiale.

— Mais ce n'est que justice, j'imagine, dit-elle avec un soupir.

— Exactement. Ma vérité la voici, Maeve : je risque de ne pas savoir m'y prendre en tant que père. J'essaierai, mais je n'ai pas beaucoup d'expérience en matière de famille et pas de modèle paternel auquel me référer.

Il y avait une légère trace de panique dans sa voix. Pour lui, devenir père semblait s'apparenter à plonger dans le grand bain sans avoir appris à nager.

— Tu n'as pas du tout connu ton père ?

— Non. Je ne sais même pas son nom. Juste qu'il est mort. Et ma mère n'était pas du genre à introduire des hommes chez nous, il n'y a donc jamais eu d'« oncle de passage ». Si elle passait la nuit avec un homme, c'était en dehors de la maison.

L'information la fit réfléchir.

— Alors, quand tu étais petit, il t'est arrivé de rester seul ? La nuit ?

Sur le point de se dérober à la main de Maeve qui pressait son bras en un geste de sympathie, Rayne se força à accepter le réconfort qu'elle lui offrait. S'il voulait que tout se passe bien entre eux, il devait faire des efforts pour se conformer aux us et coutumes manifestement en vigueur dans les familles.

— On vivait dans un immeuble collectif assez miteux. Personne n'y était jamais vraiment seul, en fait. Tout un chacun pouvait entendre les habitants des autres logements.

— Donc, tu n'as jamais eu peur tout seul, la nuit ?

Il faillit répondre que non. Mais il avait promis de ne pas mentir...

— Si. Quand j'étais petit, ça m'est arrivé. Surtout quand j'entendais quelqu'un crier. Le pire, c'était d'entendre des cris de femme dans la rue. Je craignais toujours que ce soit ma mère et que je ne puisse rien faire pour elle. A cause de ça, je pense que je ne laisserai jamais mon enfant seul jusqu'à ce qu'il soit en âge de réclamer un peu d'indépendance.

Elle lui pressa de nouveau le bras.

— Ta mère pensait peut-être que les gens qu'elle fréquentait risquaient de te perturber plus encore que le fait d'être seul.

C'était un argument que sa mère avait en effet avancé, mais il ne l'avait pas crue. Peut-être y avait-il eu une once de vérité dans ses propos, après tout.

— Tu ne la juges pas, alors ? demanda-t-il.

Elle haussa les épaules.

— Qui suis-je pour la juger ? Je ne sais rien d'elle. Je sais juste que je t'ai toujours admiré et qu'elle y était sans doute pour quelque chose, puisqu'elle était ta mère.

Il déglutit avec difficulté.

— Même quand je t'ai dit que j'étais allé en prison à cause d'elle, tu as été triste pour moi qu'elle soit morte.

Il avait beaucoup cogité là-dessus. Qu'elle semble voir la part de lui qu'il n'avait montrée qu'à très peu de personnes le troublait au plus au point.

Elle se blottit encore plus étroitement contre lui.

— Même si tu n'as pas connu ton géniteur, je pense que tu seras un bon papa. Meilleur, même, que bien des hommes qui ont eu un père. Après tout, dès ton plus jeune âge, tu t'es efforcé de veiller sur ta mère.

Certes, il avait fini par se comporter presque comme un parent avec sa mère. Mais cela ne changeait rien au fait qu'il n'avait pas été capable de la sauver.

— Tu te débrouilleras très bien, dit-elle. Tu es pédiatre, alors, forcément tu as un bon contact avec les enfants.

— C'est vrai. J'ai au moins ça.

— Je suis trop jeune pour me faire une idée précise de la manière dont tu as grandi. Quand je te voyais, tu me paraissais être un dur au cœur tendre.

Sans doute l'était-il à l'époque. Quand Maeve était entrée dans l'adolescence, lui avait atteint sa majorité et sa mère avait commencé à avoir besoin qu'il s'occupe davantage d'elle. Quelques dangereuses overdoses. Un problème avec son fournisseur qui l'avait rouée de coups. Une longue période d'anorexie. Sans parler des deux fois où elle avait failli se faire arrêter. Elle lui avait dit que, si jamais elle était condamnée à de la prison, elle en mourrait.

Les dernières années s'étaient écoulées dans une sorte de spirale descendante qu'il s'était efforcé d'enrayer de son mieux. Il ne comptait plus le nombre de centres de désintoxication, de nouvelles villes — d'abord en Australie puis aux USA —, de nouvelles thérapies qu'ils avaient essayés ! Les choses allaient bien pendant quelques mois, mais il suffisait que, retenu par son travail, il n'aille pas la voir pendant deux ou trois jours, et elle recommençait à se droguer.

C'était à Santa Monica qu'elle avait été le mieux. Pour la première fois depuis des années, elle avait paru rajeunir. Elle avait obtenu un poste de réceptionniste dans un dispensaire du quartier pauvre où il exerçait à titre bénévole. Et y avait fait merveille.

Il avait attaché beaucoup de prix au temps qu'il passait là-bas tous les vendredis, loin de l'hôpital privé haut de gamme où il travaillait le reste du temps. Et il s'était réjoui de la voir reprendre sa vie en main.

Jusqu'au jour...

Ce jour-là, il travaillait au dispensaire, lui aussi. Comme tous les vendredis. Et il avait fini très tard, bien après qu'elle eut terminé son service. L'enquête était déjà en cours lorsqu'il avait appris que tous les médicaments psycho actifs avaient été volés. Aussitôt, il avait deviné qui était responsable et il avait cherché sa mère partout. En vain. Pour finir, elle lui avait téléphoné. L'avait supplié, lui jurant de ne plus jamais, jamais toucher à la drogue s'il se laissait accuser du forfait. Lui affirmant que c'était sa chance de décrocher pour toujours.

Il avait espéré qu'elle disait vrai. Ensuite, il s'était aperçu qu'on le soupçonnait de toute manière. Alors il avait décidé, en toute connaissance de cause, de faire une dernière tentative pour la sauver.

Il avait essayé de mettre Simon au courant, mais comme incapable de s'expliquer par téléphone, il avait eu cette idée stupide de faire l'aller et retour en Australie pour lui parler de vive voix. Naïvement, il avait cru en avoir le temps avant que tout ne lui explose en pleine figure. Et que la police ne l'arrête !

— Hé ! murmura soudain Maeve, le tirant de ses pensées.

Mais elle ne s'adressait pas à lui, elle roulait sur le côté. Un doux sourire aux lèvres, elle lui prit la main et posa sa paume sur son ventre rond.

Il sentit alors le petit occupant lui donner un léger coup !

Incroyable !

— C'est génial, non ? dit-elle avec douceur en recouvrant sa main de la sienne.

La gorge nouée par l'émotion, il prit conscience qu'ils étaient unis tous les trois pour la toute première fois.

— Il t'apprécie, dit Maeve.

— C'est un garçon ?

Elle rit.

— Je n'en sais rien. Je ne sais pas pourquoi, je dis toujours « il ». Mais ça pourrait aussi bien être une fille. Ça m'est égal.

— Il ou elle, j'espère que ce bébé te ressemblera.

— Tu voudrais que ton fils me ressemble ?

— Bon, d'accord, un garçon pourrait me ressembler. Mais ce serait tellement adorable d'avoir une petite fille qui serait tout ton portrait, dit-il, sincère.

Puis il ne put retenir un bâillement. Ce qui la fit rire.

— Tu as encore plus besoin que moi d'un petit somme, on dirait. On discutera plus tard. Enlève ton jean et allonge-toi sur le côté, je te câlinerai.

— Quel commandeur tu fais !

Mais il se sentait si épuisé, soudain, qu'il s'exécuta.

Et comme elle se blottissait aussi près de lui qu'elle le put, il eut le bonheur de sentir son enfant bouger contre lui.

Incroyable !

Regardant Rayne dormir, son T-shirt noir tendu sur ses larges épaules, Maeve s'efforçait de l'imaginer enfant. Des cheveux sombres et soyeux, des petits membres solides, de grands yeux de jais ternis par l'inquiétante question : quand maman reviendrait-elle à la maison ?

Le cœur serré, elle aurait voulu prendre ce petit garçon dans ses bras et lui promettre qu'il n'aurait plus jamais peur. Quel âge avait-il quand sa mère avait commencé à le laisser seul ? Elle se rappelait vaguement de Simon confiant à leurs parents que Mme Walters avait commencé à se droguer après un drame survenu au moment où Rayne était entré à l'école.

Même si elle ignorait ce qui s'était passé, cela n'avait pas dû être facile, pour cette pauvre femme, d'élever un enfant seule et avec peu d'argent.

De son côté, elle-même avait été tellement choyée. Tellement protégée par Simon, ses trois sœurs aînées, ses parents. Tellement gâtée — même si, parfois, elle avait eu l'impression de ne pas être à la hauteur des attentes de sa mère. Elle allait vraiment devoir se débarrasser de ce complexe.

Quel cadeau du ciel que sa famille, et maintenant cet homme magnifique apparu juste au moment où elle avait besoin de lui. Prendre part aux festivités de Noël d'une famille inconnue, alors qu'il sortait tout juste de prison, et découvrir qu'il allait être père devait être une véritable épreuve pour lui.

Contemplant de nouveau ses cheveux sombres, courts, épais, soyeux, elle résista héroïquement à l'envie qui la démangeait d'y glisser la main qu'elle avait posée sur son torse. Et si son bébé était doté de la même chevelure ? Aurait-il aussi les yeux et la bouche de Rayne ?

Elle se représentait le superbe petit être quand elle sentit son utérus se contracter du haut en bas puis, au bout de quelques secondes, se détendre.

Bien sûr, il s'agissait d'une contraction de Braxton-Hicks. Une « fausse contraction » d'entraînement qui n'était pas douloureuse. Maintes et maintes fois, elle avait parlé de ces contractions-là à ses futures mamans, leur disant qu'elles deviendraient plus fréquentes en fin de grossesse et qu'elles n'annonçaient pas forcément le début du travail, mais c'était étrange quand on était soi-même la future maman.

Cette fois, elle avait accueilli le phénomène physiologique sans l'habituel accès de nervosité de ces dernières semaines. Maintenant que Rayne était là, le grand moment de mettre au monde son bébé pouvait survenir. Quoi qu'il advienne, quelle que soit la manière dont l'accouchement se déroulerait, Rayne serait présent pour tout partager avec elle.

C'était vraiment le plus beau cadeau de Noël dont une femme pouvait rêver.

Rayne se réveilla juste au sortir d'un rêve délicieux et érotique à souhait de Maeve et lui... Exactement comme presque tous les matins depuis neuf mois. Sauf que cette fois, il enlaçait vraiment Maeve, les mains réellement refermées en coupe autour de ses seins magnifiques, le bas de son dos de déesse effleurant son érection, laquelle croissait de manière exponentielle maintenant qu'il avait une conscience aiguë du contact de son corps contre le sien.

Sans doute avaient-ils roulé dans leur sommeil.

Elle murmura quelque chose d'une voix endormie. D'un mouvement indolent, elle se rapprocha encore de lui. Sans même qu'il l'ait voulu, ses propres mains glissèrent sur son ventre pour l'attirer contre lui.

C'est alors qu'il sentit le petit habitant le pousser du coude, ou du genou, allez savoir. Horrifié de ce qu'il s'apprêtait à amorcer, il laissa aussitôt retomber ses mains.

— Désolé, murmura-t-il.

A sa vive surprise, elle les reposa d'autorité sur ses seins.

— Aie pitié de moi, Maeve, fit-il à son oreille, mais il ne put retenir le sourire qui lui venait aux lèvres.

Comme elle ondulait de nouveau contre lui, il se recula sur le lit afin de la faire pivoter vers lui.

— Tu es une véritable menace, tu le sais, ça ?

— Et toi, une tentation irrésistible, murmura-t-elle en retour, d'une voix encore ensommeillée, avant de lever son visage pour quêter un baiser.

Comment aurait-il pu résister à ces lèvres roses, à cette bouche pulpeuse, et s'en tenir à un seul baiser ? Il aurait fallu qu'il soit un saint. Bientôt le doux bisou-bonjour se mua en baisers brûlants empreints de réminiscences de leur nuit d'amour. Grisé par leur entente retrouvée, l'harmonie parfaite de leurs lèvres, de leurs langues, la véritable communion qui s'opérait entre eux, il la pressa contre lui. Le ventre proéminent de Maeve entravait leur étreinte, tout en y ajoutant une dimension terriblement érotique. Soudain, il dut se rendre à l'évidence : il devait être l'homme le plus débauché de la terre pour brûler d'envie de faire sienne une future maman aussi proche de son terme.

— Si nous ne faisons pas l'amour maintenant, tu devras attendre une éternité, fit-elle comme si elle avait lu dans ses pensées.

En vérité, il n'avait pas pensé à cela.

— Peut-être devrions-nous patienter, dit-il pour la forme, car il n'y tenait pas du tout.

Et elle non plus, de toute évidence. Neuf mois à fantasmer et la femme de ses rêves lui demandait de s'unir intimement à lui.

C'était simple comme bonjour, en fait.

L'esprit embrasé par l'intensité de son désir, il se releva d'un bond, finit de se dévêtir à la hâte puis, s'agenouillant sur le lit, il déposa un long baiser appuyé dans l'étroite vallée entre les majestueux « atouts » de Maeve.

Bon sang, qu'est-ce qu'il les aimait, ses seins ! Ils lui faisaient un de ces effets...

Il dégrafa son soutien-gorge afin de libérer les deux magnifiques globes palpitants dont l'aréole avait bruni. Naturellement, il s'attendait à ce changement physiologique. Néanmoins, il ne put s'empêcher de passer les doigts dessus, le cœur empli d'une sorte de vénération émerveillée, tandis qu'elle le regardait avec aux lèvres un sourire « de femme » aussi vieux que le monde.

Il dut déglutir pour soulager sa gorge devenue horriblement sèche.

— Il paraît que les futures mamans en fin de grossesse font des rêves érotiques et que leur libido est exacerbée.

— C'est tout à fait vrai, murmura-t-elle et, l'attirant à elle, elle lui offrit de nouveau ses lèvres.

Lorsqu'ils mirent fin à leur baiser pour reprendre haleine, l'idée de s'arrêter là ne le traversa même pas. Mais il avait bien l'intention d'être un amant doux, généreux et attentionné afin de lui montrer combien il la trouvait belle et combien elle lui était précieuse.

— En ce cas, nous ferions bien de prendre tout notre temps.

8

Douleurs préliminaires et naissance

A son réveil, Maeve s'aperçut que Rayne avait disparu. A l'inverse de ses contractions, toujours bien présentes...

Ah non ! Elle ne voulait pas que son bébé naisse le jour de Noël. Elle tenait à ce qu'il ait un jour anniversaire bien à lui plutôt qu'une journée de fête à partager avec la terre entière. Mais force lui était de reconnaître que, si cela se produisait, ce serait sa faute.

Toutefois, elle ne regrettait pas cet après-midi dans les bras de Rayne. Elle se surprit à sourire pour elle-même. Elle n'éprouvait ni regret ni remord. Bien au contraire...

Leur sieste coquine avait été fantastique. Rayne avait été fantastique. Merveilleux de délicatesse, de gentillesse, d'attentions. Il lui avait fait découvrir un monde de douceur qui l'avait émue aux larmes. A son corps déformé par la grossesse il avait rendu le plus beau des hommages. En un mot, il l'avait vraiment aimée. Et banni à jamais de son esprit l'idée qu'il n'était peut-être pas l'homme qu'il lui fallait.

C'était une excellente chose, vu qu'elle s'apprêtait à mettre au monde leur enfant.

Sentant une autre contraction débuter, elle jeta un coup d'œil à la pendulette posée sur sa table de chevet. 19 h 40. Bientôt le soleil se coucherait. Dans moins de cinq heures, il serait minuit.

— Tiens bon, mon petit chou !

Elle se glissa hors du lit, enfila un peignoir et fouilla sa penderie à la recherche d'un sarong qu'elle nouerait au niveau de la poitrine. Ainsi, elle se sentirait tout à fait à l'aise pour lézarder dans le jardin de derrière ou se promener en famille au bord du lac.

A peine s'était-elle munie de la pièce de tissu bariolée qu'une nouvelle crampe durcit brièvement son utérus, accompagnée cette fois d'un léger inconfort.

Mieux vaudrait donc ne pas trop s'éloigner de la maison. Au moins, le moment venu, elle n'aurait pas de long trajet en voiture à faire pour gagner la maternité. Juste la rue à traverser. En somme, ce serait presque une naissance à la maison, sans tous les détails pratiques à régler.

Rayne allait sans doute stresser et Simon s'inquiéter, mais elle, elle conserverait son calme. Elle ferait confiance à son corps pour mener le processus naturel à son terme. C'était excitant, en fait. Et Tara serait là. Elle pouffa de rire. Pourvu que sa sage-femme ait bien digéré son repas de Noël !

Ah, ces petits ricanements dont elle parlait à ses futures mamans ! Eh bien, elle se rendait compte que c'était vrai : au début du travail on avait réellement envie de rire pour des riens. Pour preuve, elle rit au nez de son reflet dans le miroir.

Puis, le sourire aux lèvres, elle gagna la salle de bains. Percevant en chemin le bourdon de voix de Rayne et Simon en provenance de la cuisine, elle ressentit une bouffée de chaleur heureuse. Aujourd'hui, son monde avait changé du tout au tout. Elle avait l'impression de marcher sur un petit nuage rose.

Une fois dans la salle de bains, elle accrocha son peignoir à la patère, entra dans la cabine de douche et se détendit sous l'averse chaude qui chassait toute tension de ses épaules. Mm... A la sensation divine succéda une autre contraction, qui bientôt s'accrut en intensité.

Un coup d'œil à la discrète pendule fixée au mur lui apprit que dix minutes s'étaient écoulées depuis la précédente. Bon. De toute évidence le travail avait commencé. Mais elle avait tout le temps d'annoncer la nouvelle. Auparavant, elle voulait profiter de ce moment de solitude avec son bébé. C'était leur dernier jour ensemble tous les deux d'une manière aussi intime.

Elle resta un long moment sous la douche à savourer ce miracle de la nature.

Elle avait plus ou moins perdu la notion du temps quand Rayne frappa à la porte.

— Tout va bien, ici ? demanda-t-il, une pointe d'inquiétude dans la voix.

Elle dut attendre la fin d'une nouvelle contraction pour être en mesure de répondre. Elles devenaient plus puissantes et... oui, plus douloureuses, elle devait le reconnaître. Mais c'était une bonne chose.

— Oui, je vais bien.

Sa propre voix lui parut bizarre, presque « planante ». A cause des endorphines, sans aucun doute.

— Puis-je entrer ?

— Bien sûr. Entre.

Inquiet, Rayne pénétra dans la pièce embrumée.

— Tu es là depuis une éternité, dit-il en allant se poster devant la cabine de douche. Y a-t-il quelque chose que je devrais savoir ?

N'obtenant pas de réponse, il tira le rideau afin de la voir, naïade au ventre rond ruisselant d'eau.

— Si jamais on vit ensemble, il nous faudra un énorme ballon d'eau chaude, dit-elle.

Il ne put retenir un sourire. Par chance, Louisa en possédait un, visiblement.

— Je vois ça.

— En ce moment, j'ai des contractions toutes les sept minutes environ, dit-elle du même ton détaché.

Aussitôt, son cœur s'emballa comme un cheval fou et il dut rassembler toute sa volonté pour dominer la panique qui s'emparait de lui. Il était médecin, non ?

— C'est une bonne chose, selon toi ?

— Tant que le bébé attend demain, oui, ça me va.

Il consulta sa montre. 20 heures. Encore quatre d'ici minuit. Quatre heures à stresser.

— Tu veux que je prévienne Simon ? Ou Tara ?

— Rien ne presse.

La voyant haleter, il douta.

— Tu es sûre ?

— Mm..., fit-elle en libérant son souffle.

— Hum... Il vaudrait peut-être mieux que je les avertisse au cas où ils voudraient sortir.

— D'accord.

Au pas de course, il gagna la cuisine. Qu'il trouva vide. Tout comme la véranda. Et le jardin de derrière. C'était bien sa chance. Toute la journée cette maison avait été pleine de monde et maintenant qu'il avait besoin de quelqu'un, il ne trouvait aucun membre de la famille.

Retournant dans le couloir, il vit que les portes des chambres de Tara et Simon étaient grandes ouvertes, ils n'y étaient donc pas. Il sortit alors sous le porche principal où son attention fut attirée un instant par les nombreuses guirlandes lumineuses qui s'étaient allumées à la tombée du jour. Personne là non plus.

Descendant les marches l'esprit ailleurs, il regarda la crèche installée sur la pelouse. Marie et Joseph avaient eu leur bébé dans un endroit rien moins qu'hospitalier, disait-on, et tout s'était bien passé. Alors quel était son problème ?

N'avait-il pas appris, durant ses études de médecine, qu'après un lent début tandis que le rythme des contractions se mettait en place, le col des femmes enceintes de leur premier enfant se dilatait d'environ un centimètre par heure ? Pour atteindre dix centimètres, il fallait donc dix heures, non ? Mais peut-être Maeve en était-elle déjà à six centimètres, auquel cas la dilatation serait complète dans quatre heures. Ou moins, si le processus se révélait particulièrement rapide.

Son esprit en surchauffe menaçait de faire exploser sa tête, il se força à respirer à fond.

Jamais la veille il n'aurait pu imaginer se retrouver dans une telle situation. Hier, il s'était demandé si elle accepterait de le voir et aujourd'hui, elle était sous sa responsabilité.

Ce qui n'était que justice, au fond, puisqu'il était le père du bébé.

— Rayne ?

Se retournant d'un bond, il vit Maeve appuyée au montant de la porte d'entrée. Elle semblait descendue tout droit d'un avion en provenance des îles Fidji, dans le sarong imprimé d'hibiscus qu'elle portait noué sur la poitrine. De là où il se trouvait, il voyait la naissance de ses seins magnifiques.

— Pourquoi regardes-tu la crèche ?

— Heu... Je cherchais Tara et Simon.

— Ils sont sur leur terrasse, à regarder les étoiles.

Il la rejoignit en trois enjambées.

— Très bien. Et toi, est-ce que ça va ?

— Oui. Mais j'aimerais bien que tu restes avec moi.

De toute évidence, il était épouvantable dans son rôle d'« accompagnateur-soutien ».

— Entendu. Désormais je ne te quitte plus. Alors, tu as prévenu Tara ?

— Je voulais te trouver d'abord.

— Bien. Allons-y maintenant, alors.

— Tu as dit « bien »...

S'appuyant contre son bras, elle lui sourit et il se surprit à déposer un baiser sur ses lèvres en réponse. Une journée ensemble et déjà ils avaient des automatismes ?

Instinctivement, il recula d'un pas. Mais sans doute avait-il capté une partie des endorphines de Maeve parce qu'il sentait sa panique s'atténuer. Bien... En fait ce n'était pas le mot qui caractérisait le mieux son état d'esprit.

— Comment peux-tu être aussi calme ?

— J'ai eu neuf mois pour me préparer. Toi, tu n'as eu qu'une douzaine d'heures.

Eh oui ! Pas même une journée complète. Mais tout semblait toujours aller très vite, entre eux. Pied au plancher, ils fonçaient vers l'avenir à deux cents à l'heure.

— Est-ce qu'il t'arrive de faire des choses lentement ? demanda-t-il tandis qu'ils remontaient le couloir. A part marcher comme tu le fais en ce moment.

— Je prends mon temps pour me maquiller.

— Si je t'invite au restaurant ou au cinéma, je serai l'un de ces malheureux qui tournent en rond pendant que leur belle se prépare ?

— Pour toi, je passerai peut-être à la vitesse supérieure, répondit-elle d'un ton badin.

Puis son visage se crispa, elle s'immobilisa et, les yeux clos, prit appui contre lui. Il lui entoura les épaules de son bras.

— Hou ! fit-elle. Je commence à ressentir la fatigue. J'ai l'impression que mes dernières contractions ont été efficaces.

— Tu penses tout de même atteindre minuit ?

— Je n'ai pas vraiment le choix, tu sais. C'est bébé qui décide. Toi, tu n'auras qu'à tenir ma main.

— Et ce sera un honneur, dit-il du fond du cœur tandis qu'ils se remettaient en route.

A cet instant, Tara et Simon apparurent dans le couloir et Maeve se figea de nouveau, visiblement en proie à une nouvelle contraction.

Aussitôt Tara abandonna Simon pour venir vers eux. Comme elle ne disait rien, laissant Maeve haleter, et que Simon ne disait rien non plus, il garda lui aussi le silence.

— Excellent, dit doucement Tara quand la contraction s'acheva. Quand ont-elles débuté ?

— Il y a environ une heure.

— Alors qu'est-ce que tu veux faire ?

Les deux amies se dirigèrent vers la cuisine, et Rayne se retrouva en tête à tête avec Simon.

— Tu devrais voir ton visage, dit son ami dans un sourire.

— Tais-toi !

Mais il était si soulagé que Tara ait pris les choses en main qu'il se surprit à sourire à son tour.

— Hé ! J'étais loin d'être préparé à tout ça.

— Je sais. Compte tenu de la situation, tu te débrouilles même très bien. Mais ouvre tes lettres la prochaine fois.

— Essaie de t'imaginer où j'étais, tu verras peut-être les choses autrement.

Le sourire de Simon s'effaça et il parut contrit.

— Tu as raison, excuse-moi. Moi je ne ferais jamais quelque

chose d'aussi stupidement noble, mais j'aurais dû savoir que toi, tu en étais capable. Je suis désolé de t'avoir cru coupable.

Entendant Maeve rire, Rayne laissa aussitôt tomber le sujet.

— Comment peut-elle rire dans un moment pareil ?

— Tu vois, c'est pour ça que j'ai choisi l'obstétrique plutôt que la pédiatrie, répondit Simon en riant.

Il songea à tout le stress qu'il avait déjà enduré.

— Tu crois que c'est amusant d'accoucher ? C'est un miracle que tu n'aies pas encore été tué par une parturiente.

Simon rit de nouveau. La tension, entre eux, s'était envolée. Certes, leurs rapports risquaient de changer s'il ne se révélait pas en mesure de rester longtemps auprès de Maeve. Mais il s'inquiéterait de cela plus tard.

— Rayne ? appela soudain Maeve.

Il se précipita dans la cuisine.

— Je suis là.

— Je veux prendre un bain maintenant et Tara pense que ce serait plus facile si j'utilisais directement la baignoire de la maternité. On devrait peut-être aller là-bas sans tarder.

— Absolument ! Ça me paraît une excellente idée.

A cet instant, Louisa apparut. Au premier coup d'œil, elle sembla comprendre ce qui se passait.

— Je vais préparer un en-cas dans un panier.

La première surprise passée, il faillit éclater de rire.

— Vous êtes obsédée par la nourriture, Louisa ?

— Probablement.

Elle lui adressa un clin d'œil avant d'ajouter :

— Je suis trop vieille pour être accro à d'autres substances.

Maeve, Tara et Simon la regardèrent, une surprise comique peinte sur le visage. Mais déjà elle avait disparu.

— Je vous retrouverai là-bas tous les deux, dit Tara. Je pars en éclaireur faire couler le bain. Prenez votre temps, à moins que tu ne juges nécessaire de te hâter.

Il trouva le conseil vraiment étrange. Pour sa part, il « sentait » qu'ils devaient se presser. Mais Maeve approuvait de la tête et ne semblait même pas prête à bouger d'un pouce.

Simon quitta la pièce en même temps que sa fiancée, pour mettre son père au courant de la situation.

Ça, alors ! Ainsi même l'obstétricien s'en allait ?

— Tu as préparé un sac ?

— Oui, répondit Maeve.

Un étrange petit sourire aux lèvres, elle regardait à travers la baie vitrée les guirlandes électriques du jardin de derrière. La pendule murale égrena une minute. Puis une autre. Impatient, il avait l'impression qu'une colonie de fourmis s'était logée dans ses pieds.

— Euh... Tu veux que j'aille le chercher ?

Tournant la tête vers lui, elle lui adressa un vague sourire.

— Si tu veux.

Et où était-il censé le trouver ? Ce devait être le genre de choses dont les gens normaux parlaient quand ils envisageaient la naissance de leur bébé. Les gens qui avaient eu plus de treize heures pour se préparer au grand événement. « Mon sac est dans ma penderie, mes mules sous le lit » disait sans doute la future maman. Et la question du nécessaire de toilette et des vêtements de bébé avait aussi été réglée. De même que le choix des prénoms !

Balayé par une nouvelle vague de panique, il dut de nouveau respirer profondément pour la repousser.

— Où est-il, ce sac ?

— Dans le placard de ma chambre.

Enfin, il pouvait faire quelque chose ! Il courut le chercher et revint aussi vite.

— Tu as besoin d'autre chose ?

Elle battit des paupières. Esquissa un sourire.

— Essaierais-tu de t'occuper de mes affaires ?

— Non, non. Je fais juste en sorte que tout soit prêt quand tu voudras partir.

— C'est vraiment important, dit-elle, martelant chaque mot comme si elle s'adressait à un enfant distrait, que ce soit la future maman qui décide elle-même du moment où elle doit se rendre à la maternité. Elle doit ressentir le besoin d'y aller avant de quitter l'endroit où elle se trouve et où elle se sent en sécurité.

— C'est ce que tu expliques aux femmes lors de tes cours de préparation à l'accouchement, j'imagine.

— Et aux hommes, dit-elle avec un sourire qu'il trouva un brin condescendant.

A 21 heures, ils traversèrent la rue à pas lents entrecoupés de pauses. C'était le soir de Noël. Les étoiles scintillaient dans un ciel sans nuages. L'air était encore chaud, et Maeve ne portait toujours que son sarong.

Le sac contenant son nécessaire en bandoulière, le panier de Louisa dans une main, Rayne la tenait par le coude.

— Quelle belle nuit ! dit-elle après une très longue inspiration.

— Magnifique, oui. Est-ce que ça va ?

Une nouvelle contraction les obligea à s'immobiliser puis, enfin, ils parvinrent à la maternité où Tara les accueillit. Aucune autre future maman n'était en travail, ils eurent les lieux pour eux seuls.

La sage-femme de l'équipe de nuit se trouvait à l'hôpital pour l'instant, mais elle avait fait savoir qu'elle viendrait pour la naissance.

Quant à Angus, l'obstétricien de garde, il se tiendrait prêt, à proximité de la salle de naissance, pour le cas où elles auraient besoin de lui.

Il apprit tout cela dans les minutes qui suivirent leur arrivée, en réclamant des précisions. Pour tout dire, il paniquait. Et si quelque chose tournait mal ?

Pendant l'examen de Maeve, il tourna en rond dans le couloir comme un lion en cage. Peut-être Tara l'entendit-il car elle l'envoya boire un thé à l'office, tandis qu'elle conduisait Maeve aux toilettes.

— Maeve n'a aucun facteur de risques, Rayne, lui dit-elle gentiment à son retour. C'est son premier bébé. Elle est ici un jour avant la date prévue pour l'accouchement. Elle n'a pas encore perdu les eaux. Elle ne présente aucune infection. Sa pression sanguine est normale, ainsi que son pouls et sa température.

Elle est seulement en travail depuis deux heures tout au plus. Pourquoi es-tu aussi inquiet ?

— C'est aussi mon premier bébé.

— Bien sûr. Je m'en rends compte.

Il n'en était pas certain, aussi ne put-il s'empêcher de préciser :

— Je suis pédiatre, Tara. On ne m'appelle que pour des bébés en souffrance et j'en ai vu un certain nombre de vraiment très mal en point. Je suppose que l'idée que je me fais d'une naissance normale est un peu biaisée.

Plus qu'un peu, même, sans doute. Sans parler du fait qu'il venait à peine d'apprendre l'existence de ce petit être qui allait naître.

— Je comprends ça aussi. Mais le bébé de Maeve sera en pleine forme.

— Et s'il ne l'est pas ?

— Eh bien, nous agirons en conséquence. C'est ce que nous faisons toujours.

Là-dessus, Tara balaya du regard l'accueillante salle de naissance.

— Et si tu vérifiais les équipements ? Et le chariot de réa ? Et tous les dispositifs assurant l'aspiration, l'oxygénothérapie et la ventilation au masque ?

Il ne put dissimuler le sentiment d'horreur qui l'envahit.

— Tu n'as pas vérifié toi-même ?

— Si, docteur Walters, répondit-elle en riant. J'ai tout vérifié. Mais j'essaie de te distraire !

— Oh !

Maintenant, il se sentait complètement idiot.

L'encolure lui parut soudain trop étroite et il tenta de l'élargir d'un doigt.

— Peut-être que ces tâches te serviront si Angus fait appel à toi pour une urgence ces prochaines semaines, dit Tara avec douceur.

Il soupira. Et s'exhorta à se ressaisir. Dieu merci, Tara avait le sens de l'humour.

— Excuse-moi. Tout ça a été tellement soudain. D'ordinaire, je ne panique pas comme ça.

— Je n'en doute pas, Rayne. Et je trouve que tu t'es exceptionnellement bien adapté à la situation. Cela dit…

Elle lança un coup d'œil à la porte des toilettes. Maeve et elle avaient-elles concocté ensemble un petit laïus de motivation à son intention ? Mais peut-être se trompait-il. Ou pas…

— … j'ai besoin que tu gardes ton calme. J'ai besoin que tu sois un roc pour Maeve. Tu n'auras pas à dire grand-chose, juste à être là et d'accord avec elle. Tu lui tiendras la main quand elle le voudra. Tu lui masseras le dos quand elle le voudra, etc. D'accord ?

Il prit une profonde inspiration.

— D'accord.

— En attendant, tu peux te familiariser avec les équipements seulement si tu ressens la nécessité de te distraire.

Il acquiesça de la tête. Message reçu !

Quand Maeve sortit des toilettes, il s'assit en silence dans un angle de la pièce tandis que Tara palpait son ventre rond et discutait avec elle de la présentation du bébé — excellente, d'après ce qu'il comprit. Puis, tendant l'oreille, il écouta les battements du cœur de son enfant.

Incroyable !

Ce bruit de sabots témoignait de l'activité cardiaque de son enfant !

C'était rapide. Il savait que le cœur des fœtus battait vite, mais n'était-ce pas trop vite ?

Proche de la panique, il obligea le médecin en lui à prendre le pas sur le futur père. Ce n'était pas son bébé mais un petit patient. Voilà. Il se sentait plus calme. Il contrôlait la situation. Tout allait bien. Rythme cardiaque normal.

— Rayne ?

— Oui, Maeve.

— Tu entends battre le cœur de notre bébé ?

— Oui, je l'entends. Il bat très vite ! s'entendit-il ajouter.

Alors il improvisa une explication.

— Bébé doit être aussi excité que nous le sommes.

Elle rit.

— C'est si mignon.

Mignon ? Hum… Il se releva d'un bond. Il ferait peut-être bien de vérifier les équipements.

Rayne trouva l'heure qui suivit longue et plutôt perturbante, malgré le fait que Maeve s'était immergée dans la baignoire.

Puis elle décida d'en sortir et l'heure d'après lui parut encore plus traumatisante.

Mais Bébé allait bien. Rythme cardiaque normal, sans ralentissement après les contractions. Son cœur à lui ralentissait en revanche, et heureusement, parce que, durant les « crampes sévères » de Maeve, il redoublait de vitesse. Et pas seulement parce que Rayne massait sans relâche le dos de Maeve.

Entre les contractions elle était calme. Rationnelle. Elle rassemblait ses forces pour l'épreuve suivante. Pendant, c'était l'enfer.

Un enfer bruyant. Intense. Douloureux quand elle tenait sa main puisqu'elle enfonçait ses ongles dans sa chair.

Tara, elle, restait imperturbable. Elle était un roc. L'œil du cyclone. Quand il la regardait, à l'apogée d'une contraction, elle lui souriait. Calme et gentille. Comment faisaient les sages-femmes pour vivre cela au quotidien ?

— Un jour, c'est moi qui surveillerai ton accouchement, Tara, dit Maeve quand la contraction qu'elle venait d'avoir cessa.

— Excellent. Nous échangerons nos places.

Il secoua la tête, incapable d'en croire ses oreilles. Comment pouvaient-elles poursuivre une conversation normale alors que, deux minutes plus tôt, Maeve était prête à leur arracher les yeux ?

Puis vint pour Maeve le moment de pousser. Il était 23 h 45. Voyant des gouttes de sueur perler à son front, il les essuya doucement.

— Rayne, ça va ? lui demanda-t-elle d'une voix douce.

Encore une fois, il s'émerveilla. Comment pouvait-elle se soucier de lui alors qu'elle traversait les affres du « travail » ?

— Tant que tout va bien pour toi, tout va bien pour moi.

— Je vais bien.

Il ne put retenir un sourire.

— Je vais bien aussi, alors.

En retour, elle esquissa un sourire las.

— On est sur la dernière ligne droite maintenant.

Après une série de contractions particulièrement fortes, une sorte d'accalmie s'était produite.

— Pourquoi cet arrêt soudain ?

— La nature nous offre une pause avant...

Il vit son visage se crisper.

— Oh !...

Dans une sorte d'éclair, il sut que ce qui allait se passer resterait à jamais gravé dans sa mémoire. Angus était venu aux nouvelles et Rayne savait qu'il était à présent derrière la porte, en train de faire les cent pas avec Simon. Même s'il souffrait le martyre dans la salle de naissance, il imaginait sans peine que cela aurait été mille fois pire s'il avait dû rester à l'extérieur. Surtout compte tenu des rugissements que poussait Maeve.

A présent, chaque contraction faisait descendre le bébé de quelques centimètres.

Maeve s'impatientait, ce qui n'avait rien d'étonnant. Elle changea plusieurs fois de position, s'agenouillant, se reposant sur un gros ballon, sur lui, s'accroupissant. Finalement, il put apercevoir les cheveux de son enfant.

— Tu te débrouilles bien, dit Tara.

Bien ? Elle était fantastique, oui. Stupéfiante.

— Allez Maeve. Tu y es presque !

La voyant lancer un coup d'œil à la pendule, il se rendit compte qu'il était minuit passé de quelques minutes. On était donc le lendemain de Noël. Son vœu se réalisait.

Une expression de triomphe se répandit sur son visage, de gratitude, ainsi qu'un regain de détermination. Plus rien désormais ne serait pareil entre eux. Mais cela lui était égal. Il voulait bien admettre qu'elle était plus forte que lui. A certains égards, du moins.

— Je veux m'asseoir de nouveau sur le lit, dit-elle en se tournant vers lui.

Alors il la souleva et la réinstalla le plus confortablement qu'il le put.

— J'adore ça, lâcha-t-elle dans un souffle, tandis que leurs yeux se retenaient une fraction de seconde.

Puis, se renversant contre l'oreiller et étreignant ses genoux, elle laissa échapper une sorte de long soupir en poussant. Soudain, le sommet de la tête du bébé apparut, puis la tête couverte de duvet sombre pivota et il vit une petite frimousse, puis une épaule, puis l'autre.

— Tu veux prendre le relais, Rayne ? murmura Tara.

Aussitôt, il prit sa place et, la seconde suivante, il accueillait son bébé dans ses mains. Alors, comme si le mur qui retenait toutes ses émotions prisonnières depuis des lustres s'était soudain effondré, ses larmes débordèrent et ruisselèrent sur son visage.

S'apercevant que Maeve le regardait avec surprise, il souleva le précieux fardeau pour qu'elle le voie.

— C'est un garçon !

Un garçon qui poussa de sonores vagissements de protestation jusqu'à ce que Maeve le saisisse et le blottisse contre elle, sa petite tête entre ses seins.

Les seins de Maeve...

Devant cette preuve évidente que son fils était fait du même bois que lui, il éprouva un tel flot d'émotions qu'il eut l'impression que son cœur allait éclater.

Dans une sorte de brouillard, il vit la seconde sage-femme — qu'il n'avait pas remarquée auparavant — essuyer les petites jambes, les petits bras, le petit ventre, puis les minuscules cheveux de son fils. Elle le recouvrit d'un lange en tissu chaud.

Tara procéda alors à la délivrance, après quoi sa collègue enveloppa maman et bébé dans une grande et épaisse couverture d'où n'émergèrent plus que le visage de Maeve et celui de son fils tourné vers lui. Une adorable joue ronde, l'autre reposant sur la peau de sa maman, deux grands yeux sombres, un petit nez un peu aplati et une délicieuse bouche rose semblable à celle de Maeve.

— Bonjour, moussaillon, murmura-t-il, totalement bouleversé.

Il jeta un coup d'œil à la pendule. 0 h 10.

Dix-sept heures après son arrivée à Lyrebird Lake, il était... devenu papa.

Et donc chargé de nouvelles responsabilités qu'il n'avait jamais envisagées, même dans ses rêves les plus fous.

Allait-il être à la hauteur ?

En plus d'être émotionnellement ébranlé, il se sentait à présent pantois devant la mission qui l'attendait.

9

Urgence

Blottie sous la chaude couverture du lit d'accouchement, Maeve ressentait avec acuité le poids de son bébé, le contact de sa peau, ses mouvements sur elle et non plus en elle. C'était une sensation inédite. Inouïe. Elle percevait aussi l'odeur caractéristique des nouveau-nés, celle du sang et même le soulagement qui flottait dans l'atmosphère.

Pourquoi ses « coéquipiers » s'étaient-ils inquiétés ? Tout s'était bien passé, non ?

Elle regarda Rayne affalé sur la chaise que Tara avait tirée pour lui à côté du lit. Le visage anormalement pâle, il avait levé une main, qui restait suspendue dans l'air à mi-chemin de leur bébé comme s'il n'osait pas le toucher.

— C'est ton fils, murmura-t-elle.

Elle aurait tellement aimé qu'il l'embrasse !

Pour son plus grand plaisir, il exauça son vœu sans qu'elle ait besoin de l'en prier. Se relevant à demi, il déposa un tendre baiser sur sa bouche avant d'effleurer de ses lèvres la joue de leur enfant.

— Merci. Il est magnifique. Tu as été stupéfiante.

Elle le vit cligner les yeux à deux reprises.

— Tu te sens bien ?

— En ébullition, répondit-elle avec un sourire.

Secouant la tête d'un air incrédule, il se laissa retomber sur son siège. Il semblait avoir vieilli de dix ans en quelques heures. Néanmoins, cela lui allait bien.

Puis elle se tourna vers Tara qui vérifiait sa tension.

— Merci, Tara, lui dit-elle quand elle eut fini.

Son amie lui sourit, les yeux embués.

— Je te rappellerai ta promesse.

— Parce que tu sais que tu seras une parturiente plus posée que moi ?

— Tu seras toujours plus véhémente et démonstrative que moi, répondit son amie en riant. Tu ne mâches pas tes mots. Ton accouchement a été fabuleux. J'ai adoré.

Du coin de l'œil elle vit que Rayne les regardait toutes les deux d'un air ahuri, comme s'il voyait des extraterrestres.

— Simon et Angus peuvent entrer, maintenant ? demanda Tara. Ensuite on vous laissera dans l'intimité, tous les trois.

Maeve interrogea Rayne du regard, qui lui fit signe que c'était à elle de décider, alors elle donna son accord et Simon et Angus entrèrent.

Angus félicita les parents, puis Tara le prit à part et Maeve entendit vaguement qu'ils discutaient du travail, de la naissance, de la perte de sang qui avait été un peu plus importante que la normale, mais s'était ensuite stabilisée. Simon serra longuement la main de Rayne.

— Tu parais rajeuni, Simon, dit-elle pour le taquiner tandis qu'il se penchait pour l'embrasser.

— C'est grâce à Rayne. Ma petite sœur adorée, tu es un sujet d'inquiétude qui, grâce au ciel, n'est plus le mien désormais. Bienvenue dans le monde des parents, mon pote, fit Simon en donnant une bourrade à Rayne. Pour toi, plus rien ne sera jamais comme avant.

Rayne paraissait toujours en état de choc. Dire qu'il passait pour un dur !

— J'en ai le pressentiment, oui.

— Tu es tout pâle.

— Je m'en doute.

Rayne regarda de nouveau son fils. Son fils qui, selon elle, avait hérité de ses grands yeux sombres et peut-être même de sa bouche.

Comme il relevait son regard vers elle et lui souriait en secouant la tête, elle s'imprégna, telle une éponge, de l'admiration émerveillée qui exsudait de lui. Elle devait être affreuse mais, pour une fois, elle s'en fichait.

Elle lui rendit son sourire et s'abandonna à l'euphorie du moment. Elle avait toujours adoré observer le soudain regain d'énergie des nouvelles mamans ; à présent, c'était son tour de le ressentir. Elle avait l'impression qu'en cas de nécessité, d'incendie par exemple, elle serait capable de s'enfuir au pas de course, son bébé sous le bras, pour les sauver tous les deux. Il lui faudrait être un peu plus vêtue, toutefois, si elle ne voulait pas effrayer les gens...

Consciente soudain que son fils promenait ses minuscules doigts sur sa poitrine, elle regarda la petite tête nichée entre ses seins, l'une de ses joues reposant sur son cœur qu'elle sentait se dilater de bonheur et d'amour.

Bientôt, guidé par son instinct, il pressa ses petits doigts sur sa peau, la palpa. Puis il souleva sa petite tête et elle prit bien garde à ne pas le distraire.

Ce fut à peine si elle s'aperçut que Simon et Angus quittaient la pièce. Son bébé cherchait des yeux l'aréole sombre et le mamelon qu'il convoitait.

— Regarde-le, dit-elle à Rayne dans un murmure, et aussitôt il se pencha au-dessus du bébé. Il va avancer sa tête et se tortiller, il trouvera le moyen d'atteindre ce qu'il veut.

— Tu ne peux pas le mettre dans la bonne position, tout simplement ?

— Je pourrais, mais il a besoin de procéder dans l'ordre. D'apprendre à sortir sa langue avant de s'agripper. Il parviendra à son but à son propre rythme, au moment opportun.

— Mais il n'est né que depuis une demi-heure.

— C'est pour ça qu'un bébé reste peau à peau avec sa mère durant sa première heure de vie. Personne d'autre ne devrait s'occuper de lui, de quelque manière que ce soit. Ça lui donne la chance de faire tout cela. Les taux d'allaitement maternel grimpent en flèche si le bébé s'agrippe tout seul. Regarde...

De fait, par de petits mouvements saccadés, le poupon changea peu à peu de position en direction de son mamelon gauche, étira son cou, gigota encore, avança de nouveau la tête... A présent il y était presque...

— Allez, petit moussaillon, dit Rayne dans un souffle.

Elle eut alors une soudaine vision de lui en bordure d'un terrain de foot, criant « vas-y, fils ! »

— Qu'est-ce que tu dirais de Connor, comme prénom ?

Relevant les yeux vers elle, il lui sourit.

— Avec deux n ?

— Absolument ! Même si j'aime bien la version irlandaise de Conor avec un seul « n », cet enfant n'aura pas à épeler son prénom toute sa vie comme j'ai dû le faire.

— Ni s'entendre demander « Rain, comme la pluie en anglais ? »

— Je te taquinais.

— Magistralement !

Il l'embrassa sur les lèvres avant d'ajouter :

— Je trouve que Connor lui va très bien.

— Tu peux choisir le second prénom.

En une fraction de seconde, son visage se ferma et elle sentit qu'il se repliait sur lui-même.

— Je n'en ai pas fait assez pour mériter ce privilège.

Redescendant du petit nuage où elle planait, elle comprit qu'il se sentait défaillant, peut-être même vulnérable à cet instant. Mais il était tout habillé, lui, et il n'avait pas exposé son anatomie au monde entier.

— Poursuis tes efforts, alors.

Comment lui faire comprendre qu'à moins qu'il ne le veuille, elle ne le tiendrait jamais à l'écart de la vie de son fils ?

— Du reste, il va te coûter une fortune.

Il sourit et elle vit la tension de ses épaules se relâcher.

— En ce cas, que dirais-tu de Sunshine ?

Soleil ?

Il devait plaisanter. Du moins, elle l'espérait.

Mais elle n'eut pas le temps de poser la question car, à cet instant précis, Connor parvint à destination, sortit sa petite langue, ouvrit grand la bouche, happa son mamelon et... se mit à téter. Elle en eut le souffle coupé.

— C'est une sensation vraiment bizarre.

Rayne ne répondit pas. Il semblait totalement subjugué.

Tara qui s'approchait approuva de la tête.

— Bon travail, jeune homme.

— Connor.

— Joli prénom. Bienvenue dans le monde, Connor !

— Connor Sunshine, dit Rayne.

Maeve ne put s'empêcher de lui lancer un bref regard noir avant de reporter les yeux sur son fils.

— Vraiment ? dit Tara. Impressionnant.

Après quoi elle palpa le ventre de Maeve pour s'assurer que son utérus se contractait, le massa brièvement, puis elle retourna à ses occupations.

— Ton visage était à peindre, dit Rayne avec un petit rire.

A peine si elle y prêta attention. Envahie, submergée par une vague d'amour infini, elle contemplait son fils en train de téter, ses petites mains posées sur son sein, ses petits doigts s'enfonçant de temps à autre dans sa chair, ses grands yeux sombres rivés à son propre visage. Son bébé. Ce petit bout d'homme qui avait grandi en elle. Elle savait déjà qu'elle le protégerait contre vents et marées jusqu'à son dernier souffle.

— Il est incroyable, dit-elle tout bas.

— Merveilleux, répondit Rayne.

Toute envie de plaisanter évanouie, ils restèrent en extase devant la petite merveille qui était entrée dans leurs vies et allait les transformer à jamais.

Jusqu'à ce que Maeve s'aperçoive que quelque chose d'humide se répandait sous elle et qu'elle commençait à se sentir faible...

Les yeux rivés à son fils en train de téter le sein de sa mère, Rayne sentait son cœur fondre littéralement.

Après les intenses émotions qu'il avait éprouvées depuis son arrivée — notamment durant les dernières et tumultueuses heures du travail et enfin la naissance — il se retrouvait là, à contempler le bébé qu'il avait conçu avec Maeve sans le savoir. Un père avec son fils. Un nouveau-né fragile et vulnérable avec lui pour père. Au moins Connor en avait-il un.

— Prends-le, Rayne, dit soudain Maeve.

— Il tète encore.

Néanmoins quelque chose, dans sa voix, l'incita à reporter son regard sur elle.

— Je saigne. Appelle Tara, murmura-t-elle.

Puis il vit ses yeux se révulser et elle s'évanouit.

Le cœur lancé au triple galop, il bondit de son siège.

— Tara ! hurla-t-il.

Et il prit Connor, l'enveloppa dans le lange en tissu chaud qu'il tira de dessous la grande couverture et le blottit contre lui tandis qu'il se penchait vers Maeve.

Revenue à la hâte, Tara souleva la couverture et il vit avec horreur la tache qui maculait le drap s'étaler jusqu'aux bords du lit. Le sang commençait à couler sur le sol.

— Presse le bouton rouge et attrape le chariot. On a besoin d'une voie d'accès veineux, dit-elle.

Déjà elle commençait à masser l'utérus de Maeve à travers la sangle abdominale.

Se forçant à se détourner, il enfonça le bouton d'appel d'urgence puis courut chercher le chariot qu'il poussa jusqu'au lit. Pas aussi vite qu'il l'aurait voulu, toutefois, embarrassé qu'il était par son précieux fardeau. Après avoir bruyamment manifesté son mécontentement d'être arraché au sein de sa mère, Connor s'était tu, Dieu merci.

Rayne se reprit. Poser une voie veineuse, au moins, c'était dans ses cordes. Il coucha son fils dans le petit berceau qui lui était visiblement destiné. Aussitôt Connor se remit à pleurer.

— Désolé, moussaillon.

Il était capable de prélever du sang sur de minuscules bébés, il ne devrait avoir aucun mal à le faire sur un adulte. Quelqu'un qu'il ne pouvait absolument pas perdre.

— Quelle taille de cathéter ?

— 16 G. 2 mm.

Parmi les fournitures du chariot, il trouva l'objet, le tourniquet, l'antiseptique. Il vit aussi les tubes pour les échantillons sanguins.

— Tu me précises les couleurs ?

Comme la sage-femme de nuit les rejoignait, Tara lui lança :

— Rappelle vite Angus, puis tu abaisseras la tête du lit, tu mettras Maeve sous oxygène puis tu me prépareras dix nouvelles unités de Syntocinon.

Elle n'avait pas retiré ses mains de l'abdomen de Maeve et l'hémorragie s'était réduite à un goutte à goutte, mais le volume du sang perdu l'effrayait. Il l'évaluait à près de deux litres.

— Il te faut deux rouges, un orange et un bleu. Tu prélèves pour test de coagulation, numération de formule. Et il nous faut une épreuve de compatibilité de 4 unités, dit Tara en se tournant vers lui.

— Angus arrive, annonça sa collègue en abaissant la tête du lit. C'est juste un peu d'oxygène, Maeve, dit-elle un ton plus haut tandis qu'elle l'équipait du masque.

Occupé à prélever les échantillons sanguins, il prit conscience que Maeve les entendait peut-être.

— Tiens bon, Maeve. N'aie pas peur. Nous réglons le problème, lui dit-il d'une voix qu'il réussit à rendre calme et confiante malgré l'angoisse qui le rongeait.

A son grand soulagement, Angus entra en trombe et prit aussitôt le relais de Tara. Celle-ci s'affaira sur le chariot et, dès qu'il eut terminé ses prélèvements, elle lui tendit une poche de soluté « de remplissage ». Il la brancha et régla le débit au maximum. Il le réduirait lorsqu'ils disposeraient de sang.

A présent, c'étaient deux aides-soignantes qui venaient en renfort, escortées de la surveillante munie du dossier d'urgence de Maeve. Elle le compléta sous la dictée de Tara, qui parlait tout en continuant à s'affairer.

La sage-femme de nuit, après avoir chargé l'une des deux nouvelles venues d'emporter les échantillons sanguins au laboratoire, reliait Maeve au moniteur cardiaque. Sur l'écran, ils virent alors à quel point son pouls était rapide. Pour l'instant, sa tension était encore à peu près normale, mais il savait que d'ici peu elle chuterait brusquement. A cette perspective, il sentit un frisson glacé courir dans son dos.

— Apportez 2 unités de O-négatif, dit Angus à l'aide-soignante. Nous les utiliserons en attendant le sang du groupe de Maeve.

— Je suis O-négatif, s'il vous en faut davantage, dit Rayne.

Maeve gémissait et commençait à bouger maintenant que son cerveau était mieux irrigué grâce à sa position déclive. Il aurait voulu voir son visage, mais Tara lui tendit la seconde poche de sérum dans lequel elle avait ajouté le Syntocinon destiné à augmenter la fréquence et l'intensité des contractions utérines. Il la connecta et régla le débit selon ses instructions, puis se recula d'un pas afin de ne gêner personne.

Angus pria Tara de compléter le traitement par de l'ergométrine, et Rayne sentit ses jambes flageoler. Un second médicament parce que le premier n'était pas suffisamment efficace ? Mais, à cet instant, il prit conscience que le pauvre petit Connor hurlait dans son berceau. Il le prit dans ses bras, ce qui eut pour effet de l'apaiser, et le pressa contre lui.

Puis il alla s'asseoir sur la chaise proche de la tête de Maeve, afin de pouvoir lui parler. Personne n'avait besoin qu'il défaille avec son fils dans les bras. Maeve moins que quiconque.

— Tout va bien, mon cœur, lui dit-il. Tu n'as qu'à te reposer. Angus a pris la direction des opérations.

Elle le regarda une fraction de seconde puis ses paupières se fermèrent de nouveau.

— Merci, dit-elle dans un souffle.

Il laissa passer quelques minutes et puis, n'y tenant plus, demanda à voix basse à Angus pourquoi elle saignait encore.

Tout en continuant à masser l'utérus à travers la paroi abdominale de Maeve, l'obstétricien évoqua l'éventualité d'un lobe supplémentaire du placenta qu'ils auraient manqué. Puis celle d'un utérus simplement paresseux.

— Ou peut-être y a-t-il une déchirure quelque part. Si le traitement n'a aucun effet, nous devrons l'emmener au bloc.

Angus se tourna vers la surveillante.

— Appelez Ben et Andy, informez-les de la situation, et dites à l'équipe chirurgicale de se préparer. Nous pourrons toujours les renvoyer si nous n'avons pas besoin d'eux.

Elle acquiesça de la tête et décrocha le téléphone mural.

— Et appelez Simon. Nous risquons d'avoir besoin de son consentement.

Pour l'opération.

Toute l'équipe ferait son maximum pour sauver la vie de Maeve, Rayne n'avait aucun doute là-dessus. Mais si l'intervention la rendait stérile ? La revoyant si heureuse d'avoir mis au monde leur bébé, il imaginait sans peine son désespoir si elle ne pouvait plus être mère.

Et si elle mourait ? De toutes ses forces, il chassa de son esprit cette pensée parasite. Ils allaient surmonter cette épreuve. Elle devait s'en remettre.

— Elle recommence à saigner, dit Angus à Tara. Vérifie que le cathéter n'est pas bloqué. Je vais comprimer l'utérus avec mes mains jusqu'à ce qu'on arrive au bloc.

Assis avec Simon dans la salle d'attente du bloc chirurgical, Rayne se rongeait les sangs. Depuis que Maeve était entrée en salle d'opération, une éternité plus tôt, personne n'en était sorti.

Finalement, au comble de l'angoisse, il se leva pour faire les cent pas. Connor ne parut pas s'en apercevoir, lui qui dormait paisiblement dans ses bras, toujours enveloppé dans son lange. Rayne ne pouvait pas le coucher dans son berceau pour l'unique raison qu'il ne supporterait pas d'avoir les bras vides pendant qu'il attendait des nouvelles de Maeve.

— Tu veux que je prenne Connor ? demanda Simon.

— Non !

Il n'y songeait même pas. Au moins, il trompait son attente en faisant quelque chose qui ferait plaisir à Maeve, il en était certain.

— Qu'est-ce qui leur prend aussi longtemps.

— Elle ira probablement en réa lorsqu'ils auront tout réglé. Ensuite Angus viendra nous parler. Ou peut-être Ben ou Andy.

— Ils sont compétents ?

— Excellents !

— Je me sens tellement inutile. Et moi qui craignais de ne pas être un assez bon père. C'est dérisoire dans ces circonstances.

— Ce n'est pas dérisoire. Juste un peu moins important en ce moment. Mais tu vas t'en sortir. Maeve va s'en sortir.

Percevant une nuance de doute dans la voix de Simon, il regarda l'homme qui deviendrait son beau-frère. Car il allait épouser Maeve, il en eut soudain la certitude. Du moins, si elle voulait bien de lui. Jusqu'à présent, conscient qu'il ne la méritait pas, il n'aurait jamais eu la présomption de penser qu'elle voudrait de lui. Mais après avoir eu aussi peur de la perdre, il ferait tout pour s'appuyer sur la foi qu'elle avait en lui et il deviendrait le meilleur père que la terre ait jamais porté. Et le meilleur mari.

Quant à Simon... Comment pouvait-il oublier que Maeve était sa petite sœur adorée, l'objet de toute sa sollicitude ? Il ferait bien de se rappeler qu'il n'était plus seul dans la vie maintenant. Il avait une famille à qui penser en plus de Maeve et Connor.

Il s'arrêta devant Simon.

— Tu peux le tenir une seconde ? Mon bras est engourdi.

C'était un mensonge. Mais Simon aussi avait besoin d'une occupation. Tara était au bloc avec Maeve ; elle ne pouvait pas lui venir en aide.

Le visage de son ami s'adoucit, la tension de son corps se relâcha quand il déposa dans ses bras le bébé endormi. Même si la sensation du petit corps de son fils contre le sien lui manquait, il se réjouit que Simon le tienne un moment. Qui aurait cru qu'un minuscule et si vulnérable nouveau-né pourrait les aider tous les deux à être plus forts contre l'adversité ?

Finalement les portes s'ouvrirent et Angus émergea du bloc.

— Maeve présentait une déchirure spontanée intra-utérine. Sans doute suite à une faiblesse congénitale au niveau du muscle. Ça nous a pris du temps pour la découvrir et elle a perdu pas mal de sang. Mais son état est stable maintenant.

Ses jambes faiblissant sous lui, Rayne se félicita d'avoir confié son fils à Simon.

— Finies pour elle les naissances par les voies naturelles, dit Angus. Par mesure de sécurité, ce sera césarienne dans un hôpital plus important, la prochaine fois.

Ils avaient donc sauvé son utérus. Pas mal pour un petit hôpital rural !

— Vous l'avez transfusée ?

— Elle a aussi reçu du plasma frais congelé et du cryoprécipité. A la banque du sang, ils auront besoin d'un peu du vôtre, Rayne, nous avons pratiquement utilisé tout leur stock.

— Bien sûr. Aucun problème.

C'était bien le moins qu'il puisse faire.

— A-t-on besoin de la transférer dans un hôpital plus grand ? demanda Simon qui s'était relevé, son neveu toujours dans les bras.

— Je ne le pense pas. Il y a une demi-heure, si je l'avais pu, je l'aurais volontiers téléportée à Darwin d'un coup de baguette magique, mais la crise est passée. Euh..., fit-il avec un petit rire en les regardant l'un après l'autre, vous ne savez pas coucher un bébé, les gars ?

Rayne sentait peu à peu le soulagement le gagner.

— Nous partageons le réconfort qu'il nous apporte, répondit-il. Donc, selon vous, Maeve va s'en sortir ?

— Elle va devoir rester quelques jours de plus que ce à quoi elle s'attendait, mais je peux vous dire qu'elle sera choyée à la maternité.

Rayne ne se voyait pas rentrer seul au presbytère.

— Vous pensez que je pourrai rester dans sa chambre avec elle et Connor ?

— Je ne vois aucune raison qui vous en empêcherait. Au contraire, ça permettra même à Tara d'aller se reposer. Elle en a bien besoin. Elle a fait de l'excellent travail, Simon.

Il y avait tant de gens fantastiques ici. Tant de gens à remercier. Rayne secoua la tête. Comment pourrait-il jamais leur rendre la pareille ? S'approchant d'Angus, il lui serra la main.

— Merci, Angus. Et remerciez toute l'équipe pour moi, voulez-vous.

— Nous vous demanderons une faveur en échange, si le besoin s'en fait sentir, répondit Angus, adoucissant sa remarque d'un sourire que Rayne ne put que lui rendre.

Les renforts devaient avoir du mal à arriver jusqu'ici quand la vie leur envoyait des coups durs. Et les gens qui avaient choisi de vivre à Lyrebird Lake avaient sauvé Maeve. Il n'était pas question qu'il leur fasse faux bond s'ils avaient besoin de lui.

— Entendu.

Et si Maeve voulait s'installer pour vivre ici, eh bien, il s'y ferait.

Dix minutes plus tard, tandis que Simon raccompagnait Tara au presbytère, Rayne gagna la chambre destinée à Maeve, son fils dans les bras. La sage-femme de nuit, Misty d'après ce qu'il avait entendu, vint les y chercher pour les conduire à la nurserie. Finalement, le moment arriva de peser Connor et de l'examiner sous toutes les coutures.

En fin d'auscultation, Misty tendit son stéthoscope à Rayne avec un sourire.

— Puisque vous êtes pédiatre, d'après Tara.

Il écouta attentivement, et le cœur de son fils lui parut parfait. Ni murmure ni claquement. Il passa ensuite les mains sur tout le petit corps, comme s'il s'agissait d'un petit patient qu'il devait examiner. Mais ce n'était pas le bébé d'un autre couple chanceux. C'était son fils. Au contact de sa peau, il éprouva une vive émotion.

Quand il eut fini, Misty lui tendit des vêtements, dont un minuscule T-shirt.

— Je voudrais tellement que Maeve soit là pour partager ce moment, dit-il.

— Vous avez votre téléphone ?

Comme il la regardait sans comprendre sa question saugrenue, elle rit.

— Vous êtes fatigué. Je veux vous photographier pendant que vous habillez Connor, comme ça elle pourra vous voir à l'œuvre.

Bien sûr. Quel idiot il faisait ! Il lui tendit l'appareil.

— Alors quand le baigne-t-on ? demanda-t-il en élargissant au maximum l'encolure du petit T-shirt pour le passer par la tête de son petit chérubin.

— Pas avant vingt-quatre heures. Il a toujours l'odeur de sa maman, cela l'aide à se sentir en sécurité et à se rappeler comment procéder lors de la prochaine tétée.

— Et s'il a faim avant que Maeve ne revienne ?

— Ne vous inquiétez pas pour lui. D'après Tara, il a bien tété après la naissance. C'est parfait. Le premier jour, il peut dormir douze heures d'affilée avant de se réveiller suffisamment pour téter de nouveau. C'est très important de le laisser récupérer ainsi après la naissance. Les bébés nourris au sein tètent entre six et dix fois par jour, alors il pourra se rattraper plus tard.

— Je devrais savoir tout ça. Mais je n'ai pas exercé pendant près d'un an et, aux Etats-Unis, les médecins ne discutent pas vraiment des modalités de l'allaitement au sein.

— Ici, tout le monde fait tout, répondit Misty avec un petit rire.

Le T-shirt enfilé, il retroussa les manches de la « chemise de nuit de bébé », glissa ses doigts dans l'une d'elles pour attraper une petite main et étirer doucement un petit bras puis recommença l'opération pour l'autre bras avant d'allonger son fils sur le ventre le temps de fermer le vêtement.

Au moins, il ne se sentait plus aussi inutile.

Il replia ensuite avec soin le bas de la chemise et se mit en devoir de lui mettre la couche en tissu que Misty avait préparée.

— Vous n'utilisez pas de couches jetables, ici ?

— Seulement après le premier pipi. Les jetables sont trop efficaces, on a parfois du mal à évaluer le volume et la couleur de l'urine.

— Exact.

Voilà, il avait terminé.

— Bravo. Il n'y a pas beaucoup de papas capables de faire ça le premier jour.

Comme le téléphone sonnait, elle lui tendit un lange propre avant d'aller répondre.

— Ils emmènent Maeve dans sa chambre !

Balayé par un intense soulagement, il enveloppa Connor dans le lange et le coucha dans son petit berceau en plexiglas. Puis, poussant celui-ci, il quitta aussi vite que possible la nurserie, descendit le couloir et parvint à la chambre de Maeve au moment où les brancardiers manœuvraient son lit dans la pièce.

En découvrant son visage aux yeux clos, livide sous sa masse de cheveux sombre, il sentit son cœur se contracter douloureusement. Et il se surprit à poser une main sur les minuscules et doux cheveux de Connor, comme s'il avait besoin du contact de son fils pour garder son sang-froid.

Maeve bougea un peu au moment où les brancardiers immobilisèrent le lit, puis elle battit lentement des paupières, ouvrit les yeux, et le vit.

— Salut, Rayne, murmura-t-elle d'une voix faible.

— Salut, princesse Maeve, dit-il en plaçant le berceau juste à côté d'elle. Ton fils est magnifique.

— Notre fils, balbutia-t-elle.

— Je l'aime déjà, dit-il.

D'où cet aveu provenait-il ? Il n'en savait rien, même si c'était la pure vérité.

Devant le sourire qui apparut sur les lèvres pâles de Maeve tandis qu'elle refermait les yeux, il sut que rien n'aurait pu lui faire plus plaisir à entendre.

— Alors je peux te le laisser pendant que je dors.

— Oui. Sois tranquille, je reste là.

— Merci, fit-elle d'une voix presque inaudible avant de replonger dans le sommeil.

Il regarda sa poitrine se soulever et retomber lentement. Remercia mentalement le donneur du sang qui coulait dans une veine de son bras gauche. Il vérifia les médicaments de la perfusion branchée dans une veine de son bras droit. Observa Misty tandis qu'elle reliait Maeve aux divers moniteurs puis orientait les écrans de manière à ce qu'ils se trouvent dans son champ de vision chaque fois qu'elle entrerait dans la pièce.

Ensuite, de manière à pouvoir les surveiller lui aussi, il déplaça légèrement le fauteuil destiné aux visiteurs. Les chiffres indiquaient que le pouls de Maeve était encore trop rapide et sa tension encore basse, ce qui l'inquiéta évidemment. Toutefois, le rythme respiratoire se révélait normal et, en reportant les yeux sur elle, il se rendit compte que son visage commençait à reprendre un peu de couleurs.

Se sentant soudain un peu mieux, il se laissa tomber dans le fauteuil, puis il fit doucement rouler le berceau jusqu'à mi-chemin entre le lit de Maeve et son siège. Ainsi il suffirait que chacun d'eux tende le bras pour toucher leur fils.

Après quoi, se renversant contre le dossier, il s'appliqua à veiller sur Maeve.

10

Après Noël

Lorsque Maeve ouvrit les yeux, sa chambre baignait dans un silence paisible. A travers la fenêtre, le jour n'était pas encore levé. Au début, elle crut que Rayne dormait, enfoncé dans le fauteuil proche de son lit, mais, quand il s'aperçut qu'elle ne dormait plus, il se redressa. Etait-il resté éveillé tout ce temps, à veiller sur elle ?

Si cette idée lui réchauffa le cœur, elle n'atténuait en rien la douleur cuisante de son bas-ventre.

— Coucou, dit-elle sans parvenir à réprimer une petite grimace.

— Tu souffres ?

— Huit sur dix.

Il bondit de son fauteuil.

— Je vais chercher Misty.

Il disparut et elle eut tout juste le temps de se demander comment son merveilleux accouchement avait pu aussi mal tourner avant qu'il revienne, accompagné de la collègue de Tara. Celle-ci lui apportait des antalgiques et une bouteille d'eau avec une paille.

Glissant un bras sous ses épaules, Rayne souleva doucement Maeve de son oreiller le temps qu'elle avale les comprimés. L'eau apaisa sa gorge sèche.

Puis Misty vérifia ses constantes et celles de Connor sans le réveiller. Elle examina également la cicatrice de Maeve, évalua son saignement et hocha la tête d'un ait satisfait.

— Superbe !

— Vous êtes bizarres, vous, les sages-femmes, dit Rayne.

Misty quitta la pièce en riant tandis que Maeve se contentait de sourire de crainte de se faire mal au ventre.

Après avoir contemplé son bébé qui dormait comme un petit ange, elle s'aperçut que Rayne la regardait. Il avait quelque chose de différent.

— Tu vas bien ?

— Oui. Si toi, tu vas bien.

— La nuit a été mouvementée, hein ?

Il se releva, lui sourit et prit sa main pour déposer un baiser dans sa paume.

— C'était une première pour moi aussi. Tu m'as flanqué une peur bleue.

Bizarrement, elle n'avait pas été effrayée.

— Moi je n'ai pas eu peur puisque tu m'avais rassurée. Merci d'avoir été là.

Il secoua la tête.

— Connor est merveilleux. Tout le personnel, ici, est merveilleux. Et toi tu l'es plus encore.

Il l'embrassa tendrement et la borda.

— Rendors-toi.

Quand Maeve se réveilla au début de la matinée, Rayne occupait toujours le fauteuil. Mais ce n'était plus du sang qui coulait dans la perfusion, s'aperçut-elle. Juste du sérum. Cela lui parut de bon augure.

Malgré les paupières closes de Rayne, elle devina, sans trop savoir comment, qu'il était éveillé. A l'inverse de leur petit ange, qui dormait à poings fermés comme tous les bébés après leur première tétée.

— Bonjour, princesse Maeve, dit Rayne en ouvrant les yeux. Comment te sens-tu ?

— Je dois avoir l'air d'un épouvantail.

— Tu es magnifique. Un peu pâle, c'est vrai, mais néanmoins craquante.

— Au moins je suis craquante, dit-elle, ravie du compliment.

Son grand sourire se transforma pourtant malgré elle en rictus, elle souffrait de nouveau.

— Je vais chercher Misty.

Lorsqu'il revint avec la sage-femme de nuit, dont le service allait bientôt se terminer, ils répétèrent la même scène que quelques heures plus tôt — prise d'antalgiques, examen médical. Cette fois, Maeve n'éprouva pas le besoin de se rendormir. Elle brûlait d'envie de troquer son horrible chemise d'hôpital contre une jolie chemise de nuit, de se lever et se doucher. Seulement, elle ne s'en sentait pas vraiment capable et cela la mit de mauvaise humeur.

— Pourquoi ne rentres-tu pas au presbytère dormir un peu ?

Rayne la regarda d'un air surpris, puis un sourire énigmatique se dessina sur ses lèvres.

— Plus tard. Quand tu auras fait un brin de toilette, changé de tenue et allaité de nouveau Connor. Je suis sûr que tu as hâte de te sentir fraîche et dispose, et de tenir ton fils dans tes bras.

Il haussa les épaules avant d'ajouter :

— Je tiens à t'apporter mon aide autant que je le peux, pour que tu ne te fasses pas mal en essayant de le faire toute seule.

Elle le dévisagea, sidérée. Cet homme était-il bien réel ou était-ce un mirage ?

— Tu n'es pas fatigué ?

— Pas plus que toi. Je dormirai plus tard.

— Je ne peux pas te laisser faire ça.

Il eut un nouveau sourire mystérieux.

— Ce n'est pas toi qui mènes la barque, princesse Maeve. C'est moi.

Oh Oh. Il était autoritaire. Mais elle se sentait si faible que ça n'était pas pour lui déplaire.

— Peut-être plus tard, alors, si tu es sage, tu pourras m'emmener sous la douche, dit-elle avec un sourire las.

— Je ne pense pas que tu sois en mesure de te doucher, dit Misty. Mais on verra.

— Je ne veux pas d'une toilette au lit comme un bébé.

Finalement, ils parvinrent à un compromis. Dès que Maeve souffrit moins grâce aux antalgiques, ils déconnectèrent temporairement ses perfusions et Rayne la transporta dans ses bras jusqu'au siège placé dans la cabine de douche. Saisissant la douchette à main, il la lava de la tête aux pieds avec des gestes doux jusqu'à ce qu'elle se sente de nouveau humaine. C'était incroyable le bien que l'eau chaude et un changement de position pouvaient faire !

Pendant ce temps, Misty avait refait son lit avec des draps propres afin qu'elle puisse s'y réinstaller une fois sèche et revêtue de sa chemise de nuit.

— Je vais me recoucher en marchant à mon rythme ! dit-elle à Rayne d'un ton sans réplique.

— Si tu veux, dit-il, conciliant. Je serai ravi de voir ça.

Mais à peine eut-elle fait quelques pas qu'elle fut sur le point de s'évanouir… Sans trop savoir comment, elle se retrouva couchée dans son lit.

Quand le monde cessa de tourner, elle s'aperçut que Rayne la regardait d'un air désapprobateur sous ses sourcils froncés.

— Tu es têtue comme une mule !

— Les femmes têtues sont les plus appréciées parce qu'elles ne renoncent jamais, dit Misty avec un clin d'œil à l'adresse de Maeve avant de s'esquiver.

Rayne levait les yeux au ciel devant cette remarque complètement stupide, quand Connor émit un petit bruit.

D'un même mouvement, ils se tournèrent vers lui. Il s'agita alors dans son berceau puis ouvrir les yeux.

— Il est réveillé ! s'écria Maeve, au comble de la joie.

Son fils avait ouvert les yeux et le visage de Maeve irradiait littéralement de bonheur. Emu, Rayne se réjouit d'être resté dans la pièce pour ne rien manquer du merveilleux spectacle.

— Bonjour, jeune homme. Ta maman a vécu des moments difficiles pendant qu'elle attendait ton réveil, tu sais, dit-il.

Puis il repoussa la couverture, ouvrit le lange… et découvrit alors une mini-marée noire, ou plutôt vert foncé, d'aspect semblable à du goudron.

Qu'à cela ne tienne ! Il avait changé assez de couches autrefois pendant ses heures de baby-sitting pour être capable de venir rapidement à bout d'une coulée de méconium, aussi importante soit-elle.

Comme s'il avait confiance dans les soins qu'il recevait, Connor ne pleura même pas pendant l'opération, ce que Rayne trouva fort gratifiant.

Quand son fils fut de nouveau au sec et au propre, il le déposa délicatement dans les bras de Maeve. Et de nouveau, devant le bonheur éclatant peint sur son visage, il sentit une bulle d'émotion obstruer sa gorge. Ce genre de scènes le transformait en mauviette, mais pour rien au monde il n'aurait voulu les manquer.

Il glissa un oreiller sous le bras de Maeve afin qu'elle n'ait pas à supporter le poids de leur bébé, puis il la regarda lui donner le sein, que le petit prodige réussit visiblement à prendre sans difficulté.

Tandis que Maeve s'installait plus confortablement contre ses oreillers pour le temps de la tétée, il reprit place dans son fauteuil, le cœur empli de tant d'amour, de joie, d'émerveillement, qu'il le crut à deux doigts d'exploser.

Oh ! mon Dieu !

Comment était-ce arrivé ? La veille il était perdu, sans objectif ni avenir, un marginal dont l'instinct le poussait vers une femme qui aurait très facilement pu le renvoyer d'où il venait.

A présent, il avait une famille. Maeve et Connor. Sa propre famille. Bien sûr il y aurait des rapports de force, des ajustements à faire, des découvertes, des habitudes et des idées qui s'entrechoqueraient. Mais jamais il ne douterait de son amour pour cette jeune femme fantastique qu'il avait failli perdre si peu de temps après l'avoir trouvée. Et cet amour grandirait encore de jour en jour. Leur avenir s'étirait devant eux tel un miracle. Un miracle de Noël.

Au mur, la grosse pendule de style rustique indiquait 6 h 50. Exactement l'heure à laquelle il avait descendu Main Street au volant de sa voiture, vingt-quatre heures plus tôt, et rencontré la femme qu'il cherchait...

— Rayne ? dit soudain Maeve d'une voix légèrement inquiète. Ça va ?

Il secoua la tête avec l'impression de voir la pièce, autour de lui, à travers un brouillard.

Se relevant, il se rapprocha du lit, passa un bras autour de ses deux amours et posa sa joue contre les cheveux soyeux de Maeve. Il venait tout juste de découvrir que, grâce à elle, il se sentait un homme neuf. Qu'il pouvait réussir n'importe quoi. Et qu'il était le seul homme capable de remplir la mission sacrée de veiller sur sa famille.

— J'ai besoin d'étreindre les deux personnes les plus importantes de ma vie.

Elle se laissa aller contre lui avec un soupir d'aise.

— Ne t'en prive surtout pas.

Le lendemain, il y eut toutes sortes de « premières ».

Le premier bain de Connor, joyeux événement mené de main de maître par Rayne et auquel Maeve assista, telle une princesse de légende soutenue par une montagne d'oreillers.

— Tu te débrouilles comme un chef, lui dit-elle, admirative. On dirait que tu as fait ça toute ta vie. Néanmoins...

Elle sourit avant de poursuivre :

— ... je dis toujours aux mamans que c'est génial de se doucher avec son bébé. L'un des parents le dépose dans les bras de celui qui est déjà dans la douche, peau contre peau, ensuite, il — c'est-à-dire toi, Rayne — le reprend, le sèche et l'habille tandis que je me prélasse sous l'averse tiède.

Il feignit de grimacer.

— Pauvre de moi. Je vais devoir regarder la naïade-à-la-superbe-poitrine, nue dans la douche avec mon bébé, et je ne pourrai pas l'y rejoindre !

Pauvre papa frustré ! Elle eut du mal à retenir un éclat de rire.

Ensuite vinrent les visiteurs, qui serrèrent Maeve dans leurs bras, l'embrassèrent avec joie et soulagement et la couvrirent de cadeaux pour Connor. Il reçut son premier ensemble bonnet-chaussons-cardigan-châle, tricoté main avec amour et dextérité par sa belle-arrière-grand-mère Louisa. Elle avait également apporté une collation pour le cas où la nourriture viendrait à manquer à la maternité !

Il eut aussi droit à son premier minuscule jean et T-shirt noir, assortis à ceux de son père, offerts par oncle Simon et Tara.

Et puis — Dieu seul sait où Rayne se l'était procuré vu qu'il avait à peine quitté sa chambre — un gros canard en caoutchouc jaune vif pour le bain de Connor, parce que sa maman aimait les canards.

Sans parler de deux ravissantes grenouillères en velours ras apportées par Mia et ses filles, qui avaient aussi choisi une incroyable carte de félicitations qui s'ouvrait sur un bébé se balançant dans un couffin suspendu à un arbre !

Mais toute cette joyeuse agitation finit par laisser des traces.

Bien sûr, Rayne s'en aperçut.

— Tu as l'air épuisée. Ça suffit. Plus de visites aujourd'hui. Je vais retourner au presbytère et toi, tu vas dormir.

Il était midi, et Maeve devait reconnaître qu'elle tombait de sommeil.

Rayne déposa un tendre baiser sur ses lèvres.

— Je reviendrai dès que tu auras besoin de moi, à n'importe quelle heure. Si tu veux te lever, ou si Connor s'agite et que tu as envie que quelqu'un le dorlote, appelle-moi. Je suis ton homme. Promets-moi de m'appeler.

— Arrête d'être aussi autoritaire.

— S'il te plaît.

Sans plus ergoter, elle capitula.

— Bon. Entendu. Je te le promets.

Ce n'était pas une mauvaise solution, après tout. Bien au contraire.

Epuisée, elle dut ciller pour repousser les larmes qui lui montaient aux yeux tandis qu'il s'en allait.

— Il s'en sort bien, dit Tara en fermant les rideaux afin de plonger la pièce dans la pénombre.

— Incroyablement bien.

— Toi aussi, Maeve. Mais je suis d'accord avec lui, et je suis sûre que tu ne me contrediras pas : il est temps que tu dormes.

Là-dessus, elle vérifia que Connor était bien endormi et s'esquiva sans rien ajouter.

Restée seule, Maeve s'installa confortablement dans son lit et contempla son adorable fils aux joues rondes. Elle aurait été bien en peine de dire s'il ressemblait à Rayne ou à elle. Désormais, il avait un visage bien à lui, son petit amour.

La grossesse, l'accouchement, tout cela était terminé. A présent commençait l'étape suivante : le partage du statut de parent avec l'homme qu'elle était certaine d'aimer.

Rayne l'aimait-il en retour ? Elle n'en savait rien, mais se sentait trop fatiguée pour s'inquiéter de cela aujourd'hui. Qu'il soit là lui suffisait amplement.

Son soutien s'était révélé cent fois plus ferme, plus constant qu'elle n'avait osé l'espérer. A voir la manière dont il se comportait, elle ne doutait pas qu'il prendrait très au sérieux ses responsabilités envers Connor et envers elle.

Leur merveilleuse étreinte de la veille lui paraissait remonter à la nuit des temps, avec tout ce qui s'était passé depuis. Néanmoins, tandis qu'elle glissait dans le sommeil, elle pressentait que leur entente physique pourrait leur servir de socle pour bâtir un avenir radieux ensemble.

Elle sourit pour elle-même.

Elle avait juste besoin d'être patiente. Et d'avoir foi en Rayne.

11

Bonheurs

Quatre jours plus tard, Maeve rentra à la maison avec Connor et Rayne, la maison étant le presbytère — et la cuisine de Louisa qui avait décidé que la nouvelle maman avait besoin de reprendre des forces.

Obligé de faire honneur à trois copieux repas par jour, Rayne se mit à fendre du bois à une cadence insensée afin de garder son poids de forme.

Simon retourna à Sydney, où ses patientes l'attendaient, mais promit de revenir un week-end sur deux à Lyrebird Lake. Tara irait l'y rejoindre les autres week-ends jusqu'à leur mariage, qui devait avoir lieu quatre semaines plus tard.

Egoïstement, Maeve se réjouissait que son amie reste avec eux plutôt que de suivre Simon. Grâce à elle, à Rayne toujours bien présent, sauf pendant ses gardes ponctuelles à l'hôpital, et, bien sûr, à l'adorable Louisa ravie d'avoir un bébé dans la maison, elle reçut toute l'aide dont elle avait besoin.

Ils avaient transformé l'ancienne chambre de Rayne en nurserie. La porte de communication restait ouverte en permanence, et Rayne pouvait rapidement sauter du lit qu'il partageait avec Maeve pour aller changer Connor et le lui apporter pour une nouvelle tétée de nuit.

La vie de Maeve se teintait de rose à mesure que se renforçaient les liens « familiaux » entre Rayne, Connor et elle. La joie de se réveiller le matin dans les bras tendres de Rayne, l'émerveillement qu'elle lisait sur son visage lorsqu'il la regardait allaiter leur fils, la guérison progressive de son corps, une plus grande confiance en elle en tant que maman et la possibilité de déposer leur petite merveille dans les bras grands ouverts de son père, tout cela concourrait à la rendre optimiste, satisfaite et heureuse.

En fait, elle trouvait sa vie merveilleuse.

Il n'y avait qu'une seule ombre au tableau, maintenant que le mariage de son frère approchait : leur mère allait venir et elle appréhendait malgré elle ce moment.

Maeve avait été agitée toute la matinée. On était à la veille du mariage de Simon, et sa mère devait les rejoindre au presbytère, avec ses trois sœurs. Quatre fois, Rayne l'avait vue changer de vêtements et même deux fois la tenue de Connor.

A son arrivée, Désirée Jones embrassa Maeve sur la joue, puis il y eut quelques longues et embarrassantes secondes pendant lesquelles elle l'examina, lui, de la tête aux pieds avant de lui serrer la main.

— Bonjour, Rayne. D'après Maeve, tu as été parfait lorsque Connor est né.

Il s'avisa qu'il avait sous les yeux l'image de Maeve lorsqu'elle aurait une cinquantaine d'années. Eblouissante, sophistiquée et distinguée. Toutefois, à l'inverse de Maeve, Désirée était blonde — peut-être pas naturellement car ses sourcils étaient foncés, mais d'une blondeur parfaitement réussie.

Il regarda Maeve, qui tenait leur fils pressé contre elle. Pour ce qui était de la chaleur humaine, la jeune femme qu'il aimait dépassait largement sa génitrice.

— C'est Maeve qui a été fantastique, dit-il.

En retour, il reçut un sourire froid de la grand-mère.

— Je suis contente qu'elle soit heureuse.

— Moi aussi.

Un échange sibyllin que chacun laissa à l'interprétation de l'autre.

— Tu te souviens de mes sœurs Ellen, Claire et Stéphanie, dit Maeve.

— Mesdames, dit-il avec un signe de tête, souriant aux trois jeunes femmes groupées autour de Connor qu'elles couvraient de petits mots tendres.

Il sentait la main libre de Maeve cramponnée à la sienne et il trouvait Connor anormalement perturbé. Sans doute le petit chou ressentait-il la nervosité de sa maman.

Par chance, Désirée fut bientôt happée par le tourbillon des derniers préparatifs du mariage, ce qui leur permit à tous les trois d'évacuer leur tension et de passer plus agréablement le reste de l'après-midi.

Le lendemain, le mariage de Simon et Tara se déroula dans la petite église de Lyrebird Lake, en présence de presque tous les habitants du bourg venus célébrer le grand événement avec eux.

Ce fut une célébration à la fois simple et incroyablement romantique. Les dames de la paroisse s'étaient surpassées pour décorer l'église de toutes sortes de fleurs plus jolies les unes que les autres. Toute de blanc vêtue, Tara ressemblait à une fée — grâce à Mia, la belle-mère de Simon, qui avait pris un immense plaisir à la gâter. Lorsque la future mariée rejoignit Simon au pied de l'autel, Rayne constata que son ami retenait difficilement son émotion.

Envieux que celui-ci soit maintenant un homme comblé, Rayne couva des yeux la première demoiselle d'honneur, sa Maeve, époustouflante de beauté dans la longue robe bleue toute simple que Tara avait choisie pour ses accompagnatrices.

Elle était redevenue si mince que, son divin décolleté mis à part, personne n'aurait pu se douter qu'elle avait mis un bébé au monde seulement un mois plus tôt.

La cérémonie religieuse débuta. Aux paroles du prêtre, il sentit croître en lui la certitude qu'il pourrait répondre par l'affirmative à toutes les questions rituelles.

Une fois Simon et Tara dûment déclarés mari et femme, il n'eut plus qu'une hâte : serrer Maeve dans ses bras et lui avouer son amour.

Mais il dut attendre.

Il y eut la réception, un vaste et joyeux pique-nique au bord du lac, les laïus de circonstance. Enfin, les héros du jour, éclatant de bonheur, s'éclipsèrent pour partir en lune de miel à Hawaii, avant de s'envoler pour Boston où le mari de Désirée attendait de faire la connaissance de la jeune épouse de son beau-fils.

De retour au presbytère, après les festivités, Rayne alla boire une bière dans la cuisine dans l'espoir que Louisa, la seule femme raisonnable de toute la maisonnée, le rejoindrait.

Maeve n'avait toujours pas recouvré sa sérénité. Elle semblait surtout craindre que la routine de Connor ne soit perturbée, ce que Rayne trouvait étrange. Jusqu'ici, elle n'avait en effet jamais stressé au sujet de leur fils. Sa mère était en ce moment même en train de l'aider, mais cela ne faisait pas vraiment l'affaire.

Lui décida qu'il parviendrait à survivre jusqu'au départ de Désirée. Après tout, il avait vécu avec des gens pires qu'elle. Imaginant la grimace de dédain de l'élégante et distinguée quinquagénaire, si elle avait su qu'il la comparait à son ancien compagnon de cellule, il faillit rire.

— Ah, tu es là, Rayne !

Comme si penser à elle l'avait matérialisée, elle pénétra soudain dans la cuisine. Alors il plaqua un sourire poli sur son visage.

— ... Connor pleure et Maeve te réclame. Encore que je ne vois pas ce que tu peux faire de plus que moi.

— Merci de me prévenir, madame Jones.

Et de lui donner ainsi une excellente raison de s'esquiver.

— Le mariage a été une réussite, mais je pense que tout le monde est fatigué maintenant. Je vais voir ce qui se passe.

Dans leur chambre, il trouva Maeve en pleurs tandis que Connor agitait furieusement ses petites jambes en poussant des vagissements aigus et repoussait son sein.

— Eh bien, moussaillon ! Qu'est-ce que tu fais à ta pauvre maman ?

Prenant place sur le lit à côté d'elle, il déposa un baiser dans ses cheveux.

— Il refuse de téter, dit-elle d'une voix hachée. Et maman n'arrête pas de me conseiller de le mettre au biberon.

— Dieu la bénisse, fit-il, sarcastique.

Comme elle levait un regard noir sur lui, il atténua d'un sourire l'ironie de la formule et elle finit par esquisser un sourire en retour.

— Elle me rend folle.

— Vraiment ? Je n'avais pas remarqué.

Après avoir tendrement pressé ses lèvres sur sa joue, il souleva le petit monstre, le blottit contre son épaule et lui tapota le bas du dos.

— La journée a été longue. Tu t'es donné tellement de mal afin que tout soit parfait pour Tara que tu t'es épuisée. Si j'emmenais Connor faire un petit tour en voiture, cela te permettrait de te reposer avant le dîner ?

— Non, merci.

La voyant encore plus triste, il s'inquiéta.

— Qu'est-ce qui te chagrine ?

— Je ne peux pas venir avec vous ?

Soulagé, il sourit de nouveau.

— Tu voudrais t'échapper ? Et laisser ta mère ici sans nous ?

Elle parut se sentir coupable.

— Elle croit bien faire.

— Je sais. On pourrait peut-être la confier aux bons soins de Louisa. Elle doit être fatiguée. C'est un long vol depuis Boston et elle n'est arrivée qu'hier.

Il repensa à l'idée qui lui trottait dans la tête depuis quelque temps. Le moment n'aurait pas pu être mieux choisi pour la mettre à exécution.

— J'aimerais emmener Connor au bord du lac. Ça te dirait d'être de la partie jusqu'au coucher du soleil ?

— Avec grand plaisir, répondit-elle, déjà plus guillerette.

Alors, la laissant se préparer, il se mit d'abord en quête de Louisa qu'il implora de lui rendre un service en échange de tout ce qu'elle voudrait en retour. Puis, se promettant de faire preuve de tact et de douceur, il alla trouver la mère de Maeve.

— J'ai envie d'emmener Connor faire un petit tour en voiture, juste pour qu'il s'endorme.

Le dragon approuva de la tête.

— C'est une excellente idée.

Et maintenant, le point le plus délicat...

— Maeve souhaite m'accompagner, seulement elle se sent coupable de vous laisser seule.

Désirée semblant prête à objecter — sans doute pour souligner qu'elle pouvait se joindre à eux — il ne lui en laissa pas le temps.

— Mais Louisa m'a dit qu'elle vous préparait un délicieux thé gourmand. Elle meurt d'envie de bavarder avec vous. Alors qu'en dites-vous, madame Jones ?

Pour son plus grand soulagement, Désirée sourit, l'air ravie. Et tomba dans le piège.

— Oh ! Pauvre Louisa. Ce serait discourtois de ne pas rester. Bien sûr, je vais prendre le thé avec elle. Quelle délicate attention de sa part ! C'est vraiment une femme adorable.

— C'est l'une de mes personnes préférées, dit-il, sincère.

Sur quoi, il s'esquiva et courut installer Maeve et leur fils dans sa voiture.

Un quart d'heure plus tard, assise sur un banc au bord du lac, que les rayons du soleil près du coucher teintaient de rose, Maeve tenait Connor dans le creux de son bras. Ce petit coquin ayant visiblement décidé qu'il préférait les repas en plein air, il tétait goulûment à présent.

Debout derrière elle, Rayne lui massait doucement les épaules. Tout comme elle, il avait le sourire aux lèvres.

— Je ne pourrais pas supporter de perdre un homme aussi doué pour les massages, dit-elle d'un ton taquin.

Il sentit le bonheur se répandre en lui tel une vague bienfaisante.

— Dois-je comprendre que tu veux que je reste ?

Se tordant le cou pour le regarder, elle feignit de réfléchir.

— Mm... Oui, je pense.

— Seulement si tu veux bien m'épouser, dit-il sans réfléchir, dans l'euphorie du moment.

Aussitôt, il se reprocha sa bévue. Bon sang, n'aurait-il pas pu se montrer délicat et romantique comme il en avait eu l'intention ! Il avait tout fait de travers.

Vite, réparer les dégâts !

Contournant le banc en deux enjambées pour se poster devant elle, il tendit une main vers elle.

— Attends !

— Toujours aussi autoritaire, murmura-t-elle, railleuse.

Le sourire aux lèvres, il mit un genou à terre.

— S'il te plaît, attends que je fasse ça correctement, dit-il.

Saisissant sa main libre, il effleura chacun de ses doigts d'un baiser.

Elle se renversa contre le dossier du banc et Connor, qui tétait toujours, les ignora tous les deux.

Rayne prit alors une profonde inspiration et lâcha prise. Il se libéra de tout, du passé, des erreurs, des chagrins, des douleurs et incertitudes, afin que tous les trois puissent prendre le nouveau départ qu'ils méritaient.

— Ma précieuse, ma ravissante, sexy...

S'interrompant, il lui sourit.

— ... impossible Maeve...

— Impossible ? répéta-t-elle sans le laisser finir sa phrase.

— Chut, voyons !...

Il ne put retenir un nouveau sourire avant de poursuivre :

— Ma Maeve chérie que j'aime plus que tout au monde, s'il te plaît, veux-tu me faire l'honneur de devenir ma femme et de partager avec moi le reste de ma vie ?

Le visage de Maeve s'illumina littéralement.

— Alors ça, c'est une demande en mariage qui valait la peine d'être reportée de quelques minutes.

— Une réponse serait la bienvenue.

— Ah oui ? Eh bien, mon précieux, mon vigoureux, sexy en diable Rayne que j'aime plus que tout au monde...

Se penchant vers lui, elle planta un baiser sur ses lèvres tandis que Connor continuait à les ignorer.

— ... Oui. Oui. Oui. Mille fois oui. Je veux être ta femme et je veux partager ta vie.

Au comble du bonheur, il pressa sa main.

— Tu ne le regretteras pas.

— Je le sais. Mais je dois t'avertir d'une chose : ma mère exigera un grand mariage.

Il sourit. Il pouvait se plier à cette exigence. C'était un prix minime à payer pour l'univers qu'il avait maintenant.

— Je m'en doutais un peu. Tant que Simon est mon témoin et que tu es la mariée, je suis prêt à tout accepter.

Se relevant, il la serra dans ses bras avec précaution pour ne pas interrompre la tétée de leur fils et, le sourire toujours aux lèvres, il enfouit son visage dans ses cheveux.

— Même si c'est assommant.

•

Le matin de son mariage, un mois plus tard, Maeve se réveilla dans la vaste maison de ses parents, à Boston. Deux chambres plus loin, Tara avait dormi sans son mari car Simon était allé soutenir Rayne durant sa dernière soirée et sa dernière nuit de célibataire. Maeve aurait aimé ne pas quitter son amoureux, mais ils n'auraient jamais obtenu l'accord de sa mère, tellement attachée aux traditions.

Entendant Connor bouger dans son petit lit pliant installé tout contre le sien, elle s'assit, le cœur gonflé d'amour, et le souleva dans ses bras. Ils manquaient tous les deux à Rayne autant qu'il leur manquait, elle n'en doutait pas.

C'était incroyable à quel point une vie pouvait changer en seulement deux mois ! La sienne avait été totalement transformée par l'amour de Rayne.

Heureusement d'ailleurs qu'ils s'aimaient vraiment, parce que, depuis leur arrivée, sa mère n'avait cessé de les mettre à l'épreuve. Elle tenait tellement à marier en grande pompe la première de ses filles.

Il y avait eu des dîners de famille dans des restaurants huppés, des déjeuners d'avant noce sous un chapiteau dans le jardin, des thés festifs avec ses amies, ainsi que des fêtes prénuptiales, des essayages de vêtements, de multiples répétitions et aujourd'hui, enfin, la cérémonie allait avoir lieu.

Maeve avait toujours voulu un grand mariage qui lui offrirait l'occasion d'être la star du jour. Mais bizarrement, maintenant qu'elle s'apprêtait à réaliser son rêve, elle savait qu'un mariage en tout petit comité l'aurait rendue aussi heureuse, pourvu qu'elle épouse Rayne.

Sa mère, elle, n'aurait pas apprécié. En fin de compte, c'était donc très bien ainsi. Au moins, Désirée était enfin contente de sa plus jeune fille.

Bref, aujourd'hui, Maeve allait épouser Rayne et partir en lune de miel, puis ils retourneraient à Lyrebird Lake. Elle n'aurait pas pu attendre un jour de plus pour démarrer cette nouvelle vie.

Son futur mari avait été fantastique. Patient. Réconfortant quand elle avait commencé à stresser. Particulièrement affectueux et attentionné lorsqu'elle avait secrètement éprouvé le besoin d'être rassurée. Et toujours si divinement patient, attentif, adroit avec Connor — et diplomate avec sa mère.

Maintenant qu'elle y songeait, Rayne avait appris très jeune à faire preuve de patience envers sa génitrice, il démontrait à présent ses aptitudes.

Ses sœurs surdouées étaient là, bien entendu, et elle se rendait compte qu'elle avait finalement dépassé son complexe vis-à-vis d'elles. Elle ne s'inquiétait nullement ni de leur présence ni du fait qu'une centaine de parents et d'amis avaient pris d'assaut les hôtels de la ville. Rayne, elle et leur fils allaient officiellement former une famille et elle avait hâte de se rendre à l'église.

Comme un mois plus tôt à Lyrebird Lake, Rayne se tenait au pied de l'autel d'une église, à côté de Simon. Sauf que, cette fois, il était le marié et Simon son témoin, et il ne pouvait nier que ses mains tremblaient légèrement.

Les préparatifs du mariage en grande pompe, que la mère de Maeve avait organisé à Boston, lui avaient paru interminables, mais, enfin, le grand jour était arrivé. Maeve lui faisait une telle confiance que, du fond du cœur, avant même que la cérémonie ne commence, il jura devant Dieu de ne jamais la décevoir.

Soudain, les premiers accords de la *Marche Nuptiale* résonnèrent à travers l'édifice. L'assistance se leva et, bientôt, dans un halo de lumière, il l'aperçut au bras de son père, tout au bout de la longue allée décorée d'innombrables bouquets de roses.

Déjà sa sœur Stéphanie, la plus proche d'elle en âge et sa première demoiselle d'honneur, venait vers eux d'une démarche égale, Connor chaudement enveloppé dans un nid d'ange blanc dans les bras.

Claire la suivait, puis Ellen, puis... Maeve qui, pour son plus grand plaisir, entraînait son père vers lui nettement plus vite que lors des répétitions. Ignorant délibérément l'expression choquée de Désirée, devant cet accroc au protocole, il lui sourit et lui tendit sa main. Il l'aimait tellement !

L'office religieux débuta, mais, totalement absorbé dans la contemplation de la ravissante fée en robe ivoire qui se tenait à côté lui, il en manqua la plus grande partie. Cette fée lui avait fait découvrir la joie, le bonheur, l'immense amour qu'il avait à donner sans même le savoir.

— Rayne, acceptez-vous de prendre Maeve pour...

Brusquement tiré de ses pensées, tout juste réussit-il à attendre la fin de la tirade du prêtre pour lancer :

— Oui !

— Maeve, acceptez-vous...

Les yeux rivés aux siens, il n'écouta pas la suite. Ces superbes et éloquentes prunelles émeraude disaient qu'il était son héros, qu'il le resterait toujours, qu'elle croyait très fort en lui et qu'elle l'aimait. Que pouvait-il désirer de plus ?

Puis il l'entendit prononcer le seul mot qu'il attendait : oui !

— Par les pouvoirs qui me sont conférés, je vous déclare mari et femme...

Voilà, c'était fait. Leur union était scellée à jamais.

Plongeant de nouveau son regard dans les yeux à présent embués de sa femme, il l'embrassa avec tout l'amour qu'il avait dans le cœur.

La main dans celle de son mari, Maeve souriait sans relâche, au comble du bonheur. Les flashes crépitèrent. Elle contourna l'autel, apposa sa signature dans un registre, reçut les félicitations du prêtre, et pendant tout ce temps, Rayne l'escortait, protecteur, attentionné. Finalement, il reprit Connor à Stéphanie et il fut temps pour eux trois de descendre la grande allée.

Croisant le regard de Rayne débordant d'amour, elle sut qu'elle était au seuil d'une vie merveilleuse avec l'homme qu'elle avait toujours aimé. L'homme de sa vie.

Elle était vraiment la femme la plus heureuse de la Terre.